TAKE
SHOBO

入れ替わったら、オレ様彼氏とエッチする運命でした！

青砥あか

ILLUSTRATION
涼河マコト

JN199636

MITSU
YUME

入れ替わったら、オレ様彼氏とエッチする運命でした！

CONTENTS

MITSU YUME

イラスト／涼河マコト

入れ替わったら、オレ様彼氏とエッチする運命でした！

Irekawattara
Oresama
Kareshi to
H suru Unmei
deshita!

act.1

会社帰りに白梅稲荷《しらうめいなり》神社の前で車にはね飛ばされ、痛む体をさすりながら起き上がると、目の前に意識のない私が転がっていた。

「えっ、ええっ⁉　なんでっ！」

驚きに裏返った声が、暗い空間に木霊《こだま》する。いつもより高くて丸みのある声で、一瞬可愛いと思ってしまったが、それどころではない。

出血は見当たらず、投げだされた長い手足が変な方向に曲がっていることもなかったけれど、仰向けで倒れている私の顔色は悪い。先週買ったばかりのグレーのステンカラーコートは、はねられた時の衝撃なのか破れていて、その下のスーツも泥で汚れている。

「もしかして私、死んじゃったのっ？」

自分がもう一人いるというこの状況は、幽体離脱？

漫画など創作物でそういうのを読んだことがある。魂と肉体が別れてしまい、長く別々でいると死んでしまうというアレだ。

「私このままじゃ、まずいんじゃないの？」

両手で口元をおおい、肩をきゅっとすくめる。目に涙がにじんだ。
動揺しすぎて素がでてしまっている。一人称も「僕」ではなく、心の中だけで使ってい
る「私」になっていた。
いつもは隠している女性っぽさだったが、この状況で男性らしく振る舞うなんて無理
だ。でも、他人に見られる心配のない、魂の状態ならどうでもいい。
おろおろしながら倒れている自分に這《は》い寄り触《ふ》れる。
「どうしよう……ねえ、どうしよう？　あれ……触《さわ》れる？」
魂なら、実体のある体に触れたらすり抜けると思っていた。なのに、すごくリアルな感
触が手の平にある。
まじまじと自分の両手の平を見下ろして、首を傾《かし》げた。
「え……なんかちがくない？」
細くて白い指に、丸みのある小さな手。私の理想そのものの手が目の前にあって、つい
見惚《みと》れてしまう。私の本当の手は、こんなに可愛らしくない。
長くて、少し節くれだった指。けっして形は悪くないけれど、男らしい大きな手をして
いるはずだった。現に、倒れている私の手はいつもどおりの、可愛らしさの欠片もない手
をしていて、嫌悪感に思わず顔をしかめる。私の手じゃなくて好きな男性の手だったら、
撫《な》でてもらいたいななんて思って、うっとりした目で見つめるのだろう。
これが自分の手だと思うと絶望感しかない。

「どういうこと？　魂だから願望が形になって……って、きゃあっ！　起きた⁉」

魂がないはずの私の体が、急に目を覚ました。

「いってぇ……なんなんだよっ」

私が——正確には私の体が不機嫌そうに眉間に皺《しわ》をつくり、くせ毛の長い前髪をかき上げる。

「ああっ、ここどこだよっ？　よく見えねぇなぁ」

少しどすのきいた声に、緊張する。間違いなく私の声なのに、別人のものに聞こえる。

そもそも私は、こんな乱暴な言葉遣《づか》いじゃない。同僚の女性社員には社交辞令で可愛いと言われ、男性社員、特に中年以上の男性には眉をひそめられることもある、おどおどとした喋《しゃべ》り方だ。陰で、オネエと言われ嘲笑《ちょうしょう》されているのも知っている。

すると上半身を起こした私の体が、こちらをにらみつけるように見てきた。眉間の皺を深くして、焦点を合わせるかのように目を細める。

「あっ！　もしかして見えない？　あの、これ眼鏡です。ど、どうぞ」

近くに転がっていた度の強い眼鏡を拾い上げて差しだす。つい低姿勢になってしまうのは、私の体から放たれる威圧感というか迫力に押されてだ。

それにしても、これって私なのかな？　まるで別人の魂が入っているみたい。

「えっ……なんだ、これ？」

眼鏡をかけた私の体が、魂の私を見てぎょっとしたように瞠目《どうもく》して体を引き、怒鳴った。

「なんで俺が目の前にいるんだよ⁉」

鼓膜を震わせるような大声に、「きゃんっ！」と悲鳴を上げ、両手をぎゅっと握りしめて目をつぶる。とたんに耳を引っぱられた。

「やんっ、痛いッ！」

「てめぇっ！　俺の体でキモイポーズとってんじゃねぇよ！　ぶりっ子か？　甘い声もだすな！」

「やっ……なっ、なななななんなんですかぁっ？」

見上げた私の体が、私を憎々しげににらみつけている。その剣幕《けんまく》が怖くて涙目になる。

「なんですかって、こっちが聞きたい！　お前は人の体でなにしてんだ！」

「そそそそそんなの、お互い様でっ……」

どうしよう。私の体に殺されそう。私なのに……だいたいもう死んでるかもしれないのに。なにが起きているの？

パニックで頭の中がぐるぐるする。もう駄目、誰か助けてと思ったその時。ポンッ！という やけに愛らしい音がした。

「お二方、落ち着くのである！」

時代がかった言い回しだが、声が幼くてアンバランス。まるでアニメのキャラみたいと思いながら振り向くと、白い狐《きつね》が宙に浮いていた。

「きゃー！　可愛い‼」

異常事態だというのも忘れ、黄色い声を上げて狐に駆け寄る。

白いふわふわした毛に、ふさふさの尻尾、ピンと尖《とが》った耳、丸くて黒いキラキラした目。どれも愛らしくて、私の可愛い物好きセンサーを刺激して、胸がきゅんとする。

これは触らずにはいられない。撫でまわし、ぎゅっと抱きしめないでいられるわけがない。

「いやー！　なにこれカワイすぎー！」

近くで見るとますます愛らしくて、私の勢いに押され気味になっている狐を問答無用で抱きしめ、頬ずりする。

「わぁっ！　うわああ、なにをするのじゃっ！　この無礼者っ！」

「なにそれー、その喋り方までカワイイ！」

「放せ！　放すのじゃ、小娘!!」

子狐が腕の中でじたばたと暴れるが、おかまいなしに撫でまわす。ところが後ろから襟首を強く引っぱられ、腕の中の狐を取り上げられてしまった。

「おい、やめろバカ女！　今はそんなことしてる場合じゃないだろ！」

「こらっ、お主もわしを放すのじゃっ！」

私の体――おそらく私の体に入った誰かさんは、うなじを摑《つか》んで宙づりにしていた狐をひとにらみすると、黒い空間に向かって放り投げた。

そういえば、ここはどこなのだろう。真っ暗でなにも見えないというか、なにもないような気がする……。それなのに、私の体に入った誰かさんや狐の姿は、くっきりと闇に浮かんで見える。

　ここは尋常じゃない空間なのだろうか。不安に眉根を寄せてあたりを見回すが、事故にあった場所にあった鳥居もなにもない。

　私は会社帰り、白梅稲荷神社に立ち寄った。稲荷神社は、高層ビル群の立ち並ぶオフィス街の一角にちょこんと存在する小さな神社で、最近は願いが叶うパワースポットとして人気がある。私もそのご利益にあずかりたくて、このところ残業が終わってから毎晩のように通いつめていた。昼間は女性だらけの稲荷神社も、夜になると人気がないので、大柄な男の私でも気後れせずに参拝できるのだ。

　今夜も稲荷神社を参拝し、鳥居をでたところで踵《きびす》を返し社に向かって一礼をした。深々と下げた頭を上げると、背後でクラクションがして車のヘッドライトの強い光が私に向かって放たれた。反射的に振り返り、まぶしさに目を細める。左右に揺れながら、こちらに猛スピードで迫ってくる車と、光に照らされた華奢《きゃしゃ》な女の子が見えた。彼女は、まさに神社の前を横切ろうとしていたところで、向かってくる車に驚いて険しい顔で身構える。その横顔がとても整っていて、けれど美人というわけではなく可愛い系で、私の理想そのものだとその一瞬で見惚《みと》れてしまった。

　すると女の子は、ぼうっとしている私に気づいて「危ないっ！」と叫んで、こちらに向かってきたのだ。まるで、私を車から守るように。小さな体で、男の平均より身長が高い私をかばおうと目の前に飛びだす。その勇ましさに、また私は惚《ほ》れ惚《ぼ》れとしてしまった。

その後のことは、よく覚えていない。耳をつんざくブレーキ音と、体に受けた衝撃。直後に意識は飛んでしまった。ただ、車にはねられたのだけはわかった。

「まったく、どいつもこいつも罰当たりめ！　礼儀というものを知らぬのか」

放り投げられた狐が、ぷりぷりしながら毛づくろいをする。誰かさんは、それを一瞥《いちべつ》しこちらに顔を向けた。

「おい、俺とお前、入れ替わってるんじゃないか？」

「……え？　入れ替わる？」

目を瞬かせて首を傾げる。誰かさんは不機嫌そうな面持ちで、ふうっと息を吐いて私を指さした。

「その体は、俺の元の体だ。で、この体はお前の体なんじゃないか？」

「えっ？　ええっ？　そ、そうなの？　たしかにそれは私の体だけど……」

「そうとしか考えられないだろ。おい、そこの畜生。答えろよ」

畜生と言われた狐が、毛を逆立てて怒った。

「わしは畜生などではない！　白梅稲荷神社の神の使い、シロである！」

「ふーん、で、今の状況を説明しろよ」

神の使いと聞いただけで私は驚いてしまったが、誰かさんは不遜な態度を崩さない。こういうタイプは苦手だなと思って、誰かさんから二、三歩距離をとる。

?
shi raume

「まったく、腹立たしいことこの上ないが、時間がないので話を進めるのである」

狐のシロちゃんはそう言うと、くるんとでんぐり返しをするように回転する。すると不思議なことに、私と誰かさんの前に銀色の手鏡が現れた。

「先ほどそこの男が言ったとおり、お主らは先の事故で魂が入れ替わったのじゃ」

鏡の中をのぞくと、そこには車にはねられる前、私をかばってくれた女の子の顔があった。

「か……可愛い……っ！」

一瞬見ただけで整った可愛さだと思ったけれど、こうしてじっくり見るとその可愛さは際立っていた。かまっていないのか、触れた素顔の頬は乾燥でかさついていて、髪も後ろで縛っただけ、艶もない。それでも他をしのぐほどの愛らしい容貌だった。

いいな。私もこんなふうに生まれたかった……。

溜《た》め息をつく、憂《うれ》い顔さえも可愛いなんてずるい。うらやましい。それなのに、まったく手入れもされていない様子なのが腹立たしい。

見れば、格好はジャージだ。部屋着なのかもしれないが、夜とはいえこんな格好で都心を闊歩《かっぽ》するなんて女としてどうなのだろう。近くに住んでいるにしても、だらしがない。

「ん……？　このジャージって、白梅院女子高等学校の？」

グレーにピンク色のラインが入ったジャージの胸元に、筆記体で学校名が刺繍《ししゅう》されている。過去に穴が開くほど見た女子高制服図鑑にも載っていたジャージとそっくりだ。

「ああ、そうだよ。白梅院卒だから」

期待していなかった返答に、隣を見る。誰かさんは、だからなんだとでも言いたそうな顔をしている。

「だ、大学も白梅院？」

声が震えてしまうのは、白梅院女子校が私にとって憧れだったからだ。超のつくお嬢様学校で、制服や指定のバッグ、体操服、ジャージ、水着などすべてのデザインが可愛いのだ。入れるものなら入りたかった学校だったが、男の私では根本的に無理。それどころか、入学には親の家柄や経済状況まで合否の対象にされるという。当然、学費も高い。

どのみち、私が女だったとしても入学できるわけがなかった。成績は足りても、うちは貧乏なのだ。

「大学もそうだけど、幼稚舎から白梅院だよ」

さらっと返ってきた答えに、呆然《ぼうぜん》とする。幼稚舎から白梅院女子校に入学できるなんて、家柄や経済力だけでなく、親が卒業生である必要があった。

「嘘《うそ》……超お金持ちのお嬢様ってことじゃない……」

それなのに、どうしてこの誰かさんは口が悪いのだろう。性格もかなり雑そうだし、傲《ごう》慢《まん》だ。一人称なんて「俺」だ。まだ「僕」なら、僕っ子かと思えたが、女性で「俺」はなかなかない。

白梅院女子ブランドのお嬢様イメージががたがたと崩れていく。

「んで、入れ替わったわけだけど元に戻れるのか？」

誰かさんが、至極もっともなことを言う。私はそれに落胆した。

やっぱり、元に戻りたいと思うのが普通だよね。女に生まれたかったとずっと願っていた私と違って、どんなに乱暴な性格をしていたとしても誰かさんは普通の女の子だもの。

毎晩、白梅稲荷神社に参拝して「可愛い女性になれますように」とお祈りしていた。一瞬、その願いが叶って女性になれたのか、さすがパワースポットなんて盛り上がってしまっていたけれど、一時的にであれ念願が叶ったのだから満足しなきゃ……。

残念な気持ちに肩を落とした時だった、シロちゃんがにいっと笑って言った。

「お主ら、元に戻りたいと思っておるのか？　そうは思っておらぬだろう」

内心を見透かされた私は目を丸くし、次に隣の誰かさんを見上げた。「お主ら」ということは、誰かさんも私と同じ思いなのだろうか。真剣な表情をした誰かさんと目が合った。

「やっぱお前……心は女か」

「うん。じゃあ、あなたも……？」

誰かさんは静かに頷《うなず》き、「ああ、俺は男だ。正直、元の体になんて戻りたくない」とはっきりと宣言した。

「わ、私も……あなたがよければ、この体にずっといたい。女性になりたい！」

興奮に声が上ずり、苦手だと思っていた誰かさんに向かって身を乗りだす。

まさか、このままでいられるなんて。いていいなんて……夢が叶ってしまうなんて！

ううん、もしかしたらこれは夢かもしれない。頬をつねってみた。

「……痛くない。夢か」

一瞬で奈落の底に突き落とされたような絶望感を味わう。期待させてこれはひどい。するとシロちゃんが「あせるでない」と言った。

「痛くないのはあたりまえじゃ。今のお主らは魂本来の姿。要は魂だけで体はない。でなければ、この空間にはおれまいて……入れ替わったと言ったのは、状況を理解させやすくするためである」

誰かさんも私も、シロちゃんを振り返って首を傾げた。それからシロちゃんは、私たちが入れ替わった経緯を話してくれた。

私と誰かさんは、天界にいる神様のミスで、生まれる時に魂を入れる器を取り違えてしまったということらしい。最初に、私の魂を男性の体に、それから五年後、誰かさんの魂を女性の体に入れてしまったのだ。

「要するに、病院で子供を取り違えてしまったみたいなもんか。迷惑な話だな」

「あ、あの五年後ってことは、私たち年が離れているんですよね？」

シロちゃんは「それが問題なのじゃ」とうなだれた。

「実は器の取り違いは稀《まれ》に起こるミスではあるのだが、普通は同じ年同士なのじゃ」

その年に生まれる魂は一ヵ所に集められ、決まった日時に決まった体に送りこまれるらしい。魂と器である体は貝合わせのようにぴったりと合わさるもので、二つと同じ物はなく、取り違えると魂と体が合わないために体に負荷がかかり、最悪死に至るのだそうだ。

そうなる前に、シロちゃんのような神の使いが地上に降り、本人たちに物心がつく前に魂を入れ替える作業をするのだと語った。

「それがお主らの場合は、なんの手違いか五歳も年齢が違ってしまったのじゃ。これでは入れ替えるのも難儀での、様子を見ることにしたのである」

たしかに五歳になってから魂を入れ替えられ、赤ん坊になっていたら混乱する。誰かさんなんて、赤ん坊から五歳児だ。生活に支障がでるなんてもんじゃない。

それからシロちゃんは神の命で、魂を入れ替えるタイミングを探していたのだそうだ。

でも、なかなかそのチャンスはやってこなかった。入れ替えるチャンスというのは、魂が体から離れそうになっている時、要するに死にかけている時だ。さらに言うと、二人とも同時に死にかけている時がよいらしい。

「普通ではあり得ぬ事態なのだが、どうもお主らの魂はその性別の違う器と相性がよいようじゃ。どちらも健康そのもので病にもかからず、事故にあうこともない。どうしようかと、じりじりとしておったのじゃが、ちょうどいい具合に二人がこの稲荷神社の前で鉢合わせしそうになっているではないか。ならば少々、死にかけてもらおうと思っての」

シロちゃんが目を細め、不敵に笑った。

「じゃあ、あの事故はお前の仕業かよ。神の使いのくせしてひどいことすんな」

「ふんっ。じゃが、入れ替わってよかっただろう」

「俺たちはいいけどよ。車運転してたヤツが可哀想だろ。やっぱ、神の使いじゃなくて畜生だな」

「貴様っ！　一度ならず二度までもっ！　わしは畜生ではない！」

尻尾をぶんぶん振って怒るシロちゃんを、誰かさんは冷ややかな目で見ている。態度は悪いし、辛口だけど、そんなに悪い人ではないのかもしれない。私も、運転手さんが可哀想と思ってしまったから。

「ともかく、お主らは魂が入れ替わっただけで、体には傷一つおっておらぬ。運転手も重い罪には問われまいて」

それならいいかとほっとしたところで、シロちゃんが声を低めて言った。

「そして、ここからが本題じゃ」

空気が冷たくなった気がして、ぶるりと背筋が震える。私はごくりと唾を飲みこんで、シロちゃんの言葉を待った。

「今回の事故で魂を元の体に戻すことには成功したが、お主らは入れ替わるまでに長い時間がかかってしまった。よって、そう簡単に魂が本来の体に定着せず、前の体に戻ろうとするじゃろう」

子供のうちならば、入れ替えた魂が本来の体にすんなり定着するらしい。けれど、私と誰かさんは長く別の体に魂があったせいで、魂が違う器に馴染《なじ》んできてしまっているのだという。しかも魂と器の相性がいい。入れ替わったとしても不安定で、一ヵ月ほどしかその状態を維持できないと言う。なにかの拍子に唐突に入れ替わる危険もあるのだそうだ。

「そんな……」

私は不安に眉根を寄せ、すがる思いでシロちゃんを見つめる。神の使いだという白狐は可愛らしく尻尾をぱたぱたさせながら、「安心せい。打開策をちゃんと用意してきたのじゃ」と胸を張って言った。

「それはなんですか？」

急かすように問うと、シロちゃんがさっき手鏡をだしたみたいに、くるんと回転した。

「一年以内に運命の人を見つけることじゃ！　それと、入れ替わりを維持する条件は以下のとおりである」

なにもない空間に、さらさらと白色で文字が浮かび上がる。そこにはこう書かれていた。

〈入れ替わりを維持する条件について〉
一、魂の入れ替わりを完全に固定するには、二人が心から愛する運命の人を見つけ、心身ともに結ばれることが必要。だが、片方だけが運命の人を見つけても、固定されない。
二、運命の人を見つけられない間は、魂と器の結びつきが不安定なので、入れ替わりを一時的に固定するために、三十日間に一回契ることが必須。
三、契らずに三十一日を迎えると、前の器に魂が戻ってしまう。その場合、口づけを交わすと二十四時間だけ入れ替わることが可能。その間に契れば、また三十日間入れ替わった状態を維持できる。
※三十一日目に契ったとしても、その日から三十日後ではなく、期限である前日から数えて三十日の間に契らなくてはならない。契る期限日が変更されることはない。
四、毎日口づけて、二十四時間だけ入れ替わりを維持することも可能である。

すべて読み終え、私は表情をこわばらせた。かなり面倒くさい上に、難しい条件じゃないだろうか。

「あ、あの……その契るって、もしかして……」

「まさかエッチしろってことか？」

誰かさんがずばりと切りこむと、シロちゃんはつぶらな瞳をぱちくりさせ「そうじゃ。難しいことではなかろう。そもそも魂を固定するための契りである。儀式みたいなものと割り切るがよい。ちなみに最初の契りの期限は本日から三十日後じゃ」と言ってのけた。

「そうそう、避妊するでないぞ。体液の交換が必要でな。契りによって魂を交換する儀式であるから、妊娠の心配はない。魂が完全のその体に固定するまで、お主らは誰とどれだけ性交渉をおこなっても妊娠したりさせたりできないようになっておる」

とても生々しい話を、愛らしいシロちゃんから聞かされげんなりする。

誰かさんを見上げると、彼もこちらをげんなりとした表情で見下ろし呟《つぶや》いた。

「自分とセックスすんのかよ……」

正確に言うと、元自分の体とのセックスである。想像するだけで、とても複雑だ。正直、しないでいいならしたくない。

でも、知らない相手……いや、知らない体ではない。嫌悪感のある相手とするよりかはマシだろう。それに女性の体でのセックスに興味がないわけではない。むしろずっと、女性の体で男性に愛されたいと願ってきた。性欲だってそれなりにある。この体でいられるなら、シロちゃんの言うとおり割り切るしかないかと思う。

ただ、初めての相手は選びたかった。私は、当然と言うか、自分の性が受け入れられなかったおかげで、今まで異性とも同性とも付き合った経験がなく、体も綺麗《きれい》なままだった。

そのせいで、自分でも夢見がちだなと思うぐらいに、性交に対する期待や妄想がふくらんでしまっている。

私は誰かさんと合っていた視線を外す。彼と三十日後にセックスするのかと思ったら急に恥ずかしくなったのだ。

それを、誰かさんは嫌がっていると勘違いしたようで「俺としたくないか？」と聞いてくる。私は、ぶんぶんと首を横に振った。

「ううん。大丈夫……儀式みたいなものだもの。お互いに、この体でいたいもんね。だから大丈夫だよ」

そう言って、なんとか笑顔をつくり顔を上げると、ぽんぽんと頭を撫でられた。

「まあ、駄目だったらそれでいいから、無理すんな。毎日キスして、二十四時間だけ入れ替わるってこともできるらしーしよ」

誰かさんは、そう言ってにっとワイルドに笑った。不意打ちの笑顔に胸が高鳴る。自分の顔――これからは元自分の顔に、まさか見惚れるなんて思わなかったが、中身が違うと表情まで変わってくるのだろうか。別人にしか見えなかった。

それに傲慢な態度の誰かさんから、優しい提案をされると思っていなかったのでびっくりしてしまった。そんなに怖い人ではないのかもしれない。

私はドキドキが収まらない胸を押さえ、ふうっと溜《た》め息をついた。

「ところで、一年以内に運命の人にそうそう出会えると思えねぇんだけど。その期限、ちょっと無理くね？」

それは私も引っかかった。誰かさんの隣で、同意だと頷《うなず》く。

「それなら心配するでない。運命というのはたくさんある。運命の人や赤い糸というのも無数にあるのじゃ。そのうちのどれを選び、つかみ取るかで運命が変わってくるだけで、運命の人自体は希少ではないのじゃ」

「なんだそれ……じゃあ、両想いになってセックスすればＯＫってことか？」

「大雑把に言うとそうじゃ。期間内に心身ともに結ばれればよい。その後、結婚までいくいかないは問わぬ。次の日には破局していたとしても、魂の固定は完了するのである。問題は、同じ時期に双方ともにそういう相手を得られなければ入れ替わりの完全なる成功には至らぬということじゃ」

同じ時期というのは、次の契りの期限日までらしい。要は区切られた三十日の間に、私と誰かさんが運命の人と両想いになり性交すればいいのだ。それが達成されなければ、また次の三十日の間にということである。

「三十日の期限についてはこんな感じじゃ」

シロちゃんがまたくるんと回転すると、入れ替わりの条件が消え、そこに一年間のカレンダーが現れる。月に一回、ハートマークがついている。これが契る期限日らしい。

「ハートって……ふざけてんのか」

誰かさんの声が怒りで震えていた。怖いので、そちらを見ないようにする。

「ちなみに、このカレンダーと条件については、忘れないようにお主らのスマホに同期しておくので安心せい。通知設定もしておいてやるぞ」

得意げな顔で、シロちゃんが顎《あご》をくっと持ち上げる。最近は天界も、デジタル社会らしい。

「それで、質問はあるかの?」

私は「たぶん大丈夫です」と答えて、隣を見上げた。誰かさんも「別に」と投げやりに返す。

「ふむ、そうか。のちにわからぬことやトラブルが発生したら、いつでも通話アプリのトーク機能で答える故、気軽に話しかけるがよいぞ」

グループをつくって登録もすでにされているらしい。後でスマートフォンを見るように言われる。なんだか天界や神についてのイメージが崩れ、身近すぎてありがたみが薄れていくような気がした。

「次に目覚めると、入れ替わっておるので言動には注意するのであるぞ。では、しばしさらばである」

シロちゃんが尻尾を振ってくるんと大きく回転する。急に周囲の景色がぼやけ、真っ黒い闇が足元から白んでいく。

「あ、そうだ……」

お互いが白い光に包まれる寸前、誰かさんがあせったようにこちらを向いた。

「お前、名前なんていうの？」

「え……あ、私は冬馬《とうま》。藤原《ふじわら》冬馬！」

「俺は堂島《どうじま》アリスだ。目が覚めたら、冬馬になるけどな」

アリスこと、冬馬くんがそう言って笑う。

私は目覚めたら、アリスになるんだ。なんて可愛い名前だろう。嬉《うれ》しくて思わず笑うと、冬馬くんの手が伸びてきた。

「よろしくな、アリス！」

「うん……こちらこそ、よろしくね冬馬……くん。自分の名前を呼ぶなんて、なんか不思議」

「そうだな。もう冬馬って呼ばれても返事すんなよ」

た。

「そっちもね」

ぎゅっと握手をする。その直後に、目の前が真っ白になって私の意識は光に包みこまれた。

目覚めると、病院のベッドの上だった。シロちゃんの言ったとおり、怪我一つしていないようで体に痛みはない。起き上がって、あたりを見回す。隣のベッドに、私の体——ではなくて、冬馬くんが座っていた。

「よっ、本当に入れ替わったみたいだな」

彼は狐につままれたようなぽかんとした表情をしていた。実際、白狐のシロちゃんに化かされたようなものである。

「うん……びっくり。夢じゃなかったんだね」

てへへ、と笑って流れてきた髪をかき上げる。その感触が、今までの自分の髪質とはまったく違って柔らかで、これは現実なんだと訴えていた。

こうして、私たちの入れ替わり生活がスタートしたのである。

act.2

「よ、要塞《ようさい》みたい……」

元アリスこと冬馬くんに連れてこられた堂島邸を目の前に、私は呆然《ぼうぜん》としながら感想をこぼした。豪邸だろうとは思っていたが、深夜、街灯に照らしだされた堂島邸は想像以上だった。

材質はよくわからないけれど、邸《やしき》は三メートルほどのつやつやした黒い石塀《いしべい》に囲まれていた。石塀の上には侵入者避《よ》けなのだろう、鉄製のトゲトゲしたものが載っている。そんなものが載っている壁、テレビか漫画でしか見たことがない。けれどあたりを見回すと、外観は違えど似たようなかまえの邸ばかりだった。

「住む世界が違いすぎる。なんなのここ……会社近くに、こんな場所があるなんて知らなかった」

都心のオフィスビルが立ち並ぶ一画から、徒歩十分ほどのところである。閑静《かんせい》な住宅街というか、豪邸街だ。

ぽかんと、間抜けに口を開けて邸を見上げる私の横で、冬馬くんが門の鍵を解除している。暗証番号ロックらしい。その後、手をだせと言われたので差しだすと、人差し指を摑《つか》まれてモニターのような黒い部分に押しつけられる。指紋認証だった。

初めて見た。普通の鍵は一切使わずに門が自動でスライドして開く。

すごいなと感心していると、先に門をくぐった冬馬くんに「ぐずぐずすんな。いつまでも入らないとオートロックで閉まるぞ」とどやされる。自宅の鍵がオートロックで閉まるというのにもびっくりだ。

いちいち驚いてる私をよそに、冬馬くんは慣れた様子で門から玄関に続く緩やかな石階段を上っていく。堂々とした様子の彼を、慌てて追いかけた。もとは私の体だったはずなのに、今は別人のように逞《たくま》しい背中に見える。中身が違うだけで、こうも人は違って見えるものなのかと不思議だった。

病院で目覚めてから、冬馬くんはとても頼もしかった。状況にすぐについていけず、警察の事情聴取にしどろもどろになる私を、自然なかたちでフォローしてくれた。おかげで、変に怪しまれずに警察からは解放され、怪我も精密検査での問題もなかったので入院する必要もなく、医者に帰っていいと言われた。

そこでまず、病院から近い冬馬くんの家にいき、彼の荷物をまとめてから私のアパートに向かうのがいいだろうと決まった。というか、冬馬くんがそう仕切り、私は頷《うなず》いているだけだった。

もとは五歳年下らしいけど、対応力や判断力では彼のほうが年上のようだ。入れ替わって若返ったとはいえ、二十七歳にもなってただ慌てるだけの自分が情けない。

冬馬くんに案内され、邸に上がる。こんな大きな邸なので、お手伝いさんでもでてくるかと緊張したが、人感センサーで明るくなった玄関はがらんとしていて誰の出迎えもなかった。冬馬くんは「この時間、家には誰もいないから。気にせず上がって」と言ってスリッパを差しだす。私はきょろきょろしながらスリッパをはいた。

「すごい広いね……私のアパートの部屋ぐらいあるかも」

通勤に片道一時間半、郊外の駅近くにある私の安アパートは、一応、六畳二間の２DK。その部屋がすっぽり入っても、まだ余裕がありそうな玄関だった。

冬馬くんのあとについて廊下を進み、トイレや風呂、リビングの場所を教えてもらう。

これからこの邸で暮らすのかと思うと、わくわくするのと同時に、ちゃんとやっていけるのか心配になった。

「基本、週三で昼間にハウスキーピングの人がくるだけで、この家には誰もいないから一人暮らしみたいなもんだ。アリスが前と違ってても、それに気づくような人間はここにいないから、安心して生活できると思う」

「え？　誰も……あの、ご家族は？」

広くて綺麗《きれい》なキッチンに案内され、中をのぞいてみたくてうずうずしていた私は、冬馬くんの言葉に振り返る。

「オヤジはほとんど会社かホテルで生活してる。それか恋人がいれば、そいつんとこ」

「恋人……?」

「ああ、母親は俺が幼い頃に亡くなってるんだ。父子家庭。で、俺は一人っ子だから、普段家には誰もいない。食事は基本的に外だから、住み込みや通いの家政婦もいない。ハウスキーピングの人には、掃除と洗濯だけしてもらってる」

「そうなんだ……えっと、変なこと聞いちゃってごめんなさい」

プライベートに立ち入ったのが申し訳なくてうつむくと、大きな手で髪をくしゃくしゃと混ぜるように頭を撫《な》でられる。

「なに言ってんだよ。入れ替わったんだから、これはもうお前の境遇だぜ。変なこと聞くもなにもないだろ。むしろ積極的にお互いの個人情報を教え合わないとまずいだろ」

「あ、そっか! そうだよね、私、この体の……堂島アリスのことなんにも知らないんだ」

こんなことで大丈夫なんだろうか。アリスの現在の境遇は知らないが、冬馬くんは会社員だ。この間まで学生だった現在の冬馬くんが、すぐに社会人として生活していけるのだろうか。自分も、アリスとしてちゃんとやっていけるのか、不安しかない。

「おい、そんな真っ青になって悩むな。こうなったら、なんとかやってくしかないだろ」

「う、うん……でも……」

私は、彼みたいにそう簡単に頭を切り替えられない。あれこれ考えて不安ばかりがつのる。メンタルの強い彼が羨ましかった。

「だいたい、お前も俺も今の状態が本来の姿なんだろ。そんで、もう元の体には戻りたくないわけだ。だったら、前進するのみ。それとも、元の体に戻って生きてくか？」

きっと、このまま運命の人を見つけられなければ、今までどおりの生活に戻るだろうと冬馬くんが続ける。私は強く首を横に振った。

「それは嫌。もう戻りたくない……私は女だもの」

「ああ、俺だってそうだ」

冬馬くんの真剣な声がずしりと胸に響く。

私も覚悟を決めなくちゃ……。右往左往するばかりで、運命の人を見つけられず、元の体に戻ってしまうような結果になれば、冬馬くんにだって迷惑がかかってしまう。それに、不安以上に、女性になれた喜びのほうが勝っている。

アリスとしてうまくやっていけないかもなんて、まだなにも始まってないのに悩んで不安になっている場合じゃないと思うけれど、やっぱりすぐには気持ちを切り替えられなくて、眉根に皺《しわ》が寄ってしまう。すると、ぐっと強く腕を引かれた。

「大丈夫だって」

「え……ちょ、ちょっと……っ」

目の前に冬馬くんの胸があって、慌てる。離れようとしたけど、それより早くぎゅっと抱きしめられてしまった。

「お前のことは、俺がなんとかしてやるから。あんま思いつめんなって」

なだめるように背中をぽんぽんと叩《たた》かれ、不安は一瞬で吹き飛んだが、心臓がドキドキして頬が火照ってくる。

なにこれ……男の人に抱きしめられるって、こんな感じなんだ。

新鮮な驚きと緊張で、体が硬直する。変な汗もでてくる。

冬馬くんの身長は一八五センチある。アリスの身長は正確にはわからないが、一六〇センチ前後だろう。ゆうに二十センチ以上の差があるせいか、抱きしめられるとすっぽりと彼の腕の中に収まって、守られているような安心感がある。

もとは自分の体だというのに、変に意識してしまう。

筋肉もなく、ひょろりと背が高いばっかりの情けない体格だと思っていたのに、こうして女性の体になってみると、その体格差に圧倒される。抱きしめてくる腕の力強さにもどきっとして、足元がそわそわする。この感覚はなんだろう。

元自分の体——冬馬くんにときめいているのだろうか？

なんて思ったところで、感慨もなくぱっと腕の中から解放された。

「よし、じゃあ俺の部屋にいくか。ちゃちゃっと荷物まとめて、お前んちいくぞ」

あっさりした態度に、拍子抜けする。一人で興奮していたのがバカみたいで、恥ずかしさに熱が引いていく。

「なんなのよ、もう……」

熱の残る頬を押さえながら、私は冬馬くんの背中を追いかけた。

きっと今のは、気の迷いだ。まだ女性の体に慣れていないから、元自分の体にもドキドキして興奮してしまっただけ。むしろ、男性の腕の中にすっぽり収まってしまう、今の自分の体にどぎまぎしただけに違いない。きっとそうだ。私は、自分自身に萌《も》えただけなんだ、と誰に聞かせるでもない言い訳を頭の中で並べ立てながら、冬馬くんの部屋に入った。

「え……なにも、ない……？」

足を一歩踏み入れて驚いたのは、広い部屋にベッドと机しかないことだった。がらんとしていて、殺風景。よく、モデルハウスみたいな生活感のない部屋というのがあるけれど、それを通り越して、引っ越ししたばかりでなにもない部屋みたいだ。これで隅に段ボールでも積み上がっていたら、引っ越し直後だと思っただろう。

「……もしかして、今流行りのミニマリスト？」

「さあ？　昔から物にそんな執着ないっていうか、特に必要ないっていうか。最近は、レンタルできる物も充実しているし、本は電子書籍で読んでるから、よけいに物が減ったかもな」

冬馬くんはクローゼットを開くと、キャンバス地のトートバッグを取りだし、その中へ無造作に荷物を放りこんでいく。

「とりあえず、貴重品とお前に必要なさそうなもんだけ持ってくな。俺が今まで着てた服は、使うなり処分するなり好きにしていいから。あと、ＰＣやタブレットはお互いが今まで使ってたの持ってけばいいよな？　そのほうが使い勝手も慣れてるし。スマホは……契約があるから、交換しなきゃなんないな……」

「う、うん……そうだね」

私は上の空で返事をしながら、そっとクローゼットの中をのぞく。かなり大きいウォークインクローゼットだ。けれど、中にかけてある服は数着。リクルートスーツ二着と、シンプルな普段着が五着ぐらい。あとは下着類が入ってそうな、造り付けの引き出しがあるが、あの中もたいして物は入っていないのだろう。

冬馬くんの荷造りは所要時間五分で終わり、トートバッグ一つに収まってしまった。それに驚いているうちに彼がタクシーを呼び、次は私のアパートへ移動した。

「おー……想像以上に古いな」

「ごめんね……貧乏で」

「気にすんな。俺、質素なほうが好きだし、こういうとこで一人暮らししてみたかったんだよね」

あの豪邸から、築三十年以上のアパートに住まわせるのは忍びなかったが、冬馬くんは楽しそうに口笛を吹いている。彼の前向きで明るいところにほっとしつつ、玄関を開けた。

「へえ、綺麗にしてるんだな」

玄関を上がってすぐが三畳ほどのキッチンで、ガラス戸で仕切られた向こうに、居間に使っている畳の六畳間、襖《ふすま》をへだてて四畳半の板張りの寝室となっている。物はそこそこ多いけれど、きちんと片付け、毎日掃除をしているので、いつでも人を呼べる部屋である。ただ、この部屋にきたことがあるのは母親だけだ。

「なんか、いい匂いするな」

冬馬くんがお腹を押さえながら、鼻をくんくんさせる。今朝、料理した時の換気があまりされていなかったのか、キッチンは味噌汁《みそしる》の残り香があった。

そういえば、仕事が終わってからなにも食べていない。自炊中心の生活をしている私は、外食しないでいつも真っ直ぐアパートに帰宅して遅い夕飯をとる。もう深夜なので、冬馬くんの体はすごく空腹なはずだ。

この、アリスの体は空腹ではないので、夕飯の後に事故にあったのだろう。

「昨日の残りの豚汁あるけど、食べる？　ご飯もタイマーで炊いてあるし、少し待っててくれたら、おかずも作るよ」

「マジで？」

冬馬くんの目が、眼鏡ごしにキラキラと輝く。その子供っぽい表情が可愛くて、つい笑みがこぼれてしまう。これだと五歳年下に見える。

「じゃあ、そっちの部屋で待ってて。十五分ぐらいで用意するから」

彼を居間に案内し、白梅院女子高校のジャージの上にエプロンをつける。冷蔵庫からだした豚汁を温めながら、作り置きのおかずが入ったタッパーを取りだす。それと冷凍していた塩鯖《しおさば》を電子レンジで解凍して、グリルで焼く。すぐに食事の用意はできた。

木製のトレイに食事を並べ、居間に持っていくと「早いな」と言って、冬馬くんはなにかをテーブルの下にしまった。

「残り物ばっかりでごめんね。口に合うといいんだけど」

「美味しそう。いただきます」

冬馬くんの食べっぷりはとてもよく、豚汁もご飯もお代わりし、作り置きのおかずもほぼすべて平らげた。私はどちらかというと少食のほうだったのに、中身が違うと胃の大きさまで違ってくるのだろうか。

デザートに実家から送られてきたリンゴをむいてだす。

「うわぁ……このリンゴ、美味しい。果物食べたの久しぶりだ」

食事をしながら少し話したが、外食しかしていないので、手料理を食べたのも久しぶりだと言っていた。料理も苦手らしいので、今後の冬馬くんの食生活や家計が心配になってくる。

「あのさ、私、そんなに稼いでないから毎日外食とかできないんだけど、どうしよう？　大丈夫？」

藤原冬馬はしがない中小企業の平社員だ。外食する余裕はなく、お昼もお弁当を持参していた。私にとって料理は趣味みたいなものだから、自炊は苦痛ではなかったけれど、入れ替わった冬馬くんにその生活ができるとは思えない。今まで実家暮らしだったなら、生活費がどれぐらいかかわからないはずだ。

「あなたが今までどういう生活してたのかわからないけど、生活費はお父さんからもらってたの？　その生活費、私からあなたに渡そうか？」

　今まで裕福な生活をしていた彼が、質素な生活にすぐ馴染《なじ》むとは思えない。しばらくは家計のやりくりで大変だろう。ならば、彼がもらっていた生活費を渡すのに抵抗はなかった。私は節約生活には慣れているし、住むところと光熱費がタダならば、あとはどうとでもなる。食費を稼ぐぐらいなら、バイトでもじゅうぶんだ。

　すると冬馬くんは「大丈夫、心配すんな」と言って笑い、畳に無造作に置いていたトートバッグを引き寄せた。

「そうそう、お金のこと話しとかないとな。大事なことだし。これ、俺の通帳。っていうか、堂島アリス名義の口座と印鑑な。通帳はお互いのを交換するしかないと思うんだ。性別も違うから、前の口座から引き落として不審に思われて警察沙汰になったら困るだろ」

　食べ終わった皿を隅に寄せ、目の前に差しだされたのは二冊の通帳だった。

「こっちはオヤジが毎月振りこんでくる、アリスの生活費な。一応、就職して来月から正社員なんだけど、生活費はこれからも毎月振りこまれてくるから、気にせず使っていいから。あと、光熱費やなんかは全部オヤジが支払ってて、使うっていっても食費と被服費、趣味とかぐらいじゃないかな？」

「え……こんなに⁉」

　勧められるまま通帳を開いた私は、そこに並ぶ数字に驚愕《きょうがく》した。生活費は藤原冬馬の時にもらっていた月給より多い。しかも、あまり使われていない様子で、毎月半分以上があまり、けっこうな残高になっている。

「こ、この通帳はもらえないよ！」

「もらえないもなにも、今はもうお前のもんだし。それにこっちの通帳もあるから」

二冊目の通帳を恐る恐る開き、私はあんぐりと口を開けて固まった。一冊目の通帳の比ではない残高が記帳されている。

「高校ぐらいの時からさ、生活費があまるから投資と投機してたんだ。こっちはその投資用の口座な。お前は投資とかわからなそうだから、後で手続きして取引は停止しとくから安心しろ」

安心しろと言われても、この金額に動悸《どうき》が速くなって落ち着けない。

「あの……これはさすがに……」

「受け取れないって言われても、アリス名義のお金だから。俺はもう使えないし、現金で渡すとか言われても困る。贈与だとか税金だとか面倒なことになったら説明に困るから、これはもうお前のお金な。女は身なりを整えるのにお金かかんだろ？　俺は今までそういうのにぜんぜん使ってないから、いろいろ揃《そろ》えるのにお金かかるだろうし、気にせず消費して日本の経済回してやれよ」

たしかに女性の身なりを整えるのにはお金がかかるけど、こんなにいらない。日本経済を回すほどには使わないし、今まで倹約してきた私には簡単に消費できない額だ。

「……無理。こんな、無理だよ」

「うーん、じゃあ必要なぶんだけ使って、あとは貯蓄しとけよ。なんかん時に役に立つだろうし」

「使えないよ……それに私なんて、ぜんぜん稼いでなくて……」

私も自分の通帳を簞笥《たんす》からだしてきて、冬馬くんの前に置いた。そして奨学金の支払いや、最近、体を壊して仕事ができなくなった母に仕送りをしている事情も話した。うちは母子家庭で貧しく、堂島アリスの生活とは天と地ほどの差があることを懸命に言って聞かせた。

だが、冬馬くんの反応はあっけらかんとしたものだった。

「オーケー、理解した。奨学金の返済も仕送りも心配するな。今までどおりにやってお く。それにこれだけの収入があればなんとかできるし、貯蓄もちゃんとしてて偉いじゃん。ま、大丈夫だって」

奨学金や、特に母への仕送りのことを嫌がられるかと思ったが、笑顔で「任せとけ」と返される。彼の度量の広さに胸を打たれたものの、事態をあまり理解していないのではないか。日々の生活を軽く考えているのではないかと、一抹の不安がよぎる。それに、アリスは来月から新入社員だと聞いた。冬馬くんはもう新人ではないのだが、会社でちゃんと仕事ができるかも心配だ。

それが顔にでていたのか、「だからあんまり思いつめるなって、皺《しわ》寄ってるぞ」と眉間をぐりぐりと指で押された。

「お前はさ、俺の心配より自分の心配したほうがいいと思うんだけど」

「私の……？」

冬馬くんの指を払いのけ、眉間をさすりながら首を傾げる。

「こんなもん読んでるようじゃ、運命の人を見つけるのに難儀しそうだなって」

そう言って彼がテーブルの下からだしたのは、私が愛読している少女漫画や小説で、そのうちの数冊は女性向けのエッチな内容を含む本だった。

「ちょっ！　なななんでっ、それ……ッ？」

「隣の寝室をのぞいたら転がってた」

「返して！　家探しするなんて最低っ！」

慌てて手を伸ばすと、あっさりと返してくれたが、羞恥《しゅうち》と怒りは収まらず、冬馬くんをにらみつける。私が食事の用意をしている間に、なんてことをしてるんだ。

「今後は俺の家になるんだから、家探しでもなんでもないだろ」

「屁理屈《へりくつ》言わないで！」

「それにしても最近の少女漫画や小説って、そういうエロいのもあるんだな。知らなかったよ。でも、元男のお前がこういうの買うの恥ずかしくなかったのか？」

「通販とかあるし。あなたには関係ないでしょ！」

「あんま男に夢見すぎないほうがいいぞ」

「今日、男性になったばかりのあなたに言われたくありません！　私のほうが、男性がどういうものかよくわかってるからっ！」

冬馬くんに言われなくても、漫画や小説にでてくるようなヒーローが、現実にはいないことぐらいわかっている。二十七歳まで男性として生活していたのだから、男同士のエロい会話や下ネタの類《たぐ》いは嫌というほど聞いてきた。女性蔑視的な発言をする男性、会社でセクハラをして悪いとも思っていない男性、女性の前では見せない男たちの本音など、幻滅した経験は数限りなかった。

　それでも、夢ぐらい見たっていいじゃない。

「ふぅん……まあ、お前が男の本性を見てきたのはわかるけどさ、女の立場になって男と接したことはないだろ。だから、騙《だま》されないように気をつけろよ」

「騙されないようって、そんな簡単に……」

「どうだか。俺が言うのもなんだが、アリスは超カワイイ。これは事実だ。お前が身なりを整えて外にでれば、さぞ男からちやほやされるだろう。それにいい気になって、選ぶ相手を間違えるなよってこと。女は外見が美しいだけじゃ、イイ男は捕まえられないんだよ。お前さ、美人だったり可愛かったりすればイイ男が寄ってきて、ちやほやされて幸せになれると思ってないか？　どうせ男なんて女の若さと外見だけしか見てないから、可愛ければ勝ち組だって」

　思い当たるふしがあったので、なにも言えなかった。それに、男性の中で生きてきて、そうやって女性を選別しているのを見てきたので、この堂島アリスの年齢と可愛らしい容姿ならば、すぐに運命の人を見つけられる。簡単だろうと思ったのは事実だった。

「そりゃ、外見のいい若い女に男は寄ってくるよ。だけど、まともな男がくるかって言ったら話はまた別。全部とは言わないが、お前の外見に寄ってくる男は、お前とセックスしたい男だ。けっして、お前と結婚したいと思ってる男じゃないってことだけは心にとめておけ」

頭をがんっと殴られたようなショックがあった。それは極論だと言い返せないぐらいには、男性の生理というものを理解している。

「どうせお前は、運命の人と出会って恋愛してセックスしたら結婚するまでを妄想してんだろ。結婚は別で、とりあえずあのシロとかいう畜生の言う、セックスまでできる運命の人が見つかればいいって割り切れるならいいけどな。お前は、そこ割り切れなさそうなタイプだから心配なんだよ」

冬馬くんの言葉一つ一つが重くて、私はうつむいた。図星だった。

彼の言うとおり、恋愛とセックスと結婚を切り離して考えられるのか、自信がない。体まで結ばれた後に破局するような事態になったら、自分はどうなるのだろう。そもそも女性として恋愛するのだって初めてなのだから勝手がわからない……どころか、男性の時にだってまともに恋愛した経験がなかった。冬馬くんに揶揄《やゆ》されたように、現実の男たちに幻滅し、心は乙女なのに肉体は男である自身から現実逃避し、創作物を読んで妄想にふけっていただけだ。

「へたするとお前は、恋愛してセックスに至るまでに一年はかかりそうだからな。運命の人、なかなか見つけられなくて俺の足引っぱるなよ」

かけられるプレッシャーに息がつまる。

本当は優しい人かもとか、頼り甲斐《がい》があるとか……前言撤回。やっぱり、冬馬くんは苦手だ。

口は悪いし厳しいし、人が気にしていることにずけずけと踏みこんでくる。デリカシーがない。

「それから、一ヵ月後には俺たちセックスしないといけないんだけど、大丈夫か？　それまでに運命の人を見つけてセックスできれば、俺らはヤらなくていいけどさ」

「そ、それは……大丈夫。儀式みたいなもんだし、しなきゃこの体でいられないなら仕方ないじゃない」

よけいなお世話だ。そりゃ、初めてのエッチは運命の人がいい。できれば、そうしたいと思う。けれど、冬馬くんと契らなければこの入れ替わりが保てないのだから、そこは割り切るしかない。それぐらいの覚悟はあるつもりだし、肉体は若返ったといっても中身は二十七歳のいい大人なのだから、少女のように繊細な精神でもなくなっている。

「そうそう、ちなみにその体、処女だから。大事にしろよ」

さらにかけられたプレッシャーに、私の顔は引きつった。

これだけ可愛い容姿で、この性格なら、経験ぐらいあるのだと思っていた。でも、冬馬くんも私と同じなら、受け入れられない性別の体で、他人と愛し合うのに抵抗があったのだろう。

これは嬉《うれ》しい誤算ではあるが、運命の人選びのハードルがぐんと高くなった気がした。適当な相手と恋愛するなんてもったいない、なんて欲が自分の中にむくむくとわいてくる。

意地の悪い笑みを浮かべる冬馬くんをにらみつけ、絶対にいい男を捕まえてやると決意した。

入れ替わって数日後。四月に入り、私はアリスの父、堂島吾郎《ごろう》が専務を務める白河《しらかわ》商事に受付嬢として入社した。

冬馬くんが父親が勤める会社で受付嬢なんてとびっくりしたけど、本人曰《いわ》く「俺は営業希望で面接したんだ！　それなのにオヤジが勝手に受付嬢に変えてやがった」ということだった。夜の白梅稲荷神社で出会った時、彼は受付嬢に配属先が変更されているのに気づいて、父親に直接文句を言いに会社に乗りこむ途中だったらしい。

彼の父親がどういうつもりで配属先を変更したのかはわからないが、私にとっては大企業の営業職より、受付嬢のほうがまだ気が楽だ。冬馬くんには悪いけど、彼の父親に感謝した。

そして、まずは研修で慌ただしい日々を送りながら、約束の日——冬馬くんと初めて契る日がやってきた。お互い仕事があるので、平日はばたばたするから会うのはやめようという話になり、期限日の数日前の休日、土曜日に会って契ることにしたのだ。

待ち合わせ場所のカフェに着いた私は、ゆったりとしたソファに腰かけ、重い溜《た》め息をつく。どよんとした気分で、頬杖《ほおづえ》をついた。

「見つからなかった……運命の人……」

たった一ヵ月ほどでどうにかなるとは思っていなかったけれど、冬馬くんを見返してやりたかっただけに悔しい。それに出会いはそれなりにあったのだ。

正直、始めは受付嬢なんて人前にでる仕事は向かないと思った。でも、やってみると可愛い制服は着られるし、午後六時には退社できる。藤原冬馬だった頃は残業ばかりで、しょっちゅう上司に怒鳴られていた。外に出れば取引先のご機嫌とりで自分をすり減らしていたことに比べれば、なんて楽しい職場だろう。それで以前と月給も変わらないのだ。

ずっと人目を気にしていないといけないなど、緊張感があってそれなりに大変ではあるが、自分に使える時間は前よりずっと増えた。お金は、初給料が入ってから返すことにして、アリスの父親が振り込んでくれる生活費から身だしなみを整える費用を借りた。おかげで、買い物や美容院、ネイルサロンにエステと、自分磨きに精をだすこともできた。

教育係についてくれた一歳年上の先輩、中山瑠衣《なかやまるい》さんは合コン好きの肉食系女子で、ちょっと苦手かもと思ったが、気さくで明るくて後輩の面倒見がよかった。初対面で合コンにも誘ってくれ、私は尻込みしつつも参加した。運命の人を見つけるためには、まず出会いを増やさなくてはいけない。初対面の異性と話すのは恥ずかしい、苦手だからなどと逃げている場合ではない。

だが、出会いは増えても、運命の人はそうそう転がっているものではなかった。冬馬くんに忠告されたとおり、私に寄ってくるのは外見につられてくる男性ばかり。それを悪いとは思わない。お互いをなにも知らない段階では、性格の良し悪しもわからないのだから、好みの外見である異性に近づくのは女性とて同じだ。私だって、生理的に外見が無理な相手は、いくらイケメンだろうと気が合おうとも友達以上にはなれないと思う。

そういう前提を差し引いて、自分に声をかけてきてくれた男性を相手にしたのだが、彼らはどうもすぐそっちのほう――性的な関係を進展させる雰囲気ばかり臭わせる。自意識過剰なのかもと思ったが、初対面でホテルに誘われること数回。強引に連れこまれそうになったこと一回という散々な結果だ。連絡先だけを交換した相手とは、数回やり取りをした程度で会話が続かなくなって自然消滅した。私が、性的な行為を警戒したために、会いたいという要求に応じなかったせいもある。

それとも世間では、まず体の相性を確かめてから付き合うかどうか決めるのが一般的なのだろうか。私が女性になって日も浅い上に、男性の時も誰とも付き合った経験がないから、そういう常識がないのだろうか。いやいやいや、アリスは二十二歳で、本来の自分とは五歳も違う。それだけ離れていると文化がかなり違うものだから、これはジェネレーションギャップかもしれないと思い、冬馬くんに連絡をとると、「合コンはもうやめろ。それは常識じゃないし、お前には向かない」と短い返信がきた。

よかった常識じゃなくて……と安心したものの、合コンをやめたらどうやって異性と出会えばいいのかわからなかった。今までまともに恋愛をしてこなかった私が、相手を見つけてアプローチをかけるというのは難易度がかなり高い。こういう時、社内恋愛なのだろうが、残念なことに女の園の受付嬢。所属は総務課で、そちらに男性社員はいるが、今のところ関わり合いにならない。友人知人からの紹介という手もあるが、アリスの友人知人を知らなかった……。

完全に行き詰まったところで、冬馬くんとの約束の日がきてしまったのである。

「だいたい、運命の人どころか、普通に恋人になれそうな相手にも出会えないなんて、どうしてなの？」

店員が運んできてくれたミルクティーを前に、私は頭を抱えた。

頬を流れてきた髪は少し色を明るくして栗《くり》色にし、デジタルパーマをかけた。長さはボブで、その髪にヘアアイロンをあてて軽く巻き、ふわっとした感じに仕上げている。ティーカップを持つ指先は、会社で問題にならない程度の色、ベージュピンクのグラデーションのカルジェルで、ストーンなどはつけずに上品に仕上げている。本当はラメでラインを入れたり、ストーンでデコレーションしたかったのだが、男性受けが悪いだろうとやらなかった。

ファッションも甘すぎたり、個性的すぎたりと極端にならないよう気を遣い、無難で清潔感と上品さのある服装にしているつもりだ。今日はペールブルーのアンサンブルに白のフレアスカート。アクセサリーはパールで統一している。とても普通でありきたり、万人受けは悪くないはず。

なのに、まともな男が寄ってこない。なぜなのか？

自分がえり好みしているのかと考えてみるが、初対面で肉体関係を迫ってくる男性はやっぱり駄目だ。そういう相手は性に合わない。

「真面目なお付き合いから始めたいって思うのは、贅沢《ぜいたく》なのかな……？」

最初は話すだけで緊張して、手を握るのにも時間がかかる。じれったくてもどかしい始まりの、ふわふわして甘酸っぱい恋がしてみたい。

そういう恋愛は、十代前半のうちにすませておけってことなのだろうか。もしそれが一般的なら、他に後れをとっている自分に引け目を感じて胸が痛い。女性になったばかりの私はそんな風潮にはついていけないし、どうしても恋愛に夢を見てしまう。それは止められないことだった。

「こんなんで、冬馬くんと……するなんて……」

できないよ、と思ったが口にはしなかった。声にだしたら、今日ここにきた覚悟が揺らいでしまいそうだ。

魂が入れ替わったばかりの時は、儀式だし、それで女性の体でいられるならと、そんなに重く考えていなかった。少しの戸惑いはあったけれど、元自分の体とエッチするのは自慰みたいなものじゃないだろうか。だから大丈夫じゃないかな、と軽くとらえていた。

それが一ヵ月ほどたって、その考えはゆっくりと変化していった。女性の体に馴染んで、心が以前よりも乙女っぽくなったせいかもしれない。前も心は女性だったのに、やっぱり男性の中で生きてきたせいで、どこか男性的な考えや価値観ができていた。童貞だったけれど、愛し合っていなくても相手に生理的嫌悪感さえなければ、体を繋《つな》ぐぐらいはできるかなと思っていたふしがある。

それが今は、そんな簡単に体を繋ぐなんてできない。自分の体を大事にしたいという気持ちのほうが大きくなっている。

「はぁ……どうしよう」

再び頭を抱えて大きな溜《た》め息をついた時、カフェのドアが開く音がして、店内の空気がふっと変わった。私が頭を上げると騒がしかった女性たちの声が途切れ、視線がドアに向かう。

つられてそちらを向けば、背が高くスタイルのよい男性が立っていた。白のカットソーの上に、紺色のテーラードジャケットとチノパン。シンプルな格好は彼の精悍《せいかん》な雰囲気を際立たせ、モデルのように見せている。すっと伸びた背筋に引き締まった体のせいだろう。むきむきではないが、服からのぞく首筋や鎖骨のあたりが筋肉質で、性的に目を引く。容貌も、少し癖はあるものの整っていて、ワイルドな感じが目を奪うような色気を放っている。

思わず、ぼうっと見惚《みと》れてしまっていると、その彼がこちらを向いて、にっと白い歯を見せて笑った。心臓が、びくんっと跳ね上がり、ドキドキと早鐘を打つ。

店内の視線も私に集まり、彼がこちらに歩いてくる。

なんで、どうして私のほうに⁉

混乱しつつも、彼から目を離せないでいると、「よっ、久しぶり」と声をかけられ固まった。ナンパだろうか。けれど、こんなにカッコいい人がナンパをする必要なんてないだろう。それも知り合いの振りをするなんて、お粗末な手を使うのはおかしい。

「あ、あの……どちら様でしょうか？　人違いでは？」

そう言うと、ワイルドなイケメンの笑顔がやや曇り、伸びてきた手が、むぎゅっと私の鼻先を摑《つか》んだ。

「ふっぎゃ……っ！」

「おい、こらっ。元自分の顔を忘れるんじゃない。健忘症か？」

彼の言葉に私はぎょっとして、その顔を凝視する。健忘症もなにも、どう見ても別人。これがあの、さえない元自分の姿とは思えなくて、首を横に振った。

「嘘《うそ》……整形でもしたの？」

今度は笑顔の冬馬くんの額に青筋が走り、鼻をより強くつねられ、私は悲鳴を上げたのだった。

act.3

「お前、雰囲気が貧相なんだよ」

冬馬くんがカフェで買ってきてくれた、アイスカフェオレが入ったカップを手に固まる。どうしてこう、心をえぐるようなことを言ってくるのか。

貧相って……貧相な雰囲気ってなに？

待ち合わせしていたカフェで注目が集まってしまったので、私たちは近くの公園のベンチに移動していた。少し日差しが強くなってきた四月末、野外で散歩やピクニックをするにはちょうどいい陽気だが、無神経な彼のせいで私の心は暗雲が立ちこめている。

冬馬くんはここ一ヵ月ほどで体を鍛え、髪型を整え、眼鏡はコンタクトにした。すっかり見た目の変わった彼は、同じように変わった私に対して言いたい放題だ。こちらは、カッコよくなった彼に驚き、最初は失礼な発言をしてしまったものの、その変化を手放しで褒めたというのに……。

「せっかく外見は可愛くなったのにさ、オーラがない。ちょっと猫背なのもよくないよな。美人や可愛い女特有の自信とか近寄りがたさがないからさ、ちょっと押したら俺でもヤれそうって感じが、変な男を寄せつけてんじゃない？」

その緩そうな空気が漂っているせいで、慎重な男からは清楚《せいそ》系を装ったビッチだと思われているんじゃないかと冬馬くんは言う。ショックでなにも言い返せず、カップに刺さったストローをぐるぐると回す。

「顔の造作も派手寄りだからな〜。真面目なヤツだと、相手が美人だったり可愛かったりすると、緊張して無理ってのもあるし。逆に、緊張しないヤツは軽薄だし、悪循環だな」

なにが循環しているのか知らないが、言いたいことはわかる。伊達《だて》に男性として二十七年間も生きていない。女性のレベルが高すぎると、男性が萎縮してしまうなんて話は割と聞くし、男性だけの飲みの席では相手が完璧すぎて勃起しなかったなどとあけすけに言っている。そのくせ、美人なのに彼氏がいないとなると、チャンスどころかなにかあるのではと勘繰られる。家庭や性格に問題や特殊な趣味があるのでは、または理想が高いのではなど、噂《うわさ》しているのを男性の頃に何度も耳にした。中には、振られた腹いせに悪い噂をばらまく男性もいて、現実の男にほとほと幻滅してきた。

だがまさか、自分が男たちからあれこれ言われる立場になるとは……。

「白梅院卒ってのもなぁ。頭のレベルはそんな高くないお嬢様学校で男受けいいけど、金持ち学校だから敷居が高いって敬遠するヤツもいるしな」

「……合コンはもうやめる。今度は会社の男性を先輩に紹介してもらうことになってるから」

不愉快な話を打ち切るように語気を強くすると、冬馬くんの表情がこわばった。

「会社は……難しいかもよ」

中山先輩と同じような反応に、私は首を傾げた。彼女に紹介を頼んだ時も、同じような反応で「うーん……まあ、探してみる。期待はしないでね」と返された。

「……なんで？　なにが難しいの？」

「うちの……というか、今はアリスの父。白河商事の専務じゃん」

冬馬くんの指摘にはっとする。

「上司の娘は手がだしにくいってこと？」

「それもあるけど……社内で派閥争いあるんだ。父の専務派と叔父の常務派で」

今後の出世が関わってくるため、上昇志向のある社員はどちらの派閥につくか慎重になっていると冬馬くんは言う。

「じゃ……私と付き合うってことは……」

「専務派についたと思われるだろうし、出世に興味のないヤツは派閥争いに必然的に巻きこまれるって思うよな。いろんな意味で、お前は社内じゃ面倒な女だから、男を紹介してもらうのは難しいと思うぞ」

しかも、そうとわかって近づいてくるのは出世欲にまみれた男で、私を好きというわけではない。絶望的だ。

「ところでさ、お前なんでそんな格好してんの？」

頭を抱えていた私は、冬馬くんの言葉に顔を上げ瞬きする。変な服装だったかなと、自分を見下ろす。

「お前もっと、こう……ヒラヒラふわふわした甘ったるい服持ってただろ。あれどうしたの？　着ないのか？」

「あ、あれは……っ」

かああっ、と頬が熱くなってくる。

彼の言う甘ったるい服というのは、男の体の頃に通販で買い集めた少女趣味な服のことだ。着る目的ではなく、観賞用である。男である自分が嫌で、その現実から目をそらすために、私は一人暮らしを始めてから可愛いモノを傍に置くようになった。そうやって、受け入れられない男の体を見て荒れる心を癒やしてきた。

それらはうっかり他人の目に触れないよう、押し入れの奥に隠していた。けれど、彼と違って私は物が多かったので、堂島邸に荷物を運ぶのに単身パックで引っ越しをすることになり、その荷造りを手伝ってもらった際に見られてしまったのだ。

「……もう、必要なくなったから捨てた」

彼から目をそらしてそう言ったが、本当は必要なくなったからではなく、似合わなかったからだ。通販で買い集めた甘ったるい服は、サイズもデザインもばらばらの安物ばかり。この体になって着てみてわかったのだが、年齢にもそぐわない代物だった。せめてあと五歳若くないと着られない。

もちろん、年相応に似合う甘い服も売ってはいるけど、それを買う勇気はなかった。すごく着たいし、男性として生きてきたせいで、私は無駄に可愛いモノに弱く、憧れが半端なく強い。

でも、私の憧れるファッションはぶりっ子っぽいし、万人受けはしない。そういうのが好きな男性もいるだろうが、逆に嫌がる男性もいる。早く運命の人を見つけたいから、なるべく万人受けするファッションをしておきたいのだ。

するると、私の心情を見透かしたように冬馬くんが言った。

「男受け狙った無難な格好してて楽しいのか？　だいたい今日は休日で、俺は婚活相手の男じゃないんだぞ。もっと好きな格好してこいよ。つまんねーな」

ぞんざいな言い方に、私の中のなにかがブチッと切れた。気づいたらベンチから立ち上がり、彼を見下ろし怒鳴っていた。

「そ、そんなふうに言わないでよ！　着ない服を買うなんてできないし……私は冬馬くんみたいに神経図太くないんだからねっ！」

いくらアリス名義のお金がたくさんあっても、自分が稼いだものではない。無駄遣いをするなんて絶対にできないと思うし、一度でも可愛いモノを買うのに使ったら、自分の中で歯止めがきかなくなるんじゃないかと怖いのだ。

「もう、キライ！　冬馬くんなんてデリカシーないし、さっきから私のことボロカスに言うし！　失礼なのよっ！」

このところ悶々《もんもん》と悩んでいたストレスと、失礼な冬馬くんに対する鬱憤《うっぷん》が爆発する。無遠慮で言葉がきついのは、まだ社会にでたばかりで若いせいもあるのかもしれないけど、こんなヤツに儀式であれ、初めて抱かれるのかと思うとみじめで、目に涙がにじんだ。

「大ッキライ……！　あんたなんかに抱かれたくないっ！」

そう言うと、目から涙があふれるのに、胸がすっとした。言っちゃダメ、儀式なんだから我慢しなきゃと思って抑え、息苦しくなっていた気持ちが軽くなる。

でも、言われた冬馬くんはどうだろう。やっぱり傷つくだろうし、本来年上の私が入れ替わりを維持する儀式をしたくないなんて言うのはいけない。それもこんなふうにヒステリーを起こしたみたいに……。

なのに、恐る恐る見下ろした冬馬くんは、にっと爽やかに笑った。

「おっ、やっと本音がでたな」

「え……あの、ごめん」

「いいって、お前が一ヵ月そこらで割り切れるなんて思ってなかったし。気づいてなかっただろうけど、顔合わせた時からずっと緊張して、ヤりたくないオーラだしてんだもん。そんな相手、俺だって抱けねえよ」

「……そんなに態度にでてた？　えっと、ほんとゴメンナサイ」

ついさっきキレたというのに、真っ青になって頭を下げる。基本、小心者なのだ。

「だから、気にすんなって。俺はぜんぜん傷ついてなんかいないし、生意気な好きでもない男に抱かれるのが嫌なんて当たり前だろ。それより、お前がやっと本音言ってくれてほっとした」

そういって立ち上がった冬馬くんは、私が握りしめていたカップを取り上げた。

「せっかく望む性別になれたんだぜ。嫌なことは嫌って言って、好きなことやしたいことを謳歌《おうか》しないと損だ」

「でも……私たち、エッチしなきゃ……」

「まだ期限まで時間あんだろ。それに、前にも言ったじゃん。ダメなら毎日キスして二十四時間だけ入れ替わればいいって。無理すんなよ」

儀式を嫌がって責められるかと思ったのに、冬馬くんの声も言葉も優しい。涙がこみ上げてきて、唇を噛《か》む。前に言っていたことは嘘《うそ》でも、慰めでもなかったんだ。

いつも言葉がきつくて自分勝手なのに、不意打ちの優しさに胸が甘くきしむ。頭まで撫《な》でられると、もう堪《こら》えていた涙を抑えられなくなってしゃくり上げた。自分で思っている以上に、儀式が怖くて負担だったんだ。

「俺さ、転職決まって、来週にもお前んちの近くに引っ越すから。だから、毎日出勤前にキスして入れ替わるのだって可能だぜ」

「え……転職に引っ越し?」

涙を拭いながら、驚きに顔を上げる。

「うん、あの会社いてもたいして給料上がらなそうだし。入れ替わりのこと考えたら、お前の近くに住んだほうが便利だろ」

「そうだけど……転職ってどこに？」

冬馬くんは軽く引っ越すと言うが、堂島邸の近くは築年数の古いワンルームが、家賃十万は最低でもする。それを支払える転職先がどこなのか気になる。

けれど、冬馬くんは視線をそらして「ナイショ！」と返すと、ストローをくわえて私のカフェオレを一気に飲んでしまった。

「さてと……じゃあ、服でも買いにいくか」

「え？　服？」

「お前の服だよ。甘ったるい、ヒラヒラふわふわしたヤツな」

「ええええっ⁉　なんで⁉」

空になったカップをベンチの横のゴミ箱に捨てると、冬馬くんはこちらを振り返り、私の手を掴《つか》む。その手の大きさと温かさに、心臓が跳ねた。

「だってお前には、ああいう可愛い服が似合うと思うんだ。だから着ないのもったいないだろ」

またも不意打ちに頬が熱くなる。似合うと言われて嬉《うれ》しかった。なんでも思っていることをストレートに言う冬馬くんの言葉だからこそ、胸を甘くくすぐられる。

「それから、せっかくいい天気なんだしさ、服買ったら遊ぼうぜ。儀式なんて気が乗ったらすればいいんだから、絶対しなきゃとか重く考えんなよ」

摑《つか》まれた手が、冬馬くんの口元に引き寄せられていく。私はそれをぼうっと見上げる。口も態度も悪いのに、彼にはそういうキザな所作がカッコよく決まってしまう空気があった。

そして冬馬くんは、私の手の甲にキスを落として言った。

「まずは、女であることを楽しもうぜ。俺がエスコートしてやるよ」

目の前がキラキラしている。シャンパンを一口飲んだだけなのに、意識はふわふわして夢見心地だ。目の前に運ばれてくる料理も美しいお皿の上に可愛らしく盛りつけられ、ナイフとフォークで崩してしまうのがもったいない。

「どうした、口に合わないか?」

溜《た》め息をついて手を止めると、冬馬くんからそう声がかかる。

「ううん、そんなことない。すっごく美味しくて、食べるのもったいないっていうか……」

首を振りながらはにかんで顔を上げ、私は不自然に言葉をつまらせて固まった。心臓が、どくんっと跳ねる。

「そっか、美味しいならよかった。この店、お前のために予約したからさ」

テーブルの蠟燭《ろうそく》の灯りに淡く照らされた冬馬くんの笑顔があった。優しく細められた双《そう》眸《ぼう》にとらえられ、甘い眩暈《めまい》がする。

「そ、そうなんだ……ありがとう。私なんかのために……」

さらっと予約したと冬馬くんは言ったが、ホテルの最上階にある夜景が綺麗《きれい》なこのレストランは人気店で、しょっちゅう雑誌やテレビで特集されている。予約をとるのはなかなか難しく、数ヵ月待ちとさえ聞くのに、どうやって今夜の予約を抑えたのだろう。それに、私も一度入ってみたいと憧れていたけど、値段も高く、足を踏み入れるのさえ戸惑ってしまうような高級ホテルだ。いったい、このコース料理だけでいくらするのだろう。

きっとここも冬馬くんの支払いだ。

エスコートしてやると言われてから、冬馬くんはその言葉どおり私をお姫様のように扱ってくれた。相変わらず口は悪かったけれど、ヒールをはいた私に歩調を合わせてくれたり、段差がある場所では当然のように手をとって歩いてくれた。転びそうになれば、すかさず体を支えてくれて、「ぼけっとすんな」と言う口調はぞんざいなのに、私に触れる手も腕も、向けられる眼差《まなざ》しまでも優しかった。

洋服を買いにいっても、なかなか決められない優柔不断な私にイラつくことなく何時間も付き合ってくれた。もとは女で女子高育ちだからこういうのには慣れていると言い、試着した私を、「可愛いじゃん。やっぱ似合うな～」と嫌味でなく褒めた。カルジェルをした爪も「綺麗にしてんな。でも、もっと盛ったら？」なんて言うのは、まるで女子みたいで笑ってしまった。

私が二十七年間男性として生きてきたように、彼も二十二年間女性として生きてきただけはあるということだろうか。冬馬くんは女子らしい会話や気遣いができるのだ。だからなのか、彼の口の悪さに慣れてくると、一緒に買い物をしたりするのが楽しかった。仲のよい女友達がいたら、こんな感じなのだろうか。

そんな気安さとは裏腹に、冬馬くんを見ると心臓がドキドキした。いくら女子っぽい会話ができるといっても、今や彼の外見は男。心だって男性なのだ。それもとびきりイケメンで、ワイルドな色気がある。

もとは自分の体だというのに、別人としか思えない。それと、外見と中身のギャップに、私の心はそわそわと甘く騒ぐ。

今着ている、大きな襟にリボンのついた小花柄のワンピースと、パステルイエローのカーディガン。それに合わせた靴やアクセサリー、それからフリルやレースがついた可愛らしい服の数々を、冬馬くんはぽんっと買ってくれた。お金を気にする私に、「増やしたから大丈夫。無粋なこと考えるなよ」と言って笑った。その後連れていかれたテーマパークでも、すべての支払いを彼がしてくれたのだ。

別に男は経済力とは思わないけれど、そういうところにも頭がくらくらした。まるで少女漫画の主人公になったみたいだった。

そしてデートの最後に連れてこられたのが、この雰囲気たっぷりのレストラン。席は夜景が一番綺麗に見下ろせる窓側で、予約がとれないと評判の場所。それを私のために予約したなんて言われたら、変な勘違いをしてしまいそうだ。

そう……こんな勘違いさせるようなデートをして、冬馬くんは私をどうしたいのだろう。彼にとっては、女友達と遊ぶ感覚に近いだけなのかなと思うと、胸の奥がチクチクと痛んだ。

「ところで……運命の人探しのことなんだけど」

最後のプティ・フールが運ばれてくると、冬馬くんがそう切りだした。フルーツカクテルのタルトレットに載った苺《いちご》にフォークを刺したところだった私は、瞬きしながら彼を見上げた。

「もし、相手が見つからなかったら、俺と結婚しよう」

真剣な眼差しに見据えられたプロポーズ……なのだろうか。唐突なその言葉に、フォークの先に不安定に刺さっていた苺がぽろりと落ちる。私は口をぽかんと開けたまま、瞬きも忘れてしばらく冬馬くんを凝視した。

「え……ええっ、あぇ……ひぇ？　なななんでっ？」

やっと頭が動きだすと同時に、心臓の鼓動は早くなって、呂律はおかしくなった。うまく息ができなくて、酸欠になりそう。

「いろいろ考えたんだけどさ、俺たちがこうやって魂が入れ替わって生まれて、こうして出会ったのも運命みたいなもんだろ。つか、そんじょそこらの運命とはレベル違うと思う」

私は、熱くなってくる頭を縦に振るしかできなかった。たしかに、運命どころじゃない。宿命めいたものを感じる。

「だからさ、俺らがくっつくのも有りだと思うんだ。それに、入れ替わりを維持するためだけに、お前を抱くってのも納得いかない。あのド畜生の狐《きつね》は儀式だからって言うけどよ、それで抱いてなんも保障しないってのは、男として無責任だ」

「無責任……？」

難しい表情になった冬馬くんを見つめ、私は首を傾げた。

「こういうことって、やっぱ女のほうが肉体的にも心理的にも負担が大きいじゃん。特にお前みたいな夢見がちだと、好きでもない男に抱かれるなんてつらいばっかだろ」

「うっ……だ、だけど……っ」

「だけどじゃねえ。今日だって泣きながら、俺に抱かれるの嫌だって言っただろ」

そういえばそうだった。その後のデートで、冬馬くんに対する悪感情は引っこんだせいで忘れていた。乙女のツボを押さえたエスコートに、めろめろになってしまった。

「だから、お前を抱く代わりに、俺はお前に対してきちんと責任をとる。お前が運命の人を見つけられなかったら、俺がお前の運命の人になりたい」

そうすれば、この入れ替わりは完成する。運命の人を見つけられなかったら、見つかっても身も心も結ばれなかったら、と不安になることもない。そう続ける冬馬くんに、私はなんと返せばいいかわからなかった。

こみ上げてくる熱いものに、息が苦しくなる。目頭が熱くて、視界がぼやけた。

「だ、だけど……冬馬くんが運命の人を見つけてたら、どうするの？」

「そん時は別れるよ。どの道、お互いに運命の人を見つけられてなかったら成立しない入れ替わりだろ。俺だけ幸せになっても意味ないじゃん」

私はきゅっと唇を噛みしめた。安堵感《あんどかん》に胸が締めつけられるなんて、思いもしなかった。それと同時に、この一ヵ月合コンで手一杯で、冬馬くんのことなんてなにも考えていなかった自分が恥ずかしい。彼はこんなに、将来や私の気持ちを考えてくれていたのに。

「だからさ、俺のことは保険かキープだと思っとけ。お前の運命の人探しも、全力でサポートしてやる」

こらえていた涙が零れ落ちる。

「でも、どうしても運命の人と幸せになれなかったら、俺と結婚しよう」

「そ、そんな……結婚までしなくてもっ……」

シロちゃんだって心と体が繋《つな》がればいいだけだと言っていた。結婚までしなくても運命だと。

「お前は、結婚を考えない男に抱かれる覚悟あんのか？」

笑い交じりのその言葉に、私は大きくしゃくり上げ涙をあふれさせてしまった。

そんな覚悟はなかった。説明できないもやもやした気持ちを、冬馬くんが言葉にしてくれた。

私はずるいのかもしれない。自分の身を任せる相手に、将来の保障をしてもらいたかったんだ。だから、儀式だけで冬馬くんに抱かれるのが怖かった。

冬馬くんはそれを見透かしていた。

「ご……ごめんなさい。私、ワガママで……っ」

肩を震わせうつむく。膝に載せたナプキンの上に、涙がぽたぽたと落ちる。

「ワガママじゃねーよ。それはお前の……アリスの大切な気持ちだろ」

いつの間に移動したのか、私の横に膝をついた冬馬くんが、頬を流れる涙を指で拭う。

「そういうことだからさ、覚悟ができたら安心して俺に抱かれにこいよ。覚悟ができるまでは、毎日キスしよう」

涙が止まらない。入れ替わりを維持させるために、私に甘い言葉を囁《ささや》いてるんだとしても嬉しかった。でも、冬馬くんはそういう嘘はつかない。言葉がきつくて直球だけど、そのぶん相手を残酷に裏切るような嘘は言わないと、短い付き合いの中でわかっていた。

だから私は、ナプキンで頬を拭ってくれる冬馬くんの手を掴んで、涙に濡《ぬ》れた声で言った。

「か、覚悟……できたから。……しよ」

恥ずかしさにぎゅっと目をつぶり、小刻みに震えながら冬馬くんの返答を待っていると、そっと両手で頬を包みこまれ、口づけられていた。それは周りの目なんて忘れてしまうぐらい、甘い甘い口づけだった。

「ひゃっ……あっ、あ、だめっ……」

甘い声が広い寝室に響く。間接照明の淡い灯りに照らされた肌を、大きな手にまさぐられ、快感に身をよじって甘く鳴く。

ベッドに腰かけたバスローブ姿の冬馬くんの脚の間に、後ろから抱きしめられるように私は裸で座らされていた。カーテンが開いたままの大きな窓からは、キラキラと輝く宝石のような夜景が見える。こうなった時のために、レストランがあるホテルの部屋を、冬馬くんは押さえていたのだ。

最上階に近い、セミスイートの部屋は広くて綺麗で、重厚なインテリアは高級感があった。初めて抱かれる部屋として申し分ないどころか、私が夢見ていたシチュエーションの一つで、部屋に足を踏み入れただけで気分が高揚した。

こういう私が喜びそうな演出をしてくれる冬馬くんにときめく。運命の人が見つからなかったら結婚しようと約束しただけで、恋人とも友達とも違う、なんと言えばいいかわからない関係の彼に、抱かれてもいいと素直に思えてしまう。

「うん……っ、いやぁ……そ、そこは……ッ」

乳房を揉《も》みしだいていた手が、お腹を撫で下ろし閉じられた足の間にすべり落ちていく。しっとりと濡れ始めていたそこに触れられ、膝がびくんっと跳ねる。足先に引っかかっていたバスタオルが床に落ちた。

冬馬くんの少しかさついた指が、敏感な場所をこねるように撫でる。目の前が揺れるような痺《しび》れが体の中心を駆け抜け、私は声をかすれさせた。

「いやぁ……ンッ！　あっ、あっあぁ……だ、だめぇ」

「なにが？　そんな可愛い声で言われても説得力ねえよ」

冬馬くんが笑いながら、うなじを甘噛みして舌を這《は》わせた。背筋から腰に、ぞくりと快感が走る。胸をそらすように、びくっと痙攣《けいれん》すると、乳房をすくい上げるように揉んでいた手が、硬くなった乳首に触れる。指先で嬲《なぶ》るようにつねり、押しつぶして転がす。その動きに合わせるように、脚の間に忍びこんだ指先が濡れた襞《ひだ》をかき乱した。

「あぁあっ……やぁッ、そんなにしないで……ッ」

くちゅくちゅと濡れた音が耳を犯し、羞恥《しゅうち》心をあおる。冬馬くんの指が、襞をかき分け中心の肉芽に触れた。

「……あぁンッ！　そこは……だめッ」

触れられただけで全身がガクガクと震える。頭の奥が甘く痺れて眩暈《めまい》がした。お腹に溜まっていく疼《うず》きが弾けそうになる。身をよじり、冬馬くんの指から逃れようとするが、腰に腕を回されて動きを封じられた。

「あ……あぁ、こんなの……やぁ……」

「嫌じゃなくて、気持ちいいだろ？　もっとよくしてやるよ」

「ふぁっ、あああぁ……ンッ！」

指が肉芽を優しくつねり、撫でる。腰を押さえていた手も加わり、あふれる蜜を塗りこめるようにして襞を愛撫《あいぶ》する。

「ひゃあぁ、あぁぁ……だめ、だめぇ……そんなにしちゃ……っ！」

一番敏感な場所も、胸の奥も、ぐちゃぐちゃに乱されていく。体が熱くて、息が上がって苦しいのに、気持ちがいい。体の奥がじんっと痺《しび》れて、淫らな熱がお腹の底からせり上がってくるのを感じた。

「いやぁんっ、だめ、そんな……あぁぁ、あっ……」

蜜をあふれさせる入り口に、指先が触れる。痙攣して締まるそこに、指がぬるりと入ってくる。私は目をぎゅっとつぶり、冬馬くんの腕に爪を立てた。

「いやぁ、入れちゃ……ひっ……！」

きゅっとすぼまった蜜口に、指が強引に入ってくる。淫らな衝撃に体の中心を貫かれ、悲鳴のような嬌声《きょうせい》を上げて全身を震わせた。

「ひっ、あぁ――……ッ！」

膝が痙攣し、蜜口が冬馬くんの指を締め上げる。収縮する中に、彼の指の存在を強く感じてしまい、それにまた体が淫らに熱くなる。達した余韻にひたるどころか、体は前よりもいやらしく疼き始めた。

「あぁ、ふぁ……ん、さわらないで……ッ」

冬馬くんと触れあっている場所すべてが、甘く疼く。全身が性感帯になったみたいだ。

こんな感覚、初めてだった。男性の時とぜんぜん違う。

女性や男性と肉体関係になった経験はなかったが、自慰ぐらいはしたことがある。自分の体に生えていた男性のそれは、おぞましくて見るのもさわるの嫌だったけれど男の体は時として抑えられない性衝動に襲われる。自分の意志とは関係なく立ってしまったそれを、鎮めるために何度か触れたことがあった。

あの時、絶頂を迎えた後は満足して脱力し、眠くなるだけだった。こんなふうに、体が前よりも感じるなんてなかった。他人に触れられているから違うのかもしれない。それとも、これが女体で感じる快楽なのだろうか。

「こんなの、おかしくなっちゃう……」

「おかしくなんてないよ。すごく可愛い……アリス」

「あ、だめ……ンンッ」

顎《あご》を摑まれ、唇をふさがれる。そのままベッドに押し倒されると、唇の隙間から冬馬くんの舌が入ってきた。初めてのことに戸惑いながらも、私の舌も差しだす。

「ふぁ……んっ……くぅ……」

強く絡まってくる舌に、喉が甘く鳴る。舌の根をからめとるように舐《な》められ、卑猥《ひわい》なくすぐったさに頭が痺れてぼうっとなってくる。濃厚な口づけに、意識がとろけてしまう。

もう、冬馬くんの好きにしてと思った頃、そっと唇がはずされた。

「アリス……本当にいいんだな。今ならまだやめられるぞ」

私はとろんとした目で冬馬くんを見上げ、首を横に振った。嫌と言ったら本当にやめてくれそうだったけれど、私の体のほうが後に引けなくなっていた。快感で溶かされ、火照った肌は、シーツの冷たさにも感じて息が上がる。達したばかりの恥部も、もっと快感をほしがって痙攣し蜜をあふれさせている。

はあはあと息を乱れさせながら、私は冬馬くんにいやらしくねだっていた。

「……お願い、最後までして」

鼻にかかった甘い声を飲みこむように、再び唇を重ねられる。今度は奪うような、余裕のないキス。まるで冬馬くんが衝動を抑えられなかったみたいに。肌の上を這う手の動きも激しくて、でも優しいその愛撫に快感が高まってくる。

それから体中に口づけられ、舌で舐《な》められ、指で中を犯されて、何度か絶頂を味わった。そのたびに、体が敏感になっていく。恥部はあふれた蜜で濡れ、じんじんと痺れている。それが痛いぐらいで、もっと奥に指以外のものがほしくてじれったかった。

「あぁんっ……冬馬く……んっ」

理性なんてほとんどなくなっていた私は、彼を誘うように腰を揺らした。恥部に執拗《しつよう》に舌を這《は》わせていた冬馬くんが顔を上げる。

「もう……もっ、大丈夫だから……はぁ……ッ」

濡れた目で見つめると、冬馬くんが唇を拭い、バスローブを脱いだ。ジムで鍛えたという体は、以前の自分の体とはまったく違っていた。綺麗に筋肉がつき、適度に引き締まった彼の体は艶めいた色っぽさがあって、見ているだけで興奮して体の中心が疼いてくる。

なんてはしたないんだろう。私が恥ずかしさに目をそらすと、びくびくと震える蜜口に、硬いものが押し当てられた。

「入れるぞ……」

冬馬くんの低くてセクシーな声とともに、硬い切っ先が蜜口を押し広げる。

「ンッ、いっ……あぁっ」

こじ開けられるような痛みに、腰が引ける。

「痛いか？」

「うっ……ンッ、やめないで……っ」

動きを止める冬馬くんを涙目で見上げ、首を横に振る。痛いけど、やめてほしくなかった。彼と繋がりたかった。

はぁ……、と大きく息を吐くと少しだけ楽になる。それを見た冬馬くんが、引き気味になっていた私の腰の下に丸めた毛布を入れた。腰が高くなり、脚が左右に大きく開く。恥ずかしかったけれど、繋がった場所が自然と広がって痛みが和らぐ。

「大丈夫か？」

「うん……」

「じゃあ、もうちょっと脚を広げようか」

「え……きゃぁ……あぁぁん……ッ！」

冬馬くんが私の膝を抱え、胸につくように折り曲げて開く。羞恥心をあおる格好に抵抗したくなったが、その前に彼のものが中に押し入ってきた。

「いやぁ、んっ……ひっ、だめぇ！」

一気に奥深くまで、冬馬くんのもので埋められる。痛みは、一番太い部分が蜜口を通る時に少し感じただけで、蜜のぬめりで侵入してきたそれにこすられた中は、いやらしくわなないた。

「中、ひくついてる」

覆いかぶさってきた冬馬くんが、意地悪に笑って耳元で囁《ささや》く。かあぁっと顔に血が上る。

「やっ、言わないで……ひゃん、あっ……あぁぁんっ」

冬馬くんが腰を動かす。脳を揺さぶるような快感に、視界がぶれ、つま先がびくびくと跳ねる。だらしなく開いた唇から、甘い声が漏れた。

その反応に、冬馬くんがいやらしく目を細め舌なめずりした。

「大丈夫そうだな。動くぞ」

「あっ、待って……いやぁ、ンッ、あ……ッ！」

腰を摑まれ、最奥を突き上げるように楔《くさび》を激しく打ちこまれる。こすられた蜜口は、その熱をきつく締めつけ痙攣する。甘い衝撃が、何度も体を貫く。

「いやあぁ、やめてぇっ……そんなに、したらだめぇ……あぁっ、いやぁんっ！」

私はひっきりなしに押し寄せてくる快感に、喘《あえ》ぎ、むせび泣いた。冬馬くんのもので中を強くかき回されると、すぐにいってしまう。何度も襲ってくる感覚に、頭がおかしくなってしまいそうだった。

「こんな、だめぇ……はあぁンッ、やぁ、変になっちゃう……ッ」

「変になれよ……俺も、お前に溺れそう」

耳元で、「お前の体、すごい気持ちいい」と艶めいた溜め息とともに冬馬くんがこぼす。その言葉にも体は感じて、激しく抜き差しされる熱を締め上げ、奥へ誘うように収縮する。そして何度目になるのかわからない突き上げの後、中で冬馬くんのものが弾けた。

「ひっ、あぁっ、あぁだめぇ——……ッ?」

目もくらむような激しい絶頂感に襲われる。私は中にそそぎこまれる熱を感じながら、意識を飛ばしてしまった。

腰が痛い。今日は、受付に座っているのがつらい一日になりそうだ。

あまり座り心地のよくない椅子の上で、私は軽く腰を浮かせて座り直す。隣の中山先輩が、足元の紙袋をガサガサさせて円座クッションを取りだした。

「さっきからつらそうだけど、痔《ぢ》にでもなった？　これ使いなさいよ」

優しい人だ。美人なのにガツガツした肉食系女子で、ちょっと下品じゃないかと初対面で思ってごめんなさい。おせっかいなところはあるけど、中山先輩はすごく面倒見のいい人だ。

「いえ、痔ではないです……ありがとうございます。お借りします」

私は言葉をにごし、円座クッションをお尻の下に敷く。少し楽になった。

腰が痛いのは、ホテルで冬馬くんと何度も抱き合ったせいだ。土曜の夜は私が意識を飛ばしてしまったので、そこで終わりだったけれど、翌朝目覚めてからは自然とお互いを求め合った。儀式なら一回抱き合えばＯＫなのに、日曜は朝から飽きるまでエッチをして、もう一泊した。

要するに今日は朝帰りで、ホテルから会社に出勤した。冬馬くんは転職先に初出勤なので、アパートに戻ってから出直すと、早朝にホテルをでていった。

一緒に朝食をとれなかったのが少しだけ残念で、私はふうっと溜め息をつく。キスのしすぎで、まだ痺れている唇が吐息に震える。朝、別れる時にしたキスを思いだす。

じんっ……、と体の芯が疼く。

一回でいいところを、何度も抱き合ってしまったのは、すごく気持ちよかったせいだ。キスをするだけで濡れてしまうほどに……。「お前と体の相性よすぎる」と冬馬くんはこぼしていた。彼も同じように、感じていてくれて嬉しかった。

でも、胸がもやっとする。

相性がいいなんて、比べる対象がいるからわかることだ。入れ替わって約一ヵ月の間に、冬馬くんは誰かと経験があるのだろう。でなければ、あんなに手馴《てな》れていない。

恋人じゃない私が、彼を束縛する権利なんてない。プロポーズもされたけれど、それは私に相手が見つからなかった場合の約束で、それまでお互いの運命の人探しを縛りつける契約でもない。だから、こんな気持ちになるのはおこがましいのに、もやもやするのをどうにも止められなくて、私は胸元を押さえてうつむいた。

「そうそう、知ってる？　金融部門の営業に、今日から中途採用の人がくるんだって」

「はあ、そうなんですか……」

私は気のない返事をしながら顔を上げる。中山先輩は各部署に友達がいるらしく、将来有望な男性社員の情報に詳しい。ということは、その中途採用の人は優秀な男性社員なのだろう。

「でね、名前は藤原冬馬っていうんだって～」

私は驚きに表情をこわばらせ、中山先輩を振り返った。彼女は目をキラキラさせ、どこかうっとりした表情をしていた。

「その人、相当優秀で河本常務が引き抜いてきたらしいんだけど、コネとは違うんだって。どんな人なのかな～。営業部署にいく前に、ここで常務に取り次ぐことになってるんだよね。イイ男だったら、連絡先交換しちゃおうかなって思うんだ～」

だから協力してね、と言う彼女に私は引きつった声で「はい……」と返事するのが精いっぱいだった。すると、中山先輩が急に黙りこんで、呆けた顔でエントラスのほう《ほう》を凝視した。

前にも、こんなことがあった。そう、冬馬くんと待ち合わせたあのカフェで。

私は恐る恐る顔を前に向ける。

「すみません、河本常務に取り次ぎお願いできますか？」

そこには、今朝別れたばかりの冬馬くんが、他人行儀な笑顔を浮かべて立っていた。

act.4

「うわ〜、今日は女子の大名行列」

隣に座った中山先輩が小声で歓声を上げる。視線の先には、エントランス中央のエレベーターから降りてきた、昼食に向かう女子社員の一団。その彼女たちから甘い視線を注がれて先頭を歩いていくのは、爽やかな笑顔を浮かべた冬馬くんだ。

「少し人数は減ってきてますけど……ほんと、毎日すごいですね」

私は乾いた笑いをもらしながら、受付の前を横切っていく一団を見送る。

まるで漫画の主人公。少女漫画なら、地味なヒロインを突然見初めて求愛する類《たぐ》いの、正統派ヒーローといったところだろうか。あんな人間が現実にいるなんて……とんでもないリア充だ。過去の、男性だった頃の自分ではあり得ない光景に、茫然《ぼうぜん》とする。

外見は同じなのに、中身が違うだけでこうも人生が違ってくるとは恐ろしい。今の自分も、女性になれてリア充……と言っていいかはわからないけれど、充実した生活を送っている。でも、冬馬くんほどではない。あんな異性にちやほやされるなんて……容姿は悪くないはずなのに、いまいちモテない自分とはオーラが違うんだろう。

しかも嫌味なことに、冬馬くんは同性からの人気もある。中山先輩が言ったように、「今日は女子の大名行列」だが、これが「男性社員の大名行列」の日もあるのだ。特に夜は、男性の同僚や上司と飲みにいっているらしい。中途採用にもかかわらず、すぐに社に馴染《なじ》み、仕事もそつなくこなして周囲の評判は上々だとは、中山先輩の情報である。

そんな冬馬くんと実は肉体関係があるなんて、他人に知られたら大変なことになりそうだ。絶対に、彼との関係は周りに秘密にしないと。

私はそっとうつむいて、重い息を吐く。

まさか、プロポーズまでされているなんて知られた日には、あの一団の女性たちに殺されかねない。ただまあ、実際に冬馬くんを運命の人に選べるかどうかは、難しい問題らしい。そのせいで、私たちの運命の人探しは一からやり直しとなった。

冬馬くんが転職してきた初日の夜。はっきりさせておいたほうがいいと、堂島邸――今は私の家にシロちゃんを呼びだしてわかったのだ。神の使いは案外暇なのか、通話アプリでメッセージを送ったら、すぐに目の前に現れた。

「不可能で、片付けんじゃねーよっ！」

冬馬くんのドスのきいた声に、シロちゃんがびくっと身をすくめる。

「ふ、不可能というか……前例がないので、それは約束できないという意味じゃ」

「そういう曖昧《あいまい》な返答は嫌いだ。どうにかしろ」

「どうにかもなにも、わしが決められる案件ではないのである。この件は一旦持ち帰って、神に確認と許可をもらう必要が……」

「今すぐ、ここで直談判しろ！　その神ってのを呼びだせ。俺が話をつける！」

「神はそんなに暇ではない！　それに話をつけるもなにも、まず面会の許可を申請する書類を作らなくてはならぬのだ。この案件についても報告書をまとめ、資料を用意して申請書を作成、提出……」

「お役所仕事かよ」

「天界も人間界とそんなに変わらぬのだ。だから文句を言うな、この糞《くそ》クレーマー！」

「なんだと、この化《ば》け狐《ぎつね》！」

目のすわった冬馬くんが、シロちゃんの首の後ろを乱暴に摑《つか》んでガクガクと揺さぶる。悲鳴を上げて手足をバタバタさせるシロちゃんを、私は慌てて彼から取り上げた。

「ちょっと、やめて！　可哀想でしょ！」

「ふう……助かったのじゃ……」

シロちゃんをぎゅっと抱きしめると、きゅんきゅんと愛らしく鳴いて私の胸に頬ずりする。あまりの可愛さにその頭を撫《な》でてやる。冬馬くんの表情が険悪になった。

「おい。可愛いからって、そのエロ狐に騙《だま》されるな」

威圧的な冬馬くんをにらみ上げ、私は頬をふくらませた。

シロちゃんを呼びだしたのは、お互いを運命の人に選ぶのは可能かどうか問うため。それに対する答えは「現状では不可能」だった。

もし、私たちがお互いを運命の人に選べるなら、先日の儀式で契ったことにより入れ替わりが完成する。入れ替わり完成の条件は緩いので、お互いにそれなりに好意を抱いていてエッチできたなら、それでOKぐらいなものらしい。その条件に、私たちは合致しているが、いまだ二人の魂の定着は不安定で、シロちゃんが見る限り入れ替わりは完成していないという。

だから、お互いを運命の人に選ぶのは不可能なのではないか。そうシロちゃんが説明したところ、冬馬くんが怒りだした。

「シロちゃんは、できないことをできないって言ってるだけじゃない」

「それが騙されてるっていうんだよ。できないもなにも、こんなことになったのはこいつらの手違いのせいだろうが。俺たちは被害者だぞ」

そこを突っこまれると弱いのか、腕の中のシロちゃんが耳をぺたんと下げ、きゅーんと切なげに鳴く。

「だいたいな、失敗についての謝罪もなく、被害者であるこっちに負担ばっか押しつけてくんのも気に食わねえ。しかも、この条件をクリアできれば望む性別になれるぞって上から目線。なんなんだその態度？　神だかなんだか知らねえが、間違い起こして謝罪もできねえヤツの部下なんか信用できるかよっ」

「そ、それもそうだけど……負担だなんて……被害者っていうのも大袈裟《おおげさ》じゃない？」

「大袈裟じゃねーよ。お前は人がいいというか、呑気《のんき》すぎる。この件で一番の被害者はお前なんだぞ」

「え？　私が……？」

なにか損をしただろうか？　思いつかなくて首を傾げると、冬馬くんが額を押さえて息を吐いた。

「自覚なしかよ……バカにもほどってもんがあるぞ」

「ちょっと、なによその言い方！」

「そうだぞ！　心優しいアリスに失礼である！」

カチンときて言い返すと、腕の中のシロちゃんも憤慨して加勢してくれる。すると、それが冬馬くんの逆鱗《げきりん》に触れてしまった。

「てめえは図々しいにもほどがある。アリスが騙しやすいからって調子乗ってんじゃねえぞっ！」

腕の中のシロちゃんを、冬馬くんが乱暴に奪う。再び首根っこを掴まれ、宙づりにされたシロちゃんのしっぽがぶわっとふくらんで震えた。

「いいか、お前も神もアリスの気持ちってもんを一切考慮してねえ。女が男の中で生活するってことがどれだけつらいか。それも思春期の多感な時期を、受け入れられない性別の肉体と向かい合いながら成長することとか。恋愛対象になる男と友達として接しないといけない悩みとか、男同士なら戯れや悪ふざけの範疇《はんちゅう》の出来事も、こいつにとってはセクハラ以外のなにものでもない。お前らの手違いさえなければ、こいつは女として若くて楽しい時期を過ごせたんだ。そういう幸せを奪われて、つらい環境に二十七年間も置かれてきたアリスの精神的苦痛を軽く考えんじゃねえよ！」

シロちゃんを奪い返そうとしていた手を止め、冬馬くんを見上げた。私のつらかった過去を代弁したかのような彼の言葉に、喉の奥がきゅうっと苦しくなる。

「しかも、それを謝りもしないで、運命の人を一年以内に見つけろとか、俺と契れば入れ替わりが一ヵ月は持つだとか、ふざけてんのか？　処女なのに、好きでもない男と儀式だからってセックスしなきゃって、悲しい決心までさせてんじゃねえよ。抱いたのは俺だけどさ……アリスからどれだけ大切なもん奪うつもりだよ」

じわりとにじんだ涙が、目尻からこぼれそうになる。私は慌てて目元を押さえ、うつむいた。

どうして冬馬くんは、こんなにも私のことを考えてくれるのだろう。私なんて自分のことばっかりで、すぐ怒る彼を怖いとか態度が悪いとか思うだけ。彼が憤慨している根っこの部分さえわかっていなかった。

「せめて俺がアリスのキープになってやればって思ったのに、それもダメってないだろ？　これでこいつが運命の人を見つけられなかったら、また男に戻っちまうなんて残酷すぎだ。運命の人が見つかって本来の性別になれたとしても、こいつが男として人生を歩んできた間に築いた人間関係、特に仲のいい母親との関係も捨てさせることになるんだぞ。それがどんだけひどいか、人間じゃないお前らにはわからないんだろうな……」

　つらそうに顔をゆがめた冬馬くんが、シロちゃんを締め上げる手の力を抜く。さっきまでガクガクと揺さぶられていたシロちゃんが、軽く咳《せ》きこむ。私はそんな彼の腕に、ぎゅっと抱きついた。

「冬馬くん、ありがとう。私の代わりに怒ってくれて……冬馬くんだってつらかったよね、本当は男の子なのに、ずっと女の子として暮らしてきたんだもん。シロちゃんや神様に怒るの当然だよ」

　私が冬馬くんに加勢すると、敗北を悟ったのかシロちゃんが耳もしっぽもたれさせ、きゅーんと申し訳なさそうに鳴く。しかし、冬馬くんは怪訝《けげん》そうに眉根を寄せた。

「いや、俺は女子校で大好きな女に囲まれ、しかも十代の瑞々《みずみず》しい肌の女の下着姿や裸見放題な生活でパラダイスだった。スキンシップと称しておっぱいも揉《も》み放題だったしな。あと、オヤジのことは嫌いだから、これで縁が切れてせいせいしている。あとはお前が問題なく運命の人さえ見つけられれば、俺の人生は充実したものになるだろう」

「さ、最低……」

　上がった好感度が一気に下がっていく。摑んでいた腕をつき放し、冬馬くんから距離をとる。蔑《さげす》んだ目を向けるが、彼はそれを無視して首根っこを摑んだままのシロちゃんに向き直った。

「で、そういうわけだから、アリスにはなにかハンデを与えてやってもいいんじゃないかって思うんだよな。誠意、みせてくんねえかな？」

笑顔を浮かべてはいたが、目は笑っていなかった。まるでヤクザの物言いだ。

シロちゃんは、ぷるぷる震えながら口を開いた。

「しゃ、謝罪の件はわしの不手際である。うっかりした……二人にはつらい思いばかりさせて、誠に申し訳ないのである。神も、二人に申し訳ないことをしたとおっしゃっていて、できるかぎりわしが傍についてサポートするようにと命じられておるのじゃ」

「ほう、それでどんなサポートしてくれるんだよ？　もちろん神とやらに、俺がアリスの運命の人にもなれるよう交渉してくれんだろうな？」

「その件は、まずは報告書をまとめないとならぬ……ちゃ、ちゃんと交渉するから、首を絞めるでないっ……ぎゃっ、く、苦しいのだっ！」

「交渉するのは当然だ。それまで、他になにかお前ができることはないのかよ？」

首を摑む力が強くなってきたのか、シロちゃんが足をジタバタさせて暴れる。そしてとうとう音を上げて叫んだ。

「と、とりあえず、これでどうじゃっ！」

ポンッ、という音がして、シロちゃんのむくむくした小さな手に、透明のセロファンに包まれた青と赤の飴玉《あめだま》が一つずつ現れた。

「なんだこれ？」

「これは、縁結び飴なのである！　これを縁を作りたい相手に食べさせれば、ぐっと関係が近づく。青は男性に、赤は女性に食べさせるのじゃ。ちなみに、ほんのり甘いが、ほぼ無臭で飲食物に入れればすぐに溶けてなくなるので、バレることはない」

「惚れ薬みたいなもんか？」

冬馬くんの言葉に、シロちゃんはぶんぶんと首を横に振る。力が弱まったのか、シロちゃんはほっとしたように大きく息をついてから、説明を続けた。

「そこまでの効果はないのである。あくまで縁を結ぶ程度、きっかけ作りじゃ。相手を本気で惚《ほ》れさせるには相当な呪力を必要とするので、お手軽な道具として渡すのは危険が多い。普通の人間に渡せるのは、これぐらいのものなのである」

「本当に効果あんのか？」

シロちゃんから飴を受け取った冬馬くんが、怪しいなと言いたげに眉間に皺《しわ》を寄せる。

やっと首根っこを放してもらったシロちゃんは、抗議するようにぱんぱんと床を叩《たた》く。

「見くびるでない！　わしがお勧めしている白梅稲荷神社は、最近では願いが叶《かな》うパワスポなどと浮ついた宣伝がされておるが、もとは由緒正しい縁結びの神であるぞ！　効果は確かなもので、遠い存在の相手……例えば芸能人相手でも効果を発揮するのじゃ。プレゼントで渡すなりして食べてもらえさえすれば、偶然の出会いなど、あらゆる手段で縁を作ることが可能である。すでに出会っている場合は、より仲が深まるのじゃ」

ふふんっ、と得意げに胸を張るシロちゃんを、冬馬くんは冷ややかに見下ろし言った。

「へー、いいもん持ってんじゃん。次もよろしくな」

その底冷えするような低い声と口角を吊《つ》り上げるだけの冷笑に、シロちゃんがびくっと震えて全身の毛を恐怖で逆立てる。どう見てもカツアゲだった。

私がもらったのは男性に食べさせる青い飴。化粧ポーチに入れてあるけれど、どういう機会で誰に使えばいいのだろう。まずは男性と出会わなければならないし、好きになった相手じゃないと使いたくない。芸能人とか、遠い存在の知らない相手は嫌だ。

でも、好きになれるような相手に出会えるのかな？

合コンでの戦績を考えると、頭が痛くなってきた。私は、隣の中山先輩に悟られないように、小さく唸《うな》る。その時、出入り口の自動ドアが開いて、エントランスが騒がしくなった。入ってきた一団は、お昼にでていった冬馬くんたちではなく男性のグループで、みんな段ボール箱や重そうなファイルを抱えていた。部署移動の引っ越しのようだった。

私は、その中心にいる一人に釘付《くぎづ》けになった。

「あら、広瀬《ひろせ》さんね。知ってる？　彼、こないだ海外赴任から戻ってきたばかりで、今日から金融部門配属になるのよ。その引っ越しみたいね」

「広瀬さんって……あの、一番背の高い眼鏡の彼ですか？」

私は彼から目が離せないまま、声が震えないよう気をつけて中山先輩に聞く。

「そうよ、広瀬晃《あきら》さん。将来有望でイケメン。藤原さんがセクシーでワイルドな男の魅力なら、彼はストイックで紳士的な感じがたまらないわよね」

中山先輩の舌なめずりするような声を耳障りに感じた。彼をそんな目で見ないでと、叫べるものなら叫びたかった。

他人が彼を値踏みするのを不愉快に感じた。彼は忘れてしまっているだろうけれど、私にとって広瀬さんは四年間想いを寄せた相手なのだ。

まさかここで出会えるなんて……。そういえば河本商事に就職したと噂《うわさ》では聞いていた。

切なく締めつけられる胸を押さえ、エレベーターに乗りこむ彼に熱のこもった視線を送る。こっちを振り返ってほしい、そう強く願ったが、目が合ったら恥ずかしくてそらしてしまうだろう。大学時代そうだったように……。

だけど今は、あの頃と違う。彼より背が高い、ひょろりとした貧相な青年ではなく、れっきとした女性だ。それも、容姿だけならとびきり可愛い。軽薄な男にばかりモテる欠点はあるけど、今の姿と性別なら広瀬さんの目に留まって、恋愛対象の一人として見てもらえるんじゃないか。そんな淡い期待が胸をよぎったものの、彼がこちらを見ることなくエレベーターの扉は閉じた。

ふうっ……と溜《た》め息をつくと、エントランスが騒がしくなっていた。強い視線を感じ、ふとそちらに顔を向けると、不機嫌そうな顔をした冬馬くんが、なぜか私をにらみつけていた。


大学に入学してまもない頃のことだ。奨学生で親からの仕送りもない貧乏学生だった私は、講義がない時間はいくつもかけ持ちしたバイトに明け暮れていた。サークルに入る余裕なんて微塵《みじん》もなく、親しくする友達もいなかった。それでも、トランスジェンダーである事実を隠したかった私にとって、他人との関わりを最小限にすることができる大学生活はそれなりに楽しいものだった。

ただ、そんな生活をしていても、私の性別に違和感を抱く者はいた。勘が鋭いというより、他人に無関心な人間の多い東京にきて、私の気が緩んだせいもある。地元や親の前では細心の注意を払って隠していた女性っぽい所作がでてしまっていたのだ。

ある日、同じ講義を選択している同級生たちがそれをからかってきた。彼らからしたら軽い戯れだったのだろうが、私は動揺しひるんでしまい、うまく切り抜けられなくなってしまった。その時、颯爽《さっそう》と現れて私を助け、同級生たちをたしなめたのが広瀬さんだった。

彼は穏やかな口調でありながら、相手に反論を許さない静かな威圧感があった。相手を従わせるようなカリスマ的な魅力もあり、同性異性関係なく慕われていて、教授陣からは優秀な学生として認められていた。そんな人気者であるにもかかわらず、彼は一度助けただけの私をずっと覚えていてくれて、大学四年間、会えば挨拶をするぐらいの仲だった。

私が恋に落ちるのはあっという間だったけれど、なにかしたわけではない。ただ遠くから見つめ、溜め息をつくだけ。たまに廊下ですれ違う時、彼が私に挨拶をしてくれるだけで、その一日が薔薇《ばら》色になるような、子供っぽい恋で初恋だ。

それで充分だった。私は男性なのだから、それ以上を望むのはおこがましい……そう思っていたのに、女性になった今は手が届かないほど遠い望みではないのかもしれない。

そんな欲がでてしまった。

と、いうことを、「あの男に惚《ほ》れたのか？」と仕事終わりに堂島邸に押しかけてきて問いつめる冬馬くんに告白すると、「じゃあ、あの飴よこせ。アイツに食べさせてやる」となぜか不機嫌な声が返ってきた。同じ部署に異動してきた広瀬さんを冬馬くんも知っていて、今度、部署での飲み会があるから、その時に酒に混ぜて飲ませてやると、私から飴を奪っていってしまった。

強引さにちょっと腹立たしさも感じたけれど、広瀬さんと縁が結ばれるのは素直に嬉《うれ》しい。それに私が広瀬さんに飴を食べさせるチャンスなんてない。機会を作るアイデアだってないのだから、冬馬くんが協力してくれるならそれはとても頼もしい。

ああ、これで広瀬さんと恋人同士になれたら……なんて妄想しながら、私は会社近くの公園のベンチに腰を下ろし、お弁当を広げた。同じ時間に昼休憩になる中山先輩は外食派で、よくランチ合コンなんかもやっている。最初は彼女に誘われて参加もしたけど、仕事の合間の昼休憩ぐらいは、誰ともしゃべらずに一人になりたい。結局、今は中山先輩のランチ合コンを断る口実としてお弁当派になり、同僚と顔を合わせないように公園で食事をしている。

「やっぱ私って地味な性格なんだよね……外見や性別が変わっても、根っこの性格までは変わらないんだなぁ」

だから、せっかく容姿に恵まれているのに、まともな彼氏の一人も作れないのかもしれない。

「冬馬くん、ちゃんと飴食べさせてくれたかな？」

飲み会は先週末にあったはずだが、冬馬くんからどうなったのかなにも聞いていない。土日の間に連絡もなかった。

「今夜にでも私から連絡してみようかな……」

独り言をこぼしながら、お弁当をつつく。ついでに、行儀は悪いけれど誰も見ていないのだしと、買ったばかりの文庫本を片手で開く。ずっと読みたかったシリーズの最新刊。わくわくしながら文字に目を走らせていると、急に手元が暗くなって、読みにくくなった。

人影にムッとしながら顔を上げた私は、予想もしていなかった人物と目が合ってしまい、驚きに小さく悲鳴を上げて文庫本を落とした。

「ああ、ごめん。驚かせてしまったね。その制服、うちの会社の受付の子だよね」

にっこりと微笑んで文庫本を拾い上げたのは、広瀬さんだった。彼は文庫本についた土を払い、表紙を見つめて笑みを深めた。

「やっぱり、この本を読んでいたんだね。僕、このシリーズのファンなんだ」

「そ、そそそうなんですかっ」

声が上ずり、つかえてしまう。このままだとお弁当も落としてしまいそうで、私はうつむいて箸を置いた。心臓が飛びだしそうなほど、ドキドキしている。

これが飴の効果なの⁉

広瀬さんがこのシリーズのファンなのは知っていた。彼が好きなシリーズだから、少しでも近づきたくて大学生の時に読みだし、私もファンになったのだ。

「今日、新刊の発売日だから、早く読みたくて会社近くの本屋にいったんだけど、もう完売してたんだよね」

「あ、あの……あそこの本屋さんは、このシリーズの入荷少ないんですっ。ファンの中心層が学生で、ここはオフィス街だからっ、その……っ」

なにか会話を繋《つな》がなくてはと口を開いてみたものの、緊張で舌がもつれて言いたいことの半分もうまく伝えられない。なのに広瀬さんは、私の要領を得ない受け答えでも理解できたようだった。

「へえ、そうなんだ。会社員で買う人ってそんないないのか……それにしても君、詳しいんだね。隣、いいかな?」

「へっ⁉　はひっ、どどっどうぞっ!」

びっくりしすぎて挙動不審な返事しかできない。そんな私の隣に、広瀬さんが腰かけた。

距離が近い。近すぎて、彼の体温や息遣いを感じてしまい、私は息をするのさえままならなくなった。

「君もこのシリーズ好きなの?」

「は、はいっ!　よ、予約してて……っ」

「近くの本屋で?　だから手に入ったんだ。僕もそうすればよかったな」

上がってしまい、うまくしゃべれない私に苛立つ素振りもなく、広瀬さんはこちらの言いたいことを読んで受け答えしてくれる。なんて優しい人なんだろう。

なにかしてあげたいと思った私は、ランチトートバッグの中から本屋の紙袋を取りだし、彼に押しつけるように差しだした。

「あああのっ、これどうぞっ？」

「え……なに？　くれるの？」

流れで受け取ってしまい、紙袋の中を見た広瀬さんは目を丸くする。

「これって、新刊じゃないか……どうして二冊も？」

「えっと……そのっ、まっ間違えて二冊予約しちゃっててっ……だから、あのあげますっ！」

本当は、好きな本を何回も繰り返して読むので、読書用と保存用を買っている。広瀬さんに渡したのはその保存用。これで彼が読みたかった新刊を早く読めるなら、私も嬉しい。たった数百円で彼を喜ばせられるなら、安いものだ。

「そんな、悪いよ。君とは初対面なのに」

そうだ。そういえばお互い名乗ってもいない。そんな状態でここまで会話ができるなんて、飴の効果さまさまである。

「気にしないでくださいっ！　同じシリーズのファンが同じ会社にいたのが嬉しくて……あの、私、堂島アリスといいますっ」

勢いで自己紹介をしてしまった。緊張と恥ずかしさで彼と目を合わせるのも難しいのに、なんて大胆なんだろう。恋愛スキルが底辺の私にしては、すごいことだ。

「へえ、アリスって可愛い名前だね。僕は広瀬晃。君は……アリスちゃんって呼んでもいいかな？」

　このお方。なんてことをおっしゃるのか。心臓がきゅんきゅんしすぎて破裂するかと思った。興奮で鼻血がでそうになるとは、まさにこのことか。

　私は思わず鼻の下あたりを押さえ、鼻血がでていないか確認してしまった。

「アリスちゃん、大丈夫？　顔が真っ赤だけど……」

「だだだ大丈夫です。ちょっと上がり症で、初対面の人と話すのが苦手なだけなんです」

へたくそな嘘《うそ》だ。そんな性格では受付なんてできるわけがない。優しい広瀬さんはそこには突っこまず、微笑んで言った。

「じゃあさ、この本のお礼に、今度食事をおごるよ」

　私、幸せすぎて今日死ぬかもしれない。本気でそう思った。


　終業時間に連絡し、私の家で顔を合わせた冬馬くんに今日あったことを告げると、怪訝な表情で「広瀬からきたのか？」と返ってきた。

「そうだよ。飴の効果なんじゃないかな？　それより、広瀬さんに飴を食べさせてくれてありがとう！」

「……うん」

「それでね、次の食事っていうか……デートの約束までできたの！　すごいね！　さすが縁結びの神様だね！」

「へー……よかったな」

通知アプリでお礼を言うのはそっけないと思って彼を家に招いたが、反応はどうにも芳しくなかった。冬馬くんの表情は硬い。

帰宅時間が早い私は、お腹がすいてるだろう彼のために、お礼も兼ねて夕食を作って待っていたのだが、ダイニングでその食事を間に挟んで沈黙が下りる。

「あれ……えっと、お腹すいてなかったかな？」

「アイツ、専務派だから」

「え？　なにそれ？」

「お前の父親の派閥だから、それで声かけてきたのかもしんねーから気をつけろ」

「な、なに言ってるの……？　飴の効果なんだから、そういうの関係なくない？　だって広瀬さんに、飴食べさせてくれたんだよね……？」

冬馬くんの冷たい声が怖くて、不安に声が震えた。飴の効果だと思ったのに、広瀬さんが声をかけてくれたのは出世目的のためだったのだろうか。

冬馬くんははっとしたように視線を上げ、苦笑した。

「悪い……変なこと言った。そうだな、飴の効果だから関係ないな。怖がらせてごめん」

「うん、そうだよ。飴のおかげだもん……大丈夫だよ」

「じゃあ、俺、帰るわ」

冬馬くんが唐突に椅子から立って、スーツの上着と鞄《かばん》を手にとる。私も慌てて立ち上がり、すたすたと玄関に向かう彼の後を追いかけた。

「ちょ、ちょっと待って。食べないの？」

「今日、お昼が重かったんだ。あんまお腹すいてないからいい。ごめんな、せっかく作ってくれたのに無駄にして」

「ううん、気にしないで。作り置きだし、冷凍もできるし、明日のお弁当にもなるでしょ。なんなら、タッパーで持って帰る？」

彼に負担をかけないようにいろいろ提案したのだけれど、それは笑いを誘ったみたいで、ぷっと吹きだされた。

「お前、母親みたいだな」

「そんな、せめてお姉ちゃんって言ってよ！　中身は冬馬くんより年上だけど、五歳だけなんだからね！」

靴をはく冬馬くんの背中をぽかぽか殴ると、彼が肩越しに振り返った。

「んじゃ、そのお姉ちゃんに頼み事しようかな」

「なに？　なんでも言って」

彼に頼られるのは、なんとなく嬉しかった。

「お前の初恋成就に協力したわけだから、俺の初恋の成就にも協力してもらおうかなって」

「冬馬くんの初恋……」

「そっ、俺の初恋の人に引き合わせてほしいんだ」

なぜだろう。この時、私は頭を殴られたようなショックを受けていた。

act.5

「これ、結婚式の招待状。よかったらアリスちゃんに参加してもらいたいんだけど、ご都合はいかがかしら？」

はんなり、という表現がよく似合う和風美人の高坂綾乃《こうさかあやの》ちゃんが差しだした、金箔の縁取りがされた白い封筒を前に、私は凍りついていた。アフタヌーンティーセットが載ったテーブルの下で握りしめた手の平が汗ばむ。ホテルのカフェは空調がきいていてちょうどいい室温なのに、脇の下が嫌な汗で湿ってくる。

綾乃ちゃんは、冬馬くんの初恋の人だ。彼女に赤い飴を食べさせるように頼まれたけれど、近々結婚する相手にそれはできない。惚《ほ》れ薬じゃないし、縁を結ぶだけなのだからそこまで気にすることではないのかもしれない。でも、私の倫理観では許せなかった。

「そっか、結婚するんだ……急だね」

そう返すと、綾乃ちゃんは不思議そうに小首を傾げて、頬に左手を添える。薬指できらりと光るのは大きなダイヤモンドの指輪で、私が憧れているハイジュエリーブランドのものだ。

私もそのブランドの婚約指輪をプレゼントされたいな。いいなぁ……なんて思考が脱線しかけたところで、綾乃ちゃんの次の言葉に青ざめた。

「結婚は前から決まっていたことで、大学を卒業したら挙式をすると話していたと思ったのだけれど……私、言い忘れていたかしら？　ごめんなさいね、驚かせてしまったみたいね」

「えっ……！　そ、そうだっけ……あ、あああ！　思い出した！　ごめん、私なんか勘違いしてたみたい。仕事が忙しくて……」

冷や汗を流しながらへたな言い訳を並べると、綾乃ちゃんは「お仕事大変なのねえ、偉いわ」とおっとりした感じで返してくる。疑うということを知らない、お育ちのよい人種で助かった。

それにしても、結婚が決まってたなんて、聞いてないよ冬馬くん！

婚約者がいるって知ってたのに、綾乃ちゃんに飴を食べさせたいだなんて……冬馬くん、もしかして横恋慕する気なのかな？　それを言ったら私が協力しないから、結婚のこと黙ってたのかも。

なんてひどい男なんだろう。ついつい怒りで震える手を握りしめる。

「それにしても、アリスちゃんから連絡もらって嬉しかったわぁ。大学を卒業してから、音沙汰なくて……私も結婚の準備で忙しくしていたから、なかなか連絡できなくて、ごめんなさいね」

「う、ううん、いいの。気にしてないから」

首を振り、ティーカップを手に取った。

この後、どうしよう……飴を食べさせる必要もなくなったし、適当に近況報告や世間話をして、ボロがでる前に帰らないと。それにしても、どんな会話をすればいいのかわからない。冬馬くんからは、高等部からの友達で、大学生になってからは学部が違ったせいで、少し疎遠になっていた相手だとしか聞かされなかった。とりあえず、当たりさわりのない話題を振っておこう。

「ところでその指輪、素敵だね。私もそんな指輪もらってみたいな～」

目を輝かせ、心からそう思って言ったのに、綾乃ちゃんはびっくりしたように瞬きした。

「えっと……どうしたの、綾乃ちゃん？」

「アリスちゃんこそ、どうなさったの？　前はこういうものに興味なんてなかったのに。それに、私をちゃんづけでも呼んでいなかったでしょう」

眉根を寄せて、綾乃ちゃんが首を傾げる。ストレートの黒髪がさらさら流れる様は、思わず見惚《みと》れたくなるような優雅さだったけれど、私の背中には嫌な汗がダラダラと流れるばかりだった。

冬馬くん……なんで、呼び方も教えてくれなかったの……？

これをどうやって誤魔化そうかと頭をフル回転させる。すると、頭をもとの位置に戻した綾乃ちゃんが、なにか思いついたように頷いた。

「気になる男性でもできましたの？　それで、以前に比べて言葉遣いも興味も、女性らしくなったのかしら？」

どきんっ、と胸が大きく脈打ち、なぜか冬馬くんの顔が頭に浮かんだ。

どうして冬馬くんなんだろう。ここは広瀬さんの顔が浮かぶ場面のはずなのに。

「ち、ちがっ……別にそんなんじゃ……」

ぶんぶんと頭を振って否定すると、頬がどんどん熱くなってくる。なんでこんなことに

……以前のアリスと違うことを、綾乃ちゃんなりに納得してくれて助かったと思ったけど、私のあせりは大きくなるばかり。その時、背後で上がった声に心臓が口から飛びでるかと思った。

「よお、アリスじゃん」

カフェの入り口がざわつき、私たちのテーブルの前に彼が立つと、視線が一気に集まった。長身でオーラのある冬馬くんは、この女性が多い休日のカフェではよく目立つ。

にらむように見上げると、ニッと白い歯を見せて爽やかに微笑まれた。

「奇遇だな」

わざとらしい。綾乃ちゃんがこのお店を好きだからと、ここを待ち合わせ場所に決めたのは冬馬くんだ。私は言われたとおり、彼女にメールを送信し約束を取りつけた。けっして、奇遇などではない。

どこかから私たちを監視していて、餡を使わないと察知してやってきたのだろうか。

「一緒にお茶してる綺麗な彼女は友達？　よかったら俺に紹介してくれないかな？」

そう言って、綾乃ちゃんに流し目を送る冬馬くんに腹が立った。完全に落とす気満々だ。

結婚を控えた女性にアプローチするなんて許せない。こうなったら、冬馬くんをナンパ男だってことにして追い払ってやろう。そう思って口を開きかけた私は、綾乃ちゃんの表情を見て黙りこんだ。

冬馬くんを見上げる彼女の目が、キラキラと輝いて潤んでいた。白い頬も薄っすらと赤らんでいる。恋する乙女の顔だ。

婚約者がいるのに、他の男相手にそんな顔をするなんて……でも、綾乃ちゃんは冬馬くんの運命の人になる可能性がある。私は冬馬くんの運命の人になれるかはわからないのに。

ずきんっ、と胸が痛んだ。細く鋭い針を刺されたような痛みに胸を押さえた私は、どうしていいかわからずに、勝手にお互いの自己紹介を始める二人を、呆然と見つめるしかなかった。

冬馬くんの運命の人探しに、私がどうこう口をだす権利はない。体の関係はあっても、あれはやっぱり入れ替わりを保つための儀式だし、恋人ってわけじゃないから。だけど、綾乃ちゃんにアプローチするのは、黙っていられなかった。

カフェで自己紹介をすませた後、綾乃ちゃんと連絡先を交換した冬馬くんはあっさりと帰っていった。これ以上、雑談を続けていられる気分になれなかった私も、早々に綾乃ちゃんと別れて帰宅すると、玄関で冬馬くんが待っていた。

もうすぐ儀式の期限がやってくる。お互いの予定がなかなか合わず、今夜、綾乃ちゃんと会った後に私の家で抱き合う約束をしていた。綾乃ちゃんの件であまり乗り気になれなかったけれど、拒否する理由にはならない。それにあの夜の熱を思い出すと、体が疼いて他のことを考えられなくなる。彼の不誠実さなんてどうでもよくなるぐらい、あの快感は強烈だった。

私は熱っぽくなる息を整え、冬馬くんを家に上げてリビングに案内する。もとは自分の家なので、彼はどっかりとソファに腰かけて早くもくつろいでいる。

そんな彼にお茶もださずに話を切りだした。

「冬馬くん……綾乃ちゃんには婚約者がいるんだよ」

「知ってるよ。物心ついた時から許嫁《いいなずけ》がいるって聞いてたし」

ソファの前に立った私を、だらしなく横になった冬馬くんが面倒くさそうににらみ上げてくる。

「ならなんで？」

「まだ結婚してないんだから別にいいだろ。横取りしたからって犯罪になるわけでもないし。一時的な情事を楽しむだけだっていい」

「そんなの、綾乃ちゃんが可哀想だよ！　不誠実だし……婚約者に知られたら、綾乃ちゃんの今後にだって……」

「それなら大丈夫。結婚するまでの間の恋愛を禁止されてるわけじゃないし、婚約者だって婚前の火遊びを楽しんでるらしい。結婚後も続く可能性があるけど、綾乃はそういうの割り切れる女だ。それにあいつだって、女子大生の頃、他校の男子大学生や会社員なんかと付き合ってたぞ」

家同士の政略結婚でそのへんは厳しくないんだと冬馬くんは言うが、私の常識では受け入れがたいものだった。それに、婚約者の件みたいに嘘をついているのかもしれない。

「でも、だからって……やっぱり私はそういうの……っ、きゃっ！」

急に腕を摑《つか》まれ引っ張られる。バランスを崩した私は、冬馬くんの上に折り重なるように倒れこんだ。シャツ越しに感じる彼の体温に、ドキッとして言葉を忘れる。

「別に、お前が口出しすることじゃねえだろ。俺がアプローチしても、綾乃が落ちなければいいんだから」

「そういう問題じゃ……んんぅッ！」

頭の後ろを大きな手に押され、強引に唇をふさがれる。まだ話の途中だし、抵抗しなきゃと思うのに、合わさった唇から伝わってくる熱やくすぐったさに、体がとろけてくる。きゅんっ、とお腹のあたりが疼《うず》いて体を支える腕から力が抜けてしまう。割りこんできた舌に口腔《こうくう》を優しく撫でられると、もう頭の中はいやらしいことでいっぱいになった。

「お前だって、広瀬と明日デートだってのに、俺とこんなことするくせに」

外れた唇が、耳元で甘くなじるように囁く。

そう、明日は広瀬さんとデート。それなのに私は、冬馬くんにこれから抱かれるのを想像して、いやらしく下着を濡らした。

「あっ……あぁぁ、だめぇッ」

私のスカートをまくり上げストッキングを下ろした冬馬くんが、後ろから入ってくる。濡れそぼった秘所を一気に埋めていく熱に、背筋が弓なりになってぶるりと震えた。

「んっ、んん……はぁ、あぁンッ！　いやぁ、まって……ぇっ！」

ソファにうつ伏せにされ、お尻を高く持ち上げられた私は、彼から逃げるように腰を引く。けれどそれを追いかけ、上から叩きつけるように中をえぐられる。腰から背筋を駆け上ってくる甘い衝撃に喘ぎ、ソファに爪を立てた。

儀式は二回目なのに、初めてで何度も抱かれた体はもう冬馬くんに馴染んでいて、性急な繋がりにも痛さはない。彼の熱に中をこすられると、奥から蜜がどんどんあふれてくる。入り口がきゅんと締まって、もっと奥へと誘いこむようにビクビクと痙攣《けいれん》する。その反応を弄ぶように、冬馬くんの動きが激しくなった。

「ふぁっ、あぁっン……やぁ、やめてぇ、冬馬くん……ッ」

ぎりぎりまで抜けて、一気に中を突き上げてくる冬馬くんのものに身悶《みもだ》える。快感で目の前が揺れ、上半身をかろうじて支えていた腕がくずれる。中途半端に脱がされたブラウスからこぼれた乳房が、私とソファの間で押しつぶされた。散々揉みくちゃにされ、嬲られて硬くしこった乳首が、ソファの布地にこすられて変な気分になってくる。二の腕に食いこむブラジャーの肩紐《かたひも》にまで、敏感に体が反応してしまう。

なんて、いやらしいんだろう。恥ずかしいと思うのに、もっと快感がほしくて、それしか考えられなくなってしまう。

「はぁんっ、や、だめぇ……だめなのに、ひっ、あぁッ」

腰が揺れる。冬馬くんの動きに合わせて、快感を拾おうとする。だらしなく開いた唇からは、淫猥《いんわい》に火照《ほて》った声しかでない。

ぐっ、と深く中をえぐられる。感じる場所を強く突かれて、全身が震えた。腰を掴まれて立たされた膝が、ガクガクと痙攣する。「ひっ、いやぁ、もうだめぇ……ッ」そう言うと、さっきよりも強く同じ場所を突き上げられ、眼前が真っ白になった。

「あぁ――……ッ！」

絶頂が背筋を駆け抜け、びくんっと体が甘く跳ねる。弾けた快感が全身に散っていく。けれど、その後にやってくる脱力感に身を任せ、余韻を味わう時間はなかった。

中を貫く冬馬くんのものは、まだ熱くて硬い。

「あっ……ひっ、だめぇ。まって、おかしくなっちゃう……あぁあッ」

敏感になっている中を、激しくこすられ抽送を繰り返される。その荒々しい扱いに、私は甘い悲鳴を上げた。意識が快感に飲みこまれ、溺れてしまいそうだった。

「めちゃくちゃにしてやりてぇ……」

冬馬くんの、かすれた色っぽい声が聞こえた。

「俺の下でこんなによがってるくせに。他の男とのデートを楽しみにしてるのかと思うと、明日、歩けないぐらい抱きつぶしてやりたくなる」

それは困ると思うのに、私の体は冬馬くんの言葉に悦んでいた。少し乱暴に扱われるたびに快感が増していく。冬馬くんに壊されてもいいなんて思ってしまう。

「あぁ、やんっ……そこ……っ」

冬馬くんが背中に覆いかぶさってきて、突かれる角度が変わる。別の弱い場所をえぐられ、息が乱れる。そんな私の耳朶《みみたぶ》を甘噛みしながら、冬馬くんが艶めいた声で言った。

「アイツに触られても、俺のことを思い出すようにしてやるよ」

腰を乱暴に掴まれ、ぐんっと強く中を突かれる。衝撃に、一瞬意識が飛びかけたが、すぐに激しく抽送されて引き戻される。快感に肌が粟立《あわだ》つ。

それから冬馬くんは、私の意識がなくなるまで執拗に抱き続けた。彼が触れてない場所はないのではと思うぐらい体の隅々まで愛撫され、私は快感の渦に溺れた。

彼の言葉どおり、誰にどこを触れられても冬馬くんのことしか思い出さないんじゃないかと思った。


「どうしたの？　美味しくない？」

広瀬さんの声に、私はハッとして顔を上げる。前に冬馬くんとのデートでした会話に似ていたけれど、あの時とは気分に雲泥の差があった。

「あ……えっと、そ、そんなことないです。美味しいです。ちょっと緊張してて……すみません」

なんとかそう答えたものの、口元に浮かぶぎこちない笑みで、唇の端がかすかに震えた。見下ろしたテーブルには、フレンチのランチコース。メインのお皿には、まだ半分も料理が残っているのに、私の食欲はもうなくなっていた。

お店は繁華街から外れた静かな通りにある、南仏の邸宅風な外観で女性にとても人気がある。緊張してしまうほど格式が高いということもなく、また庶民的すぎて賑やかで落ち着かないということもない。初めてのデートで利用するにはお洒落《しゃれ》で、女の子が喜ぶお店の選択だと思う。会う時間もディナーではなくランチというところにも、彼の気遣いを感じる。

私の考え方が古いのかもしれないけれど、初めてでお酒が入るディナーはちょっと怖い。酔って失敗しそうだし、その流れでホテルやどこかに連れこまれてしまったら、なんて無駄な心配をしてしまう。

でも、広瀬さんになら連れこまれてもいいかも……なんて思っていたのに、今の私の気持ちはすぐに帰りたいというあせりでいっぱいだった。

「美味しいならいいんだけど。どこか具合が悪いんじゃないの？　ちょっと顔が青いよ」

「そ、そんなこと……ないです」

せっかく彼がだしてくれた助け船に、私は首を横に振ってしまう。相手が冬馬くんなら、すぐにでも「具合が悪い。帰りたい！」って言ってしまえるのに、淡い想いを寄せる広瀬さん相手だと、恥ずかしくて言いだせなかった。

それも「お腹が痛い」なんて羞恥《しゅうち》プレイだ。腹痛から連想される病気は、下関係の恥ずかしいものばかり。食事中に言うのは、はばかられる。

思えば、家をでる頃からお腹に不快感があった。ただ、普通の腹痛とはなんとなく違う感じがして、大丈夫かなと思ってしまった。実際、待ち合わせした駅前で広瀬さんに会ってからこのお店にくるまではなんともなく、デートをするきっかけになった本の話題で盛り上がっていた。食事後には、お互いが読んだことのある小説の映画化作品を観にいく予定だった。

けれど、食事が始まってすぐあたりからかすかに痛みだしたお腹は、今は内臓を絞られるような奇妙な痛みに変わってきてて、軽く眩暈《めまい》までする。これで映画を観にいくのはかなりきつい。無理だ。

私はナイフとフォークを置くと、ナプキンで口を拭いふらふらしながら席を立った。

「……あの、すみません。ちょっと席を外します」

「ああ、いいよ。ゆっくりしておいで」

察しのよい広瀬さんは、それ以上はなにも言わなかった。私の様子に柔らかい笑みを浮かべて送りだしてくれた。

ハンドバッグを手に、小走りで入ったトイレは小さなパウダールームのついた個室だった。鍵をかけて用を足すが、腹痛は治まらない。別に下痢というわけでもなくて、私は痛みにお腹を押さえ白いレースのワンピースの裾を整える。

手を洗い、鏡に映った自分を見ると、やはりどことなく青ざめている。メイクを落としたらかなり顔色が悪いのかもしれない。

「なんか寒い……冷房のせい？」

六月の始め、じめじめする季節なので除湿か冷房はかかっているだろうが、紺のジャケットを羽織っているので、そこまで寒いはずはない。なのに寒気がして、ぶるりと背中が震えた。

「え？　なに……？」

震えた衝撃なのか、脚の間からなにかがもれた。どろり、とした感触が太腿《ふともも》の間を伝う。慌ててワンピースをたくし上げた。

「うそ……っ、なにこれ？」

怪我をした覚えはないのに、ショーツから太腿をおおうストッキングが赤く染まっている。とっさにペーパータオルで拭くが、血がストッキングに広がってよけいに汚れてしまう。しかも、さらにしたたってきた血が白いワンピースに落ちた。

これじゃあ、席に戻れない。

私はショックと、襲ってきた眩暈に、壁に手をついて座りこむ。血はワンピースをさらに汚した。

「やだ、どうしよ……っ」

目に涙がにじみ、パニックで頭がうまく回らない。この場をどう切り抜ければいいのか。

その時、頭に浮かんだのは冬馬くんの顔だった。私はハンドバッグからスマートフォンを取りだすと、文字を打つ余裕もなく、すがるように彼に電話していた。

コール音一回で冬馬くんは電話にでた。

「おい、どうしたんだ？　なんかあったのか？」

まだデート中だろうと、心配したような声が聞こえる。安堵《あんど》感で涙があふれた。

「と、冬馬くんっ……ふえっ、えっうえっ……血がっ、脚から血がっ……たすけてぇ」

「え？　血？　泣いてんのか？　助けにいくから、そこどこだ？」

お店の名前を言うと、五分で着くと言って電話は切れた。それから冬馬くんがくるまでの時間は、とてつもなく長く感じられた。

にわかにドアの外が騒がしくなり、「お客様、お待ちください」という店員さんの声と「緊急事態だ！」と言う冬馬くんの声が聞こえ、ドアをノックされた。

「おい、アリス！　ここか！」

床に座りこんだままドアを開けると、隙間から冬馬くんと店員さんが見えた。冬馬くんは、店員さんを背中に押しやってからトイレに入ってくると、すぐに鍵を閉めた。

「大丈夫……そうじゃないな。貧血起こしてて、立てないんだろ。とりあえず、これ着ろ」

冬馬くんがそう言って広げたのは、黒いトレンチコートだった。

「え、でも汚れちゃう」

「こういう時に遠慮すんな、バカ。だいたい、血だらけのワンピースで外にでれないだろ」

「うっ……あ、ありがと」

強引に肩にかけられたコートに腕を通すと、冬馬くんは床に落ちていたハンドバッグを拾い上げ、ついでに私を抱き上げてトイレからでた。

「急に貧血起こして転んで怪我したみたいです。出血に本人も動転しちゃって、俺が呼びだされて迎えにきたんです。すみませんが後始末お願いします」

外で待っていた店員さんにそう言うと、冬馬くんは店内の視線をものともせずに、私を抱いたままお店をでた。するとレンガ敷きの車回しのあたりで広瀬さんのあせった声が追いかけてきて、冬馬くんの腕を摑んで足止めした。

「ちょっと！　待ってくれないか！」

私は、広瀬さんに合わす顔がなくて、とっさに冬馬くんの胸に顔を埋めた。

「君は……藤原さんだよね？　どうして……？」

「こいつが体調崩して、呼びだされただけ。じゃ、そういうことだから」

端的に答えると、冬馬くんは通りに向かって大股で歩きだす。それを広瀬さんも追ってきた。

「おいっ、それじゃあ答えになってない！　具合が悪いなら僕が彼女の面倒をみるから、勝手に連れていかないでくれないか？」

「アリスは今、お前を求めてない。だから、すっこんでろ」

「なっ……それはどういう意味だ？　そもそも、君は彼女とどういう関係なんだ？」

しつこく食い下がる広瀬さんに苛立ったように、冬馬くんは立ち止まった。

「お前じゃ役に立たない事態なんだよ。だからアリスは俺を呼んだ。それだけだ」

冬馬くんが低いドスのきいた声で言う。たじろいだような雰囲気が、広瀬さんのほうから漂ってきた。早くこの場を去りたい私は、冬馬くんにぎゅっとしがみついて「広瀬さん、ごめんなさい……」と涙混じりの声で謝った。

「わかった……すまなかったね、足止めして」

あきらめてくれたのか、不満そうな感情を押し殺したような声がした。歩きだした冬馬くんは、ふと立ち止まって広瀬さんを振り返った。見上げると不敵な笑みを浮かべている。

「そうそう、俺とこいつの関係だけど。俺はまだこいつの恋人じゃない。キープみたいなもんだから、安心しろ」

そう言い放つと、冬馬くんは動揺する私を抱いたまま、タクシーを止めて乗りこんだ。


連れていかれたのは、引っ越したという冬馬くんのマンションで、五分もしないで到着した。ここからお店にきてくれたらしい。

堂島邸や会社にも近い、分譲賃貸タイプの七階。１ＤＫの部屋だった。

腹痛は治まったけれど、まだ事態をのみこめていなかった私は、脱衣所で冬馬くんに服を脱がされると浴室に放りこまれた。ぼうっとしながらシャワーで体を洗っていると、マンションの一階に入っているコンビニから戻ってきたという冬馬くんが、浴室のドアを開いてメイク落としを置いていった。

彼の気遣いに唖然《あぜん》としつつも、メイクを落として脱衣所に戻る。ラタンの籠にはバスタオルとバスローブ。それから新しい下着と生理用品が置かれていた。

そうか……私、生理になったのか……。

なんとも言えない気分に、しばらく立ち尽くしてた。男の時、なってみたいけど面倒そうだなと思っていた生理だ。いざなってみると感動というより衝撃だった。そもそも、デートの最中になるなんてタイミングが悪すぎる。

「おーい、でたのか？　それの使い方わからなかったら教えるぞ」

ノックとともに聞こえた声に、私は飛び上がった。

「だっ、大丈夫っ！　たぶんっ……それより、私が着てた服とか……」

どうしたのと言いかけて、脱衣所の一角に手洗いされたとおぼしきワンピースと下着、それにストッキングを見つけて絶句した。

「あ……血はすぐに水洗いすると染みになんないからさ。つか、気にすんな。生理の血とか見慣れてるし、汚れた下着洗うのもよくやってたから。お前の経血は俺のものみたいなもんだから」

沈黙で察したのか、冬馬くんがドア越しに微妙なフォローをしてくる。一応、気を使ってくれているのだろうが、初めてのデートで生理になった上に、男性に経血つきの下着を洗われるというのはかなりショッキングな体験だ。

呆然としていると「じゃ、なんかあったら呼べよ。あせんなくていいからな」と言い残して、冬馬くんはドアの前からいなくなった。私はショックの余韻を引きずりながら、体を拭いてバスローブに着替えた。生理用品の使い方はなんとなく知っていたし、パッケージにも書いてあったので難しくはなかった。

バスローブの帯をきゅっと強めに結んで浴室をでると、十二畳あるというフローリングの部屋にシロちゃんが呼びだされていた。ベッドとローテーブルに、座ると体を包みこんでくれる大きなビーズクッションが二つ。隅には自動お掃除ロボットがあるだけの殺風景な部屋だ。

シロちゃんはブラウンのビーズクッションの上に、ちょこんとお座りしている。冬馬くんに勧められるまま隣のビーズクッションに腰かけると、温かなマグカップを渡された。ミルクと砂糖のたっぷり入ったカフェオレで、一口飲むと体が温まった。

ほっと一息ついてシロちゃんを見たら目が合った。どうして呼びだされたのだろう。シロちゃんは、やあ、とでもいうように右手を上げた。

「驚いたようであるな。だが、無排卵月経だから安心するのじゃ」

マグカップに口をつけていた私は、思わず咳きこむ。突然、なんて生々しいことを言いだすのだろう、この神使は。

「そういうことじゃねえ！　ボケ狐！」

すかさず、冬馬くんがシロちゃんの頭を手刀で叩いた。ついでに、咳きこむ私の前にティッシュを置いてくれる。

「無礼者！　叩くでない！　妊娠しないから大丈夫だと言っただけであるぞ！」

「いろいろ説明すっ飛ばしすぎだ。言い方も少し考えろよ」

デリカシーのない冬馬くんが、シロちゃんに話し方を注意しているのを横目に、私はティッシュで口元を拭った。

「俺はてっきり、魂が体に定着するまで生理にならないと思ってたぞ。セックスしても妊娠しないって言ってたしさ」

「それとは別問題で、体は生命維持活動をおこなっておる。なので月経は今までどおりじゃ。だが、月いちの入れ替わりの儀式で、それなりに身体に負荷がかかるので、排卵はなくなるのである」

「ふぅん、そういうことか」

冬馬くんはそれが聞きたくてシロちゃんを呼びだしたらしく、今の説明で納得したようだった。けれど私には、まだ疑問があった。

「ちょ、ちょっと待って……あの、生理って月一回あるものだよね？　先月はなにもなかったんだけど……」

冬馬くんが「そんな正確に絶対くるもんじゃねーよ」と言った。

「女の体は複雑だからな。ストレスかかったり、急に痩せたりすると簡単に生理なんて止まるから。先月なんていろいろあったんだから、体が驚いて生理が止まってても不思議じゃねえよ」

「そうなんだ……」

話には聞いたことはあったけど、体感するのは初めてなので、冬馬くんの言葉に頷《うなず》くしかできなかった。それにしても、今は男性の冬馬くんに生理について聞かされるのは、なんとも奇妙な気分だ。

「あと俺、生理不順で、数ヵ月こないのとか普通だったから」

「え？　それ大丈夫なの？」

生理不順というのも聞いたことはあるけれど、数ヵ月こないのはまずいんじゃないだろうか。硬い表情で冬馬くんを見返すと、へらへら笑いながら言い放った。

「医者にも言われたけど、食生活が悪いんだよな。外食とカップメンしか食べてないからな。だけど生理なんて面倒だし、こないほうがよかったから、生活改善しなかったんだよなー」

とんでもない発言に、私は青ざめて立ち上がった。もうお腹の痛みはなくなっていた。

それより冬馬くんの健康が心配だ。

「え？　アリス、どうしたんだ？」

きょとんとしてこちらを見上げる冬馬くんとシロちゃんを尻目に、私はキッチンに駆けこんだ。私が使っていた、一人暮らしには少し大きいが、自炊する人間にはちょうどいい冷蔵庫があった。開くと、やっぱり大したものが入ってない。あるのはミネラルウォーターのペットボトルとお酒、最低限の調味料、それとチーズや生ハムなどつまみっぽい食材だけ。野菜室なんて空っぽだ。冷凍庫には、コンビニで売っている冷凍食品がつめこまれていた。

キッチンのゴミ箱にも生ゴミはなく、お弁当の空き箱や空のカップラーメン、冷凍食品のパッケージなどしか入っていなかった。コンロも流しもとても綺麗で、生活感なんて微《み》塵《じん》もない。

私は額を押さえてキッチンの床に座りこむ。当然、料理をしていないので、油跳ねもないとても綺麗な床だ。

貧乏一人暮らしの私は、昔から健康にだけは気を配ってきた。母にも、「うちは貧乏だから、体だけは壊さないように。健康ならお金がなくてもなんとかなるから」と言われて育った。その健康の基礎となる食事はとても大切だ。料理好きや節約のためという以上に健康を考えて自炊をしてきた。ひょろガリで体力もないほうだったけれど、風邪さえもめったにひかずに今までやってきたのだ。

それに今は、仕事で無理をして体を壊した母に仕送りをしている。私が……今は冬馬くんが健康を害して倒れるわけにはいかないのだ。

それなのに、彼は私の今までの努力を無にしようとしている。生理が数ヵ月もこない食生活って、私が今入っているこの体はどれだけ不健康だったのか。想像するだに恐ろしい。

「アリス、なにしてんだ？　急に動いたから貧血か？」

追いかけてきた冬馬くんが、私の横にしゃがんで顔をのぞきこんでくる。その胸倉を、ぐっと乱暴に摑んで怒鳴った。

「冬馬くん！　ちゃんと野菜食べてっ！」

それから、たじろぐ冬馬くんを私の家に連れていき、まともな夕食をご馳走した。なぜかついてきたシロちゃんも、一緒に夕食を食べていた。私の剣幕に驚いたのか、大人しく言うことを聞く彼に、今度は手作りのお惣菜をタッパーにつめこんで問答無用で押しつけて帰宅させたのだった。

この時、広瀬さんや初デートでの大失敗のことなんて、すっかり忘れていた。冬馬くんの健康のほうが、私にとっては一大事だったからだ。

そしてそれが、なにを意味するのか私はまだわかっていなかった。

act.6

「うん、美味しい」

お弁当を一口食べた広瀬さんが、ふわっと表情をほころばせて言うのを見て、私も笑顔になった。

「今日も、お口に合ったみたいで嬉《うれ》しいです」

彼が手にしているのは私が今朝作ったお弁当で、初めて言葉を交わした公園のベンチに仲良く並んで座っている。肩が触れるか触れないかの距離なのに、もう前みたいに緊張しすぎて挙動不審になることはなかった。こうして一緒にお昼を食べるようになって、もう二週間以上たつからだ。

初デートの翌日。とても暗い気持ちで出社した。あんな別れ方をしたので、もう広瀬さんから声をかけられないだろうと思っていた。けれど、お昼休み公園のベンチで、デートのお詫《わ》びメールを送ろうと文面を考えていたところに、彼が心配そうな顔で会いにきてくれたのだ。「体調はどう？　昨日は、なにも手助けしてあげられなくて、ごめんね」と謝ってくる彼に、私はひどく恐縮した。

それから広瀬さんとは、一緒にお昼ご飯を食べる仲になった。

この嬉しい急展開を冬馬くんに告げると、「アイツは涼しい顔して嫉妬深そうだからな。俺にああ言われて、競争心に火がついたんじゃないか？　よかったな、これで恋人に一歩近づいたんじゃね」と投げやりに返ってきた。

あの時は、広瀬さんになんて失礼なことばっかり言うんだろうと困惑し、腹痛でフォローもできなかったのを悔やんだ。けれど、こうして彼から接近してきてくれたことを考えると、冬馬くんの対応は正解だったみたいだ。

なのに「恋愛スキル底辺の私と違って、さすが冬馬くん！　とっさの判断でそんな機転をきかせられるなんて頼もしいね」と素直に称賛したら、なぜか複雑な表情をされてしまった。冬馬くんはツンデレなところがあるから、あれは褒《ほ》められて照れていたのかもしれない。

「アリスちゃんは、本当に料理が上手だね」

「あ、ありがとうございますっ」

「でも、毎日は大変じゃない？　無理しなくていいからね」

広瀬さんの気遣いに、私は力いっぱい首を横に振った。

「大丈夫です！　私、お料理好きなんです。家も会社に近いから、朝もゆっくりしてられるし」

実際は、前日からどんなお弁当にするか、彩りや配置を考えて色鉛筆でスケッチまでしている。もちろん栄養面もちゃんと考えているし、同じおかずが続かないようにしているので、かなりの手間ではあった。でも、負担だなんて思ったことは一度もない。

彼に食べてもらえる。美味しいと言ってもらいたい。そう思うだけで、どんな手間も楽しい作業だった。

「ありがとう。そう言われると、もっと甘えたくなるな。一人暮らしで家事が苦手だから、手料理に飢えててね。家にまで作りにきてもらいたいぐらいだよ」

そう言って、目を細めてこちらを見下ろす広瀬さんに、胸がきゅんと締めつけられた。

こ、これはもしかして誘われてる⁉

ドクドクと動悸《どうき》が激しくなる胸を押さえて、私は口をぱくぱくさせる。広瀬さんはそんな私を見て、フフッと小さく笑う。

なにを考えているのだろう。私をからかって面白がっている？

もし、お宅までいって手料理をご馳走《ちそう》しますなんて言ったら、どんな答えが返ってくるのだろう。「冗談だよ」と笑われるのか、「ぜひお願いしたいね」と歓迎されるのか、想像もつかない。私としては「じゃあ、お宅に食材持ってうかがいます！」と即答したいところだけど、それはそれで図々しすぎるんじゃないかと心配だ。

いっそ広瀬さんから誘ってくれたらいいのに、彼は時々こうやって私の出方を待つようなことを言う。冬馬くんに相談したら「恋の駆け引きされてんなー」と興味なさそうに返ってきた。その時、「簡単に餌に食いつくな。できるだけ高く自分を売りこめ。あの夕イプの男は、手に入れるのに時間と金がかかった女を大事にする」とアドバイスされたけれど、こういう場合、どうすれば高く売りこめるのか謎だ。恋愛なんて二次元の世界の出来事だったので、リアルではどうすればいいのか。

乙女ゲームみたいに目の前に選択肢がでてくれたらいいのに！

スマホで冬馬くんに最適な返答例を問い合わせたいぐらいだけど、そんなことはできないので、私は見つめているだけで脳内が甘く溶けてしまいそうになる広瀬さんの顔から視線をそらした。ともかく、餌に食いついちゃ駄目だから、彼の家で手料理というルートの選択はなしだ。

「えっと……簡単に作れる料理のレシピ本、いいの知ってるので、今度プレゼントしますね！」

この返答でどうだ、と彼の顔を仰ぎ見ると思いっきり笑われてしまった。ちょっと自信のある返答だっただけに、爆笑されて私は呆然《ぼうぜん》とした。すごく変なことを言ってしまったらしい。

「うーん、まいったな。アリスちゃんは天然で、可愛いね」

笑いを収めた広瀬さんが、目尻に浮いた涙を指で拭いながら言った。

「そ、そんな……あの、ごめんなさいっ。私、変なこと言ったみたいで……」

「いや、変じゃないよ。それより、簡単に男の家にいくような子じゃないんだってわかって安心したかな」

間違った返答じゃなかったみたいで、私はほっとした。

「じゃあさ、プレゼントしてくれなくていいから、今度の休日、料理本を選ぶのに付き合ってくれないかな。アリスちゃんと、書店デートがしたいな」

「もっ、ももももちろんです！」

二回目のデートの誘いに、私は思いっきり食いついてしまった。冬馬くんがいたら「もっとじらせ！」と怒られたかもしれないけれど、こんな甘い餌を断るなんて、私にはできなかった。

それに、最近の休日はいつも一人だった。入れ替わる前のアリスの交友関係はわからないし、まだ会社でも休日に一緒に遊びにいくような友達もできていない。よく話す中山先輩と休日でかけるとなると、合コン関係になってしまうだろうから遠慮したい。

ともかく暇で、私は休日になると不機嫌だった。冬馬くんが、綾乃ちゃんとデートを重ねているからだ。

結婚式を間近に控えた女性が、婚約者以外の男性と休日にデートをするなんて不謹慎だし、式の準備はしなくていいのだろうか。冬馬くんも冬馬くんだ。割り切った関係だから問題ないと説明されても、やっぱり納得できなかった。けど、私に口出しする権利がないのもまた事実で、仕事もない休日にふと二人のことを思い出すと胸がもやもやした。

赤い飴《あめ》も、もう使ったのだろうか？

綾乃ちゃんに食べさせられなかった飴を冬馬くんに返したものの、嘘《うそ》をついて捨ててしまえばよかったと考えてしまう。

広瀬さんのデートの誘いに乗ったのは、その重苦しい感情から逃げたかったというのもある。


「ただいま」

俺が誰もいない暗い空間に向かってそう言ってしまうのは、昔からの習慣だ。あの人にそう躾《しつけ》けられたせいだろう。どんなに疲れていても、脱いだ靴をきちんと玄関に揃《そろ》えて置いてしまうのも。

すぐにシャワーを浴びて、部屋着に着替えてやっと肩の力が抜けた。ただのデートでなにも疲れるようなことはしていないのに、ふうっと少し重めの溜《た》め息がでる。

綾乃が嬉しそうに食べていたイタリアンのディナーも胃に重かった。オリーブオイルもあまり好きじゃない。けっしてまずくはなかったが、べったりと胃壁にオイルを塗りつけられるような不快感があった。そのくせ量は少なめで、女性にはちょうどいいのだろうが、自分にはぜんぜん足りなかった。

冷蔵庫から冷えた日本酒と、タッパーを一つ取りだす。野菜を食べろと、アリスが押しつけてきたお惣菜《そうざい》だ。

押し切られるかたちで毎週月曜日、仕事帰りにアリスの家――もとは自分の家だった堂島邸に、このお惣菜を取りにいくことになってしまった。俺の食生活と健康を案じた彼女の剣幕はすごく、なぜか逆らえなかった。彼女の母親——今は俺の母である藤原雪子《ゆきこ》さんに仕送りをするため、倒れられたら困ると心配しているのだろう。

タブレットで動画を見ながら、手酌でグラスに日本酒をそそぎ、タッパーを開ける。ひじきの煮物だ。中身は二十七歳のアラサーとはいえ、二十代の女性が作るにしては地味なお惣菜だ。他のタッパーの中身も似たようなもので、きんぴらごぼうや切り干し大根の煮物、南瓜《かぼちゃ》のそぼろあん、茄子《なす》の煮びたし、里芋の煮っ転がしなど、全体的に茶色い。

そういえば、アリスが会社に持参していたお弁当も茶色かった。だが最近、あの広瀬と一緒に食べるために作っているお弁当は、彩り豊かなよそいきのお弁当だ。

邸に上がってお惣菜をもらう時、お弁当の内容から盛りつけまでをメモして絵に起こしたスケッチが、テーブルに置いてあった。聞けば、広瀬に食べさせるお弁当で、写真も撮っているのだとスマホに収められた画像まで見せられた。

好きな人に食べさせるために念入りに考え抜かれたそのお弁当と、自分が押しつけられる茶色いお惣菜との格差に少々ムッとしつつも、妙な優越感を抱いた。アリスにとって俺は、よそいきのお弁当を渡す相手ではなく、自分と同じ食べ物をだす身内なのだと思うと溜飲が下がった。

俺は、アリスをどうしたいのだろう？

彼女が広瀬とうまくいくのは、入れ替わりを完成させるために大事なことだし、喜ばしいはずなのにイライラする。邪魔をしてやりたくもなる。

そんな気分を紛らわすために綾乃を口説くことにしたのだが、さっぱり気が乗らなかった。

俺は綾乃が好きだ。まず容姿や雰囲気、話し方などが昔から好みだった。女友達としての付き合いがあったので、性格がけっしていいほうではないのも知っているが、男を惑わすような曖昧な態度を取るところにも惚《ほ》れていた。

もとは女として暮らしてきたせいなのだろうか。女性特有のいやらしい面や、ずるさを可愛いとさえ思える。性格が悪いと評されるそれらは、彼女たちが生きていくための処世術みたいなものだと理解しているからかもしれない。婚約者がいることを黙って、俺とデートを重ねる綾乃にだって腹も立たない。結婚を前にして、デートをしたいと思わせる男なのだと、俺の自尊心は大いに満たされている。

なのに、綾乃と会っていてもあまり楽しくない。疲労感が薄く重なっていくような、息苦しさをたまに感じるのだ。

「はぁ……時間、無駄にしてるよなー」

過去に好きだった相手ならと思ったが、どうやら綾乃では運命の人にならなそうだ。

ひじきの煮物を、タッパーに口をつけてかきこむ。「行儀が悪いわよ」というあの人の声が聞こえたような気がした。

「同じ味がすんだよな……」

アリスの作ったひじきの煮物には油揚げに人参、蓮根《れんこん》、枝豆の具が入っている。なぜか、あの人が作ってくれたひじきの煮物の具もまったく同じだった。同じ具のひじきの煮物なんて、別に珍しくもないけれど、味まで同じなのはそうそうないと思う。

「やっぱ、アリスが本当の娘なんだな」

空っぽになったタッパーを見下ろし、眉間の皺《しわ》を深くする。

なんで魂が入れ替わったりしたのだろう。そのせいで、あの人は本当の娘に会えないまま死んだ。魂さえ入れ替わっていなかったら、あの人は傷ついたまま死ぬこともなかったのかもしれない。

自分の罪の重さに押しつぶされそうになりながら、俺は箸を置いた。

とうとうきてしまった。広瀬さんのマンションに！

オートロックの玄関前で部屋番号のボタンを押そうとして、私は慌ててバッグから手鏡を取りだして髪を整える。腕にかけたエコバッグが重くて、がさごそと揺れるのを邪魔に思いながら、リップも塗り直した。

エコバッグの中には、これから広瀬さんの部屋で料理する食材と、男性の一人暮らしの部屋にはなさそうな調味料が入っている。事前に、どんな調味料や調理道具があるかも聞いていたので、これだけあれば間に合うはずだ。足りない道具や材料がでても、あるもので代用するぐらいの腕は持っている。

先週、書店デートで、初心者にもわかりやすく書いてある料理本を広瀬さんに選んであげた。その流れで、「うちにきて、料理を実際に作って教えてくれないかな」とおうちデートに誘われたのだった。

とても嬉しくて、冬馬くんのアドバイスも忘れて即OKしてしまったのだけど、一つだけ心配なことがあった。明後日、月曜日が儀式の期限だということだ。明日の夜までに冬馬くんに抱かれなきゃならないのに、彼は今日から泊まりで綾乃ちゃんとデートをすると言う。

それを思い出すと、手鏡に映った私の唇がツンと尖《とが》る。

冬馬くんは「お前も広瀬とやってこい。そうすれば、入れ替わりが完成するだろ」なんて軽く言っていた。男の一人暮らしの部屋にのこのこと遊びにいくなら襲われる、とも言われた。だけど、冬馬くんと違って広瀬さんは紳士だ。まだキスだってしていないし、手も握っていない。告白もしていなくて、正式に付き合ってもいないのに、そんな展開になるなんて考えられないし、広瀬さんなら襲ってきたりなんてしないはず。私はそう信じていた。

だから、彼の部屋に招待されてドキドキはしたが、警戒心なんてなかった。それに広瀬さんが、私をどう思っているのかもわからない。好意は持たれていると思うけど、恋人にしたいとか抱きたいとか思うほど好かれているのだろうか。

私の一方的な想いだけなら、少し悲しいかもと思いながら、手鏡をパチンと閉じた。

「よし！　これで大丈夫……たぶん」

ちょっと自信がなかったけれど、もうすぐ約束の時間になる。遅刻は嫌なので、緊張しながら部屋番号を押した。すぐに広瀬さんがでて、マンションのドアが開いた。四階にある広瀬さんの部屋は、広めの１ＬＤＫで日当たりがとてもよかった。

明るい陽射しの差し込むリビングのキッチンに、私は早速買ってきた材料を並べる。自宅から持ってきたドット柄で裾にフリルのついたエプロンを着けると、紺色のエプロンを身に着けた広瀬さんが横に並んだ。

「じゃ、今日はよろしくね。アリス先生」

眼鏡越しの笑顔がまぶしい。しかも「アリス先生」ってなんですか⁉　変な妄想をしてしまいそうだ。

私は口元を押さえて、うつむいた。鼻息が荒くなっているのに気づかれたらどうしよう。いつもはスーツ姿しか見たことのない広瀬さんのエプロン姿は、なんだかセクシーだ。シャツの袖をまくる仕草も、そこからのぞく腕の筋肉も色っぽくて、萌《も》え殺す気かと心の中で絶叫する。

広瀬さんに背を向け乱れる息を整えていると、追い打ちをかけるような言葉が降ってくる。

「アリス先生、どうしたの？」

どうしよう。私、生きて帰れるかな……なんて不安はあったけど、料理が始まってしまうと、緊張も照れもすぐになくなった。得意な料理を通して、広瀬さんと会話がはずみ、一緒に作業をすることで距離がどんどん縮まっていく。もし彼と結婚したら、休日はこうして肩を並べて料理をしたりするんだろうかって、妄想もよくはかどった。

そうこうするうちに日も暮れて、リビングのテーブルに作った料理を並べて食事をし、広瀬さんがだしてくれたワインを飲みながらＤＶＤで映画鑑賞となった。内容はロマンチックな恋愛もので、ワインでほろ酔い気分になっていた私は、ヒロインに自分を重ねて涙ぐんでいた。

夜の海辺、月が水面を照らし、効果的な曲が流れる。ヒーローがヒロインに囁《ささや》く愛の言葉に重なるようにして、それは私の耳元で聞こえた。

「好きだよ」

驚いて声がしたほうを向くと、すぐ傍に広瀬さんの端整な顔があった。ソファに並んで座ってはいたが、こんなに接近していなかったはず。それに、さっきの言葉はなんだろう。酔いのせいで頭がうまく回らない。

「え……あ、あの……」

「君が好きだ。付き合おう」

突然の告白に、頭が真っ白になる。映画はそのままシーンが進んでいるが、そんなことはどうでもいい。

早く返事をしないと……でも、「付き合おう」って、もう決定事項みたい。なんて返事をすればいいんだろう。求めていた告白で、嬉しいはずなのに、なぜか言葉が喉に引っかかってでてこない。

この状況で、なんで躊躇《ちゅうちょ》するのだろう?

「……えっと、そのっ私……」

「もちろんOKだよね」

私が答える前に、広瀬さんは勝手にOKだと決めつけた。それがなんだか不愉快で、ちょっと待ってほしいと言おうと口を開いたら、そのまま唇を奪われてソファに押し倒されてしまった。

生々しい感触に、思わず彼の胸を押すが、酔っていて手に力が入らない。その間にも、強く唇を押し当てられ、中に舌が入ってくる。嫌悪感はなく、気持ち悪いとも思わない。ただ、なにかが違うと、私の体が拒否していた。

紳士だと思っていた広瀬さんに襲われたのがショックなのだろうか。でも、こういう展開になるのを、想像しなかったわけじゃない。期待だって少しはあった。下着だって新しくて可愛いデザインで、彼にならなにをされてもいいぐらいには思っていたのに……。

私はこみ上げてくる違和感に、広瀬さんの胸を叩《たた》いて暴れた。酔っているので、大した抵抗にもなっていなかったが、必死だった。そんな私に彼は「怖がらなくていいんだよ」なんて見当違いな言葉を投げかけてくる。そして服の中に手を入れられたところで、私の意識が急に飛んだ。

アリスはうまいことやっているだろうか。

砂浜の上に作られたレストランのソファで、口説いている最中の綾乃から視線をそらして海を見つめた。闇に飲みこまれた水面は黒く、月明かりを反射する場所だけがキラキラと輝いている。寄せては返す波の音とレストランのＢＧＭが心地よく混じり合い、テーブルに置かれたキャンドルの灯りが海風に揺られていた。

今頃、広瀬に抱かれているのではないかと想像すると、胸のあたりがざわついて気分が悪くなってくる。綾乃との関係にアリスが口出しする権利がないように、俺だってアリスと広瀬の付き合いに文句を言う権利はないのに、むしゃくしゃする感情を抑えられない。

二人の進展を邪魔しないようにと、東京から逃げてきたというのに、頭からアリスのことが離れなかった。

「なにを考えていらっしゃるんですの、藤原様？」

興味が自分以外に移ったのを察した綾乃が、こちらの気を引くように甘い声をだす。

「……これからどうしようかなと思って。今夜は帰らなくてもいいんだよな？」

「そうね……藤原様、次第ですわ」

ナプキンで口元を拭いながら、綾乃が黒目勝ちの潤んだ瞳でこちらを見上げてくる。男を誘うような、それでいてなにも知らない少女のような無邪気な目つきだ。

昔から綾乃は、どっちつかずの態度を見せて、好意を寄せてくる相手の気持ちを翻弄する。そうやって、チャンスがあるように見せかけて、どんどん泥沼へと落としていく。相手がそれをひどいとなじれば、「そんなつもりではなかったのに……勘違いさせてしまって、ごめんなさいね」なんて心にもないことを言うのだ。

そのずるさを知っていながら、高校生の時に俺も彼女に惚れた口だった。女同士だったが、綾乃は俺の恋心に気づいていた。自己愛の強い彼女は、自分を愛する相手にとても敏感だ。そして残酷でもあった。

俺の気持ちを知っていて、久々に会う約束をしたら結婚式の招待状を持ってきた。事前に、こっちの予定をうかがいもしないで日取りの決まった招待状を押しつけてくるところに、うっすらとした意地の悪さと、こちらの気持ちを揺さぶって自分に引きつけておきたいという傲慢さが垣間見える。

だが、招待状を受け取ったのは中身の違うアリスで俺じゃない。見当違いの態度を取られて、綾乃はさぞ面食らったことだろう。

「じゃあ、少しその辺を散歩しようか」

「ええ、喜んで」

事前に支払いはすませていたので、席を立ってそのまま店からでる。綾乃は三歩下がって後をついてくる。こういうところが、またあざとい。

思えば、どうして彼女を好きになったのだろう。綾乃から離れると魔力がきかなくなるのか、大学生になり学部が違ってからは恋いこがれるような感情はすっとなりを潜めた。再会したらまた惑わされるのかと思いもしたが、そういうこともない。

たぶん、アリスに出会ってしまったからだろう。今の俺は、誰かに恋をする余裕なんてなくて、ただあいつが泣くような事態にならないよう事を進めたいと思っている。好きだとか恋だとか、そういうのを抜きにして、アリスを――あの人の本当の娘を、幸せにしてやりたいのだ。

そんなことを考えながら、ふと夜空を見上げると、後ろからつんっと袖を引っぱられた。

「ねえ、待ってくださらない。アリスちゃん」

「ん、どうかしたのか？」

考え事をしていた俺は、綾乃のその呼びかけに無意識に返事をし、振り返って動きを止めた。しまったと思ったが遅く、上目遣いの綾乃の口角がくいっと持ち上がるのを愕然《がくぜん》と見下ろした。

「どうして、そんなふうになっているのかわからないけれど……やっぱり、あなたアリスちゃんなのね」

こいつは魔女かなんかなのか。胃の底が冷えるような感覚と同時に、視界がぐにゃりと歪《ゆが》んで体が傾いた。

「ねえ……ちょっと、大丈夫？」

遠くのほうから聞こえてきたのは、広瀬さんではなく、聞き覚えのある女性の声だった。ぱっと目を見開くと、どういうわけか綾乃ちゃんが心配そうに私を見上げていた。

「えっ、あれ？　綾乃ちゃん……？」

なぜか綾乃ちゃんが怪訝《けげん》な表情をする。

私は状況がのみこめなくて、あたりをぐるりと見渡す。潮の香りがして、波の音が聞こえた。

「ここ、海……？」

小声でそうこぼし、顔を綾乃ちゃんに戻す。視線が高いことにやっと気づいて、自分の両手に目をやった。

冬馬くんの手だ⁉　いやいやいや、もとは私の手でもあったけどね……。

どうやら入れ替わってしまったらしい。まだ儀式の期限まで丸一日はあるはずなのに、どうしてなのか。予定日が間違っていたのかもしれない。

ともかく、冬馬くんと合流してもとに戻さないと。あっちも私の体に戻ってしまっているなら、大変な事態になっているはず。想像して青くなった。

「あの……藤原様？」

綾乃ちゃんが不審そうにこちらを見つめている。

とりあえず……無難な会話はなんだろう？　できれば、デートを切り上げて帰る方向に持っていきたい。

「えっと、ごめんね。なんの話、してたっけ？」

「なんのって……」

怪訝そうに眉根を寄せた綾乃ちゃんに、会話の選択をミスしたかと思った。だが、彼女はすぐに目を細め、とても楽しそうにころころと笑いながら言った。

「お付き合いの件、お断りさせていただきます。私、当て馬にされるのは好きじゃありませんの」

もしかして冬馬くん、告白してた……？

その直後に入れ替わるなんて、タイミング悪すぎ。しかも見事に振られてしまった。

あとでなんて冬馬くんに伝えようかと頭を悩ませていると、綾乃ちゃんは「今まで楽しかったですわ。ごきげんよう」と言い残し、足取りも軽く一人で帰っていってしまった。

取り残された私は、ここがどこだかもわからなくてしばらく呆然としていた。すると尻ポケットでスマホが振動し、慌てててでてみると悄然《しょうぜん》とした私の声で話す冬馬くんだった。

「えっと、要するに……儀式の期限が近いから、魂の定着が不安定になっていて、驚いた拍子に入れ替わっちゃったってこと？」

「まあ、そうじゃ。この一時的な入れ替わりは、衝撃に弱いのである」

堂島邸に呼びだしたシロちゃんの説明に、私はとりあえず納得した。

「じゃあ、またこういうことがあるわけ？」

「期限近くでなければ、そうそうないと思うぞ。ただし、強い衝撃があったら問答無用で戻ってしまうこともあるやもしれぬ」

「けっこう適当なんだね」

はっきりしないシロちゃんの返答に、少しイラっとしたが仕方ない。魂が入れ替わるなんて、めったにないことが起きてるんだもの、神様も神使にも想定外だらけなのだろう。

それにしても、こういう時に必ず文句を言う冬馬くんが今日は大人しい。そっと横をうかがうと、ソファの隅っこで膝を抱え、魂が抜けたようになっている。

電話の後、私たちは堂島邸で落ち合い、キスをして体をもとに戻した。二十四時間しかもたない入れ替わりなので、あとで儀式もしないといけない。その時から、冬馬くんはこんな感じで、シロちゃんを呼びだして問いつめたのは私だ。いつもと立場が逆になっている。

「えっと……冬馬くん、大丈夫？」

「……ん、まあ」

そっけない返事にそれ以上、なんと声をかければいいかわからなかった。

私と入れ替わった冬馬くんは、当然、ソファで押し倒されている場面に急に意識が飛んだはずだ。きっと驚いただろうし、中身は男性なんだからショックだったに違いない。電話がかかってきた時間的に、入れ替わってそんなにたっていないはずだから、あれ以上の行為はされていないと思うのだけど……なにがあったのか、怖くて聞くに聞けなかった。

シロちゃんを帰した後、ほうじ茶をいれて冬馬くんの前に置く。少しでも気持ちが落着いたらいいなと思いながら、申し訳なさに謝っていた。

「あ、あのさ……なんか、ごめんね」

「なんでお前が謝るんだ？」

「だって、あんな時に入れ替わっちゃって……ショックだったでしょ」

「うん。まあショックだったけど……広瀬のほうがショック受けただろうな」

「え？　どういうこと？」

ぎょっとして冬馬くんに向き直る。

「意識がはっきりしたら野郎にキスされて胸まさぐられてたもんだから、ついうっかり殴っちまった。その後も、あまりのおぞましさに股間蹴りまくって踏みつぶしたから、アイツ不能になってたらどうしよう……さすがに申し訳ねえ」

とんでもない告白に、私は唖然《あぜん》として震えた。

「でも、やっちまったもんは仕方ないよな。お前、謝っといてね」

「冬馬くんっ!!　なんてことしてくれたのよ！」

月曜日に、会社でどんな顔をして会えばいいのか。そもそも会ってくれないんじゃないだろうか。最悪、怪我で会社を休んでいるかもしれない。

「まあ、しかし……お前を本気で好きならあきらめないはずだから、きっと大丈夫」

「適当なこと言わないで！　もうっ、冬馬くんなんて綾乃ちゃんに振られたんだからね！」

悔し紛れに暴露すると、冬馬くんは興味なさげに「へー、そういう展開になってたのか」と呟《つぶや》いた。

「それから、当て馬にはなりたくないって綾乃ちゃん言ってたんだけど。冬馬くん、綾乃ちゃん以外にも手をだしてたの？　サイテーなんだけど！」

「うわぁ……女ってこえええ……」

「もと女のくせしてなに言ってんの！　もう少し反省しなさい！」

そう叫んで摑みかかったところ、逆に腕を摑まれソファに押し倒されてしまった。

「ちょっ、冬馬くん……！」

「とりあえず身も心も傷ついたんで、お前で口直ししたい」

その後は、唇を塞がれ、あれよあれよという間に冬馬くんの甘い愛撫《あいぶ》に陥落して、抱かれてしまった。


翌朝、リビングで抱き合って寝てしまった私たちは、スマホの着信音で目を覚ました。

「んんぅ……冬馬くんの電話みたいだよ」

冬馬くんが持ってきてくれたのだろうか。体にかけられた毛布に顔を埋めながら言うと、隣で彼が起き上がる気配がして、着信音がやんだ。

「……はい、はい。俺ですが」

少しかすれた寝起きの冬馬くんの声は、なんだかカッコいい。もとは自分の声だったのに、不思議だ。

その声を聞きながらうとうとしていると、だんだんと声に緊迫感が増してきた。これはただ事ではないと思い、私も目をこすりながら起き上がった。

「どうしたの?」

電話を切った冬馬くんに問うと、「落ち着いて聞けよ」と硬い声が返ってきた。

「お前の母親、雪子さんが部屋で倒れているのを発見されて、病院に運ばれたそうだ」

act.7

「お母様の病状について、こちらでご説明いたします。あっ……親族の方以外はご遠慮ください」

冬馬くんの後について当然のように診察室へ入ろうとしていた私は、ドアの前で医師に手で止められ声を荒らげそうになった。

「えっ……でも、私は……！」

息子ですと言いそうになり、すんでのところで言葉を飲みこむ。

今の私は、母にとって赤の他人。こういう場に立ち会えない人間になってしまったのだ。

母が倒れたと聞いて頭が真っ白になった私は、冬馬くんにつれられて実家近くの総合病院に駆けつけた。なのに、なにもできないなんて……。私はうつむいて、ぎゅっと両手を握りしめる。膝が小刻みに震えた。

看護士にうながされるまま、待合室に移動しようとしたその時。冬馬くんが、ぐいっと私の肘を摑《つか》んで引きとめた。

「待ってください。彼女は俺の婚約者で、来年結婚する予定です。俺は仕事が忙しいので、たまにですが母の介護を手伝ってもらおうと思っています。なので、一緒に病状について聞いてもらいたいんですが、いいでしょうか?」

冬馬くんが、すらすらともっともらしい嘘《うそ》を並べる。医師は「そうでしたか、それは失礼しました」と頷《うなず》き、ドアを大きく開けて私も招き入れてくれた。

医師の説明では、母は急性心筋梗塞で病院に運ばれ、カテーテル治療を受けたとのことだった。発見が早かったおかげで一命をとりとめ、今はまだ意識が戻っていないらしい。しばらくは容態を観察するために入院が必要だという。長くて今月いっぱいの入院になるというので、私と冬馬くんは入院に必要な荷物をまとめるために、母の暮らすアパートにいくことになった。

私が東京で暮らすようになってから、母は一人暮らしにちょうどよい1DKの部屋に引っ越した。そこへ帰省するのは約一年ぶり。お正月に顔をだすだけのアパートは、子供の頃を過ごした場所ではないせいで、懐かしさはまったくない。それどころか、自分の本性を隠して過ごさなくてはいけない場所なせいで、母のことは好きだけど、年一回帰省するのさえ億劫《おっくう》で敬遠していた。ふとした時に「そろそろいい人はいないの?」と聞かれるのも苦痛で、なにかと理由をつけてお正月に滞在する期間も年々短くなっていった。今年は、元旦に一泊しただけで帰ってしまったのを思い出し、罪悪感がこみ上げてくる。

アパートにつくと、冬馬くんはすぐに大家さんの部屋を訪ねた。母を発見してくれたのは同じアパート内に暮らす大家さん夫婦で、以前から年の近い一人暮らしの母と仲良くしてくれていた。

今朝は、町内会の清掃日で母の当番だった。一緒に当番だった大家の奥さんが、いつもなら五分前に集合場所にやってくる母がこないのを心配して部屋まで迎えにいったところ、玄関で倒れているのを見つけたのだ。

「このたびは、大変お世話になりました。奥様のおかげで母が助かり、なんとお礼をすればいいか……つまらないものですが、どうぞお収めください」

そう言って冬馬くんが差しだした東京銘菓が入った紙袋を見て、私は自分が情けなくなった。新幹線に飛び乗る前、彼が駅でなにかを買っているのは見ていたのに、それが大家さん夫婦への菓子折だなんて考えもしなかった。母を助けてもらったお礼が必要だってことさえ、アパートに到着するまで思いつかなかったぐらいだ。

数ヵ月前、社会人経験のない彼が、私と入れ替わって生活していけるのか心配したことが恥ずかしい。冬馬くんは私なんかより、はるかにしっかりしていて頼もしい。

「着替えとか、どこにあるかわかるか？　あと必要なのは保険証と……民間の保険に入ってるならそっちの手続きもしないとな」

保険証は、玄関に落ちていたバッグの中にあった。昔からきちんとしている母は、保険証と診察券などを薄いポーチにひとまとめにしていて、その中から保険証券もでてきた。冬馬くんはその保険会社に電話をし、これからの手続きに必要なものなど聞いておいてくれると言った。

その間に、私は母の着替えをまとめた。無駄なものを買ったり飾ったりしない母の部屋は、押入れの中も綺麗《きれい》に片付けられていて、なにがどこにあるのかすぐにわかった。ボストンバッグに着替えをつめ、ふとあたりを見回した私は既視感に襲われた。

殺風景とまではいかないけれど、必要最低限の家具や家電に囲まれた部屋は質素で清潔感がある。こんな部屋を私は知っている。

「あ……冬馬くんの部屋に似てるんだ」

そう呟《つぶや》いたとたん、胸が苦しくなるより先に涙があふれた。

冬馬くんが、本当の息子なんだ。お母さんの子供は、私じゃなかったんだ。

可愛くてロマンチックな服や雑貨が大好きで、すぐに手に入れたくなる私は、幼い頃、無駄なものをほしがって貧しい母を困らせた。分別がついてからも、持ち物に対するこだわりは強かった。お下がりや貰《もら》い物の趣味じゃない服は着たくなくて、望まない性別でも男性としてのお洒落《しゃれ》を楽しもうとしていた。そのせいで母にワガママを言って、服を買ってもらったこともある。一人暮らしをするようになり、貧しい母子家庭にとって、それがいかによけいな出費だったか知った。

でもきっと、私たちの魂が入れ替わっていなくて、息子が冬馬くんだったら違ったのだろう。合理的な選択をする彼なら、貧しい時にお洒落を楽しもうなんてしなさそうだ。母にワガママも言わないで、ほしいものがあれば必要なお金をどこかから稼いできそうだった。

嗚咽《おえつ》を漏らし、押入れの前に座りこむ。今さらながらに、冬馬くんがシロちゃんと神様に激怒していた本当の意味がわかってしまった。

私はバカだ。大バカだ。

「おい、どうしたんだ？」

電話を終えた冬馬くんが、駆け寄ってきた。抱きしめてくれるその腕にすがりついて、私は大きく肩を震わせしゃくり上げた。

「……最初から、冬馬くんが私のお母さんの息子に生まれてくれてたらよかったのに。そうしたら、お母さんにこんなに苦労かけなかった」

大家の奥さんが言っていた。最近、体調がよくなってきた母は、減らしていた家政婦の仕事をまた増やしていたらしい。息子にこれ以上仕送りはさせられない。このご時世、自分の世帯を支えるだけでも大変なのに、親に仕送りしている男性のところに嫁ぎたい女性はいないだろう。まして子供がほしかったら尚さらだ、と言っていたそうだ。

その無理がたたって、母は倒れてしまった。母にそんなふうに言わせてしまう、今までの自分がみっともなくて、悔しい。しかも私はここ数ヵ月間、女性になれたことに浮かれて、母を顧みることをしなかった。

「私……っ、ひどい息子だった。自分のことばっかりで……なのに、今はもうお母さんの子供じゃない赤の他人なのが悲しくて、怖くて……お母さんになにかあっても、私は立ち会えないんだって思うと……」

病院のベッドで寝ていた母は、私が知っている母よりも一回り小さく見えた。病気のせいだけでなく、もうずっと前から母は小さかったのだ。なのに私の目には、元気だった若い頃の母の姿が重なって見えていた。体を壊したと聞いて仕送りをするようになってからも、そのうち以前と変わらずに健康になると思いこんでいたぐらいだ。

それがただの幻だったと自覚した時には、私は母の子供ではないアリスになっていた。もう、直接母を助けたりはできない。こうして母が病に倒れても、一人では病状を医師から聞くこともできないし、病院に運ばれたという知らせも受け取れない。

これが、魂が入れ替わった代償だ。今なら、冬馬くんが私たちを被害者だと言い、なにを懸念していたかわかる。

やっぱり冬馬くんは頭がいい。それにすごく優しい。言葉や態度はきついけれど、それは上辺だけの思いやりじゃないからだ。

「私……わたし、どうしたら……っ」

しゃくり上げ、冬馬くんにしがみつく。こんな時でも、自分一人で答えがだせない。冬馬くんに頼ってしまう私は、ずるい人間だ。

なのに彼は、大丈夫だと言うように強く抱きしめ返してくれる。

「お前は悪くない。絶対に。悪いのは、仕事ミスった神様だろうが。だから自分を責めるな」

大きな手に頭を撫《な》でられ、私は少し気持ちが軽くなる。

「俺がちゃんと雪子さんの息子として生まれてきても、同じようになってたかもしれないだろ。違う展開になっていたかもなんてのは、うまくいかなかった現実から逃げたいがための妄想だ。それに捕らわれるな」

冬馬くんの言葉は、どこか自分自身にも言い聞かせているような響きがあった。涙に濡《ぬ》れた目で見上げると、彼はどこか遠くを見つめている。すると視線に気づいたのか、こちらを見下ろし「それから、雪子さんとお前が今後会えるように、どうにかするから心配するな」と言って微笑んだ。

「いつもありがとうね、アリスさん。助かるわ」

「お役に立てて嬉《うれ》しいです。困ってることがあったら、なんでも言ってくださいね」

花を生けた花瓶を窓際の台に飾り、母に微笑み返す。ベッドに体を起こした母は肩を落として申し訳なさそうに私を見ている。そんな表情をしていると、ますます母が小さく見えて心細くなった。

男の時にもっとたくさん帰省すればよかった……。元気な母だから大丈夫、そのうちゆっくり親孝行でもなんて思っていたけど、もう私はお母さんに親孝行できないんだ。

目ににじんでくる涙を悟られないようにうつむくと、しゅっと衣擦れの音がした。母の膝の上に紫色の風呂敷が広げられている。先週、着替えと一緒にアパートから持ってきてほしいと頼まれた荷物だった。そこから、母が封筒を取り出す。

「これ、少ないけど。足代にしてちょうだい」

「え……？　足代？」

首を傾げると、母は私の手を取り、押しつけるように封筒を握らせてきた。

「ちょっ、ちょっと……こんな、いただけません！」

封筒をのぞくと、一万円札が数枚入っている。足代とは、ここまでの交通費のことだった。

病院には、会社が休みの毎週土曜と日曜にきている。それももう四週目で、いつの間にか七月も終わろうとしていた。

私の自宅最寄り駅からここまで、新幹線に乗ってしまえば一時間半ぐらいでこれる。交通費も往復で一万円以内に収まるので、今の裕福な生活ができている私にとって、大した出費ではなかった。たとえ負担だったとしても、もらうわけにはいかない。

首を振って、母に封筒を返そうとするが「お願い受け取ってちょうだい」と押し返される。そんな押し問答を何度か繰り返した後、母は手を止め声を落として言った。

「あなたに負担をかけたくないのよ……冬馬の婚約者さんにね」

一瞬、思いつめたような表情をした母に目を奪われていると、その隙に封筒を手の中にねじこまれてしまった。

「こう言ったら失礼にあたるかもしれないけど、アリスさんはよいおうちのお嬢さんでしょう？　服装や持ち物を見ていたらわかるわ」

そんなことはないと言おうとして、私は言葉をのみこんだ。裕福な家庭に家政婦として派遣される母は、自然とものを見る目が養われていた。ここでへたに否定すれば、嘘をついていると見抜かれてしまう。

「だからね、あなたにとってここまでくる交通費なんて大したことないのかもしれない。だけど、アリスさんの親御さんはどう思うかしら？　まだ結婚もしていない相手の母親を看病させられて、毎週休日に遠くまで自腹で通っているなんて、気分がいいものじゃないと思うの。あなたがこき使われているように感じるんじゃないかしら？」

「いいえ、うちは父子家庭で。父は仕事ばかりで家に帰ってきませんし、私にそんなに興味がないので大丈夫です。今だって、私がここにきていることを知りませんし」

だから気にしないでほしいと言っても、母は首を横に振るだけで頑として引かない。まさか、婚約者だというのは嘘だと言うわけにもいかなくて、私は眉根を寄せた。

「そうだとしても、駄目。それはあなたの見解だし、お父様は知っているかもしれないわ」

「ですが……私、やっぱり受け取れません」

固辞すると、困った子ねとでも言うように、母が柔らかく微笑んだ。

「じゃあ、こう言ったらどうかしら。冬馬のために、受け取ってちょうだい。母として、あなたのお父様に息子の心証が悪くなるようなことはしたくないの。あの子の幸せが、私の幸せだから。けっしてアリスさんのためじゃないわ」

そう言われると、もうなにも言い返せない。私は眉尻を下げて、手の中の封筒を見下ろした。

　母のこのきっちりとしたところ、冬馬くんと同じだ。二人はやっぱり親子なんだと思うと、気持ちがしゅんとした。母と冬馬くんの似たところを見つけるたび、自分に自信がなくなってくる。駄目な息子だったと卑下してしまう。今はアリスなのに、母が冬馬くんにとられてしまうような気がして、不安と嫉妬で胸のあたりにどろりとしたものが渦巻く。

　なにを考えているんだろう。母はなにも知らないんだし、冬馬くんはすごくよくしてくれているのに。悪い考えを振り払うように首を振ると、視線を落とした母が不安そうに両手を握りしめて言った。

「ところで、冬馬は転職したそうだけど、ちゃんとやっているのかしら？」

「あ……はい！　とってもカッコいいです！」

　思わず即答すると、母が目を丸くしている。私は慌てて言い直した。

「えっと、その……すごく仕事ができるみたいで」

「そうなの。あの頼りなかった子が？」

　心の中で、心配ばかりかけてごめんなさいと謝る。

「頼りなくなんかないです。とてもしっかりしてて、将来を期待されてますよ」

「そうなの……それならいいんだけど」

　どこかほっとしたような、誇らしげな表情を見せる母に、重ねて心の中で謝罪する。入れ替わる前に、安心させてあげられなくてごめんなさい。

「あの子、最近はぜんぜん連絡くれなくてね。住所が変わったって連絡くれた時に、転職のことも聞いたの。いろいろ話したかったんだけど、仕事があるからとかで電話切られちゃって。その後、メールしても心配しなくて大丈夫としか返事くれないから……」

私は苦笑いを浮かべるしかなかった。

入れ替わりのボロがでないよう、お互いの性別や生活に慣れるまで、親や知り合いへの接触を控えようということになっていたからだ。特に親が相手では、なにがきっかけで不自然に思われるかわからない。

「しかも私が倒れて入院したら、突然、婚約者だってあなたをつれてきたじゃない。本当に驚いてね。また心臓がおかしくなるかと思ったわ」

「……その節は、驚かせてしまってすみませんでした」

「でも、嬉しかったわ。今まで浮いた話のなかったあの子が、こんな可愛い婚約者をつれてくるなんて思ってもいなかったから。ヒョロヒョロしてたのに体も顔つきも逞《たくま》しくなって、雰囲気や性格もなんだかしっかりして、私の知ってる息子じゃないみたいだけど……きっとあなたのおかげね。アリスさんに釣り合いたくて、あの子、頑張って変わったに違いないわ」

心臓がバクバクいって、背中に冷や汗が流れる。バレたんじゃないかと思ったが、母は息子の変化をいいように解釈してくれていた。

さすがに中身が入れ替わったなんて思わないか……。

バレるかもと緊張していた私は、息を吐いて体の力を抜いた。少し残念なような、気づいてほしかったような気持ちに、唇を噛《か》んだ。本当の息子は、今あなたの目の前にいますと言って、母に甘えたい気持ちがあふれてくる。

「えっと……汚れ物、洗ってきますね」

私は、逃げるように汚れ物の入ったバッグを持って病室をでた。

入院患者や付き添い、看病に通う親族などが使えるランドリー室で、ちょっと息抜きでもしよう。アリスになってしまったせいで、毎度、母相手の会話に緊張し泣いてしまいそうになる。敬語で母と話すのも慣れなくて、なんだか変な気分だ。

それにもう母に甘えられないのかと思うと、すごく寂しくて胸がきしむ。私はランドリー室のベンチに座り、肩を落とした。

洗濯と乾燥が終わり、綺麗になった着替えを持って病室に戻ると冬馬くんがいた。

「あれ……？　今日は早いんだね」

私と母の時間を邪魔しないようにと、冬馬くんは仕事があると嘘をついて土曜日の夕方になってから、面会時間の終了間際に病院に顔をだす。その彼が、昼時に顔をだすのは珍しい。しかも、たくさんの文庫本をベッド脇のテーブルに積んでいる。

「母さんご所望の本を持ってきたんだ」

冬馬くんが私の前にかかげた文庫本に、ぽかんと口を開けて驚いた。可愛らしい少女のイラストが表紙の、シリーズものの少女小説だったからだ。

「もう、ちょっとやめて！　この年でこんなの、恥ずかしいじゃない……」

母は頬を赤らめ、冬馬くんのジャケットの裾を強く引っぱっている。

「アリスもこういうの好きだったよな。この作家のも読んだことあるか？」

「うん……もちろん。この作家さん、好きだから」

嘘じゃなかった。買い集めていて、部屋の本棚にずらっと並んでいるのを冬馬くんも知っていた。でも、まさか母が同じ作家のファンだったなんて、知らなかった。

「あら、アリスさんもこういうの読むの？」

「は、はい。面白いですよね！」

「実はね、入院してすぐの頃、冬馬が暇つぶしにって持ってきてくれた本や雑誌の中にあったのよ。それで読んでみたら、ハマっちゃって」

冬馬くんを見ると、にんまりと笑ってこちらを見ている。意図が見えなかったけれど、なにか企んでいる顔だ。

「実はこの文庫本、アリスの部屋から持ってきたんだ」

「えっ！　嘘、いつの間に？」

冬馬くんと私は、なにかあった時のためと、お互いの家の合鍵を交換していた。堂島邸は指紋認証と暗証番号なので、冬馬くんの指紋を登録した。おそらく、私が東京をたってからうちにきたのだろう。

「まあ、なんてことするの、冬馬！　ごめんなさいね。大切にしてる本なのに、お返しするわ」

「いえいえ、気にしないでください」

「だけど、汚したりなくしたりしちゃったら……ここ、病院だから薬品の臭いだってつくかもしれないじゃない」

恐縮する母に、冬馬くんが言った。

「大丈夫だよ。こいつ、読書用と保存用買ってるから。こっちは読書用で汚れてもいいし、人に貸し出してファン増やしたりもしてんだろ？　せっかくだから貸してもらいなよ。で、感想言い合ったりとかしたらいいじゃん？」

やっと冬馬くんの意図が読めた私は、力いっぱい頷《うなず》いた。

「うん、そう。そうなんです！　だから、ぜひ借りてください！　それで、感想の交換しましょう！　萌《も》え語りしましょう！」

母は「萌え語り？」と言って首を傾げはしたが、シリーズの続きが気になっていたのか、本を借りてくれた。

「じゃ、連絡先を交換しといたほうがいいな。登録しといてやるよ」

いつの間にか私のスマホと母の携帯電話を手にした冬馬くんが、勝手に操作してお互いの連絡先を登録してしまう。ついでのように「俺のこともアリスに聞くといいよ。アリスはマメだから、ちゃんと返信してくれるだろうし」と、自分の近況報告まで私に丸投げしてきた。

でも、私は面倒だなんて思わなかった。母と頻繁に連絡を取れる口実ができて嬉しかった。息子として向き合えなくても、関われる。しかも冬馬くんは、共通の趣味まで作って、間に息子を挟んでなくても会話ができるようにセッティングまでしてくれた。

私は嬉しさと感謝で泣きそうになるのを、我慢するのが大変だった。

面会終了時間まで病院にいた私と冬馬くんは、いつものように母のアパートに帰った。毎回、ここで一泊し、日曜の朝に母を見舞って帰ることになっている。

病院の近くで食事をとった私たちはアパートに帰ると、お風呂に入ってすぐに布団を敷いた。

「今日は、いろいろありがとう」

枕を抱いて深々と頭を下げると、隣に敷いた布団で胡坐《あぐら》をかいてスマホをいじっていた冬馬くんが、目をぱちくりさせた。

「本のこととか、連絡先。それから、交通費のことも……私じゃ、どうにもできなかったから」

私がずっと封筒を握りしめているのに気づいた冬馬くんが、事情を察して母に交通費を返してくれたのだ。「アリスには俺から支払うから。病人はよけいな気を回さないで、治療に専念しろ」と、母をなんとか言いくるめてくれた。

「いや、あれぐらい感謝されるようなもんじゃないし」

照れているのか、冬馬くんは私から顔をそらす。こういうとこ素直じゃないけど、ちょっと可愛いななんて思ってにこにこしていたら、次の言葉に今度は私が照れてしまった。

「……お前が泣くの見たくないからさ」

思いがけず真剣な声に、私の胸が高鳴った。頬が急激に熱くなってきて、言葉がでない。広瀬さんといる時に感じるドキドキとは違う、胸をぎゅっと鷲掴《わしづか》みされるようなときめきの後に、じわっと熱がにじんでくる不思議な感覚。言いようのない恥ずかしさに、叫び声を上げて走りだしたくなる。

冬馬くんもうっかり言葉にして恥ずかしくなったのか、スマホを握ったまま黙りこんでいる。その沈黙に、先に耐えられなくなったのは私だった。

「と、冬馬くん……それ、すっごい殺し文句だよ。私を口説いてどうすんの？」

真っ赤になった顔を、抱きしめた枕に埋めてそう言うと、「う、うるせぇっ」と裏返った声が聞こえた。

もう、よけいに恥ずかしい。なんなの、この背筋がむずむずする照れくささは！

いつもはくだらないことで言い合ったりできるのに、どう会話を繋《つな》いだらいいかもわからない。恐る恐る枕から視線だけ上げる。

「冬馬くん……顔、赤い……」

珍しさにそう指摘すると、冬馬くんは怒ったような表情で電気の紐《ひも》を引っぱって部屋を真っ暗にした。一階の北に面するこの部屋は、電気を消してしまうと闇に包まれる。近くに外灯もないので、光が差しこむこともなく、目が慣れても周囲がよく見えない。私はそれが怖くて、いつも豆電球をつけてもらっている。

「ちょっと、冬馬くんやめてよ……きゃぁ！」

電気の紐があるあたりに手を伸ばすが、その腕を摑まれ引き寄せられる。暗くてなにも見えないせいなのか、私を抱きしめる冬馬くんの腕をいつもより逞しく感じた。こんなに密着しているのに、彼の顔も黒いシルエットでしか見えない。頰に当たる熱をおびた吐息が、獣の息遣いのようで体が緊張した。

「やっ……冬馬くん、なにかしゃべってよ」

無言でずっと抱きしめられていると、冬馬くんじゃないのかもって不安になってくる。

「ねえ、放して。もう、寝ようか？」

暗闇と沈黙が耐えられなくて胸を押す。すぐに解放してもらえると思っていたら、黒い影が動き、パジャマの上から胸をまさぐられて唇を乱暴にふさがれた。

「んっ、やぁ……ぅンッ！」

大きな手が乳房を揉《も》みしだき、布地の上から乳首を嬲《なぶ》るようにつまむ。嫌がって声を上げれば、舌がすべりこんできて、逃げられないように後頭部を押さえつけられた。喉の奥まで犯すように、深く唇を合わせられ舌で愛撫《あいぶ》される。

息苦しさに目を回しているうちに、乳房をいじっていた手がパジャマの中に入ってきた。じかに触れられると、腰が淫《みだ》らに疼《うず》いた。じわりと広がる甘い痺《しび》れに、撫でられた肌が震える。快感から逃げるように腰をよじり、冬馬くんの胸を強く押すと、濃厚な口づけからやっと解放された。

「はっ、はぁっ……いや、ここでなんて……」

母のアパートでことにおよぶなんて、考えられない。母に申し訳ないし、明日、どんな顔をして会えばいいのだ。

「もうすぐ儀式の期限だろ。そろそろしないと、また不安定になって入れ替わるかもしれないじゃん」

やっとしゃべってくれた冬馬くんにほっとしたが、やめる気のない彼に体を反転させられ、後ろから抱きすくめられる。腰に回った腕にがっちりと体を拘束され、乳房を揉みしだかれた。思わず声をだすと、「隣に聞こえる」と笑みを含んだ声で言われ、耳朶を舐《な》め上げられる。

そんなことをされたら、抑えられる声も抑えられない。

「いやぁ……んっ、ダメ。こんな……明日、東京に帰ってからでもいいじゃない」

悪戯《いたずら》をする腕に爪を立てて言えば、腰に回っていた手が、パジャマのズボンに忍びこみ、ショーツの中に入ってくる。

「ひっ……きゃぁ、んっ！」

暗くて次になにをされるか予想できなかった私は、肉芽をつままれ、つい高い声を上げてしまう。慌てて手の甲で口をふさぐが、冬馬くんの意地悪な指は私を追いつめるように動く。

湿り気をおびている割れ目を、指先がなぞるようにゆっくりと行ったり来たりする。敏感で繊細なそこは、激しくされるより緩慢な愛撫に弱い。じれったさに中心がうずいて濡れ、じっくりと丁寧に襞が開かれていく。その中で硬くなっていた肉芽をつぶすようにこね回されると、ビクビクと腰が震えた。

いってしまいそうでいけない。絶妙な愛撫に、冬馬くんの腕の中で身をよじる。

「あっ、んっあぁ……だめぇ……」

蜜をあふれさせる入り口に指先が触れ、ずずっと中に入ってくる。指をくわえたそこが痙攣《けいれん》して、甘い痺れが背筋を駆けていく。

「ひ、あぁ……ッ。やめ……あぁ……」

淫らに震える中をえぐるように、指が抜き差しされる。始めはゆっくりだった動きがじょじょに速くなり、濡れた音が暗闇に響く。肉芽も一緒に嬲られて、あっという間に下着は愛液でびしょびしょになった。

「はぁ、あぁ……ッ、いやぁ」

冬馬くんのじれったい愛撫に、快感が高まっては引いていく。いきたいのに何度も絶頂をそらされる。わざとだ。

「いじわる……っ」

嬌声《きょうせい》の合間に冬馬くんをなじると、乳房を愛撫していた指が硬くなった乳首をつねる。その甘い衝撃に、びくんっと蜜口がしまる。締めつけられた冬馬くんの指は、それに逆らうように素早く引き抜かれ、こすられた蜜口が激しく痙攣した。

「あっ、あぁ、やぁ……ッ、そんなっ」

いくと思ったのにいけなくて、不満げな声が漏れてしまう。耳元でくすりと笑う声がしたけれど、冬馬くんはまたしゃべってくれなくなっていた。

「ね……冬馬くん？　冬馬くんだよね……？」

不安になって呼びかけるも、声は返ってこない。代わりに布団にうつ伏せに押し倒され、パジャマのズボンと下着を乱暴に脱がされる。

まるでレイプでもされるみたいな感じに、心臓がドキドキする。

「いやだ、冬馬くん。怖いよ……」

思わず逃げようとするが、上から覆いかぶさられて、身動きできなくなる。お腹の下に枕を入れられたかと思ったら、蜜口に硬く猛ったものを押しつけられていた。

「あっ……んっ、んぐぅ！」

中に冬馬くんが入ってくるのと同時に、嬌声を上げかけた口を大きな手でふさがれる。走る衝撃に、私は声もだせずに悶《もだ》えた。

びくんっ、と激しく肩が跳ねて絶頂を迎え、体が弛緩《しかん》する。目尻に涙が浮く。

すぐに、冬馬くんが動きだした。いったばかりで敏感な中を、熱い塊に激しく蹂躙《じゅうりん》されれる。

「ンッ、ン……っ！」

口をふさがれて声がだせないせいで、体を激しく揺さぶられるたびに涙がぽろぽろとこぼれた。相変わらず冬馬くんはなんにもしゃべってくれない。

見知らぬ人に犯されているみたいで怖い。なのに体は感じまくっていて、自然と腰が揺れだす。

どうしよう。私、変態なのかな？

相手が冬馬くんだと思うと、怖さが快感に変わる。このシチュエーションに興奮している。

「いつもより、感じてるみたいだな」

やっと聞けた声は私を甘くなじる言葉で、それにも感じて体がビクビクと震えてしまう。さらに冬馬くんの動きが加速し、口から離れた手が乳房を揉みくちゃにする。

「あぁンッ……いやぁんっ！　だめぇ！」

声を抑えられない。隣に確実に聞こえているだろう。

「やめっ、て……冬馬くん、はぁ、あぁぁンッ」

手に当たった布団を引き寄せ、それに顔を埋めて喘《あえ》ぐ。これで少しはマシになると思ったのも束の間、冬馬くんのものが感じる場所を強く突き上げた。

「ひっ、あぁ……ッ！　いやぁんっ！」

目の前がくらくらするような快感に、悲鳴のような嬌声を上げてしまう。すぐにまた、弱い場所をえぐるように突かれて、頭が真っ白になる。強すぎる快感に、熱をくわえた中が激しく痙攣して達する。また突き上げられると絶頂の波が襲ってきて、声が止まらなくなる。

「あぁぁ、あんっ、あっ。あぁぁッ……やぁッ」

バカみたいに甘い声が漏れる。中でいくことを覚えた体が、犯されるたび達してしまう。感じすぎて、頭が変になりそうだ。

そして、何回いったのかわからなくなった頃、冬馬くんが苦しげに呻《うめ》いた。

「ひぁっ、あぁンッ……だめぇっ……！」

私が蜜口をきつく締めつけて達するのと同時に、中の熱が弾ける。熱い液体を最奥にそそがれるのを感じて、胸が切なく震えた。中に吐きだされた欲望に、すごく感じてとろけてしまいそう。

激しい息遣いが、耳元で聞こえる。冬馬くんはそのまましばらく、私に覆いかぶさって息を整えている。そして、かすれた声でぼそりと呟いた。

「――……愛してる」

心臓がどくんっと跳ねる。聞き間違えかと思って、「今、なんて……？」と返すと、笑い声が降ってきた。

「なんてな……冗談だ」

そう聞こえるのと同時に、硬さを取り戻していた冬馬くんが動きだした。まるで、今言った言葉をかき消すように、激しく私の体を犯す。あっという間に快感の波に飲みこまれ溺れた私は、戯れに告白があったことなどすっかり忘れてしまった。

act.8

「いつまでも夢見てんじゃねーよ！　あいつは帰ってこないっ！」

俺がそう怒鳴ると、彼女はとても悲しそうに微笑んで首を振った。そんなことはない、私は信じているわと言うように。

唇をぎゅっと嚙《か》みしめるけれど、目にじわりと涙がにじんでくる。泣きたくないのに、視界がぼやけていく。

胸が押しつぶされてしまいそうなほど痛くて、苦しくて、悔しさと怒りで握った拳がぶるぶると震える。彼女の純粋さを信じず、裏切り、苦しめるあいつが憎い。殺してやりたいぐらい腹が立つ。

幼いなりに俺は、この憎しみに嫉妬が潜んでいるのはわかっていた。

俺があいつの立場なら、もっと彼女を幸せにしてやれるのに。愛してやれるのに——。

でも現実の自分は、まだ幼くて、しかも少女で——彼女の娘だ。

絶望的な初恋。残酷なまでに失恋が確定している。

なのにどうして、俺は彼女をこんなに愛しているのだろう。

母子の愛情を勘違いしてるわけじゃない。俺の体は女なのに、俺は彼女を異性として意識している。

これはまぎれもない恋だと、心が叫んでいる。

なのに幼い俺は、あいつに向けるべき嫉妬を彼女にぶつけていた。

「運命じゃない……あいつは、母さんの運命の人なんかじゃない！」

彼女がひどく傷ついた、泣きそうな顔をした後、俺をぎゅっと抱きしめた。ごめんね、という消え入りそうな声が耳元でした。謝ってなんてほしくなかった。

もっと――俺を見てよ。俺のほうを向いて……俺を愛して！

本当に言いたかった言葉を飲みこみ、俺は彼女の胸を突き飛ばした。彼女の涙に濡《ぬ》れた目が大きく見開かれる。

自分のせいで泣かせたその顔を見ていたくなくて、走りだす。背後で彼女の俺を呼ぶ声が聞こえたけれど、無視した。

そして、その泣き顔が彼女との最期の記憶となり、俺の中に深い傷として残った。

――だから、よく似た泣き顔をするアリスを幸せにしてやりたい。それは彼女への罪滅ぼしでもあった。

＊　＊　＊

八月に入り、雪子さんは退院してアパートに戻ることになった。今日は、その退院日だった。

アパートに送り届ける時、経済的に安定したから東京にきて一緒に暮らさないかと俺が誘ったが、こっちに友達が多いから嫌だと断られた。それも事実だが、アリスに気を使ったのだろう。彼女の中身が、実は今まで育ててきた息子だとも知らずに。

正直、断られてほっとした。東京に誘ったのは建前と、アリスのためを思ってだ。実際、一緒に暮らすとなるとまた引っ越しが必要になり、アリスとの入れ替わりや儀式、シロを呼びだしたりなどが自宅でできなくなる。中身が違うことを不自然に思われるかもしれないし、婚約が嘘《うそ》だとバレるかもしれない。誤魔化《ごまか》す自信はあるが、できれば面倒ごとは少ないほうが楽だ。

ただ、アリスはそうも思えないだろう。

「やっぱり、強引にでも雪子さんをこっちに呼ぶか？」

東京へと帰る新幹線の中。隣の席でさっきから一言もしゃべらないアリスに声をかけると、びっくりしたようにこちらに顔を向けた。硬い表情にぎこちない笑みが浮かぶのを、俺は苦い思いで見つめた。

「ううん、そんなことしたら冬馬くんに負担かかっちゃうじゃん。家でも気が休まらなくなるでしょ……いろいろバレたら困るしね」

「だけどさ、この入れ替わりが完成したら、そうも言ってられないだろ。彼女が死ぬまで疎遠でいられるわけないんだから、一緒に暮らしても不自然だと思われないぐらい息子らしくならないと」

そう返すと、アリスの表情が曇った。そんな顔をされたら、自分の願いなんてどうでもよくなってしまう。

「どうする？　やめるか、入れ替わり」

言われた意味がわからないのか、アリスが首を傾げる。俺は苦笑して言った。

「お前、ほんとは雪子さんの息子でいたいんじゃないか？　今回のことで、このまま雪子さんと他人になって、そのうち雪子さんが死んじまうのが怖くなったんだろ。肉親として、大好きな母の最期を看取れないのは悲しいよな」

本意ではなかったが、それをアリスが望むなら別にいいかと思えた。男になりたいという望みは、俺にとってその程度のものだったらしい。

「だからさ、入れ替わりやめてもいいぜ。俺はこの体で、男としての生活をそれなりに楽しんだし。やろうと思えば性転換だってできるわけだしさ……アリスの体だと背が低いのが残念だけど。お互いにもとの体に戻って……」

「そんなの、ダメだよっ！」

俺の言葉をさえぎって、アリスが声を張り上げた。車内の視線が集まり、彼女ははっとして頬を染めると、小さな声で「すみませんでした」と言って頭を下げる。それを見て、俺はミスったなと舌打ちした。

つい、アリスのためと思って口にしたが、言ってはいけないことだった。選択肢を相手にゆだねるのは、優しさのようでいて、選択の責任も相手に押しつけてしまう。ワガママな相手ならばそれでもいいが、自罰的なアリスに選ばせたら、どちらを選択しても苦しませるだろう。

「……冬馬くん、私は入れ替わりをやめたいなんて思ってないから」

座り直したアリスが、声を落として言う。こう返ってきて当然だった。

「バーカ、騙《だま》されてんじゃねーよ。嘘だから」

ことさら軽い調子で、小馬鹿にするように鼻で笑ってやると、アリスがぽかんとして瞬きする。

「今さら、お前がこの体に戻っても、仕事ができなくて周りに迷惑かけるだけだしな。俺だって、受付嬢なんてしたくねーよ。お前の入れ替わりにかける決心がどんなもんか試しただけ。もちろん、俺は絶対にもとに戻りたくなんかねーから」

アリス相手には、こっちがワガママで傲慢《ごうまん》で強引なぐらいがいい。自分勝手に振舞って「冬馬くんのせいでこうなったんだから！」と言わせてやるのが、アリスのためだ。

俺はふんっと鼻を鳴らし、不遜な態度で脚を組んだ。

「この程度でぐらついてんじゃねえよ。お前が嫌だって言っても、俺はこの体を手放す気はないから、絶対に期限までに運命の相手と結ばれるよう努力しろよな」

上からものを言うと、アリスは「そ、そんなのわかってるよ。嘘つくなんてひどい！」

と不満そうに唇を尖《とが》らせ憤慨する。

全責任は俺のもので、良いことも悪いことも全部俺のせいでいい。アリスに選択肢なんてやらない。

それに、入れ替わりが確定した後に、アリスがまた雪子さんの子供になる方法が一つある。俺と結婚すればいい。それが真の目的だったのを、感傷的になってうっかり忘れていた。

シロは、俺とアリスが結ばれても入れ替わりは完成しないと言っていた。だが、入れ替わりが成功した後に、その運命の相手と別れても問題ないとも言っている。

要は、すべてが終わった後に、運命の相手からアリスを略奪すればいいだけだ。

だから気に食わないが、広瀬との交際を応援してやった。なぜなら、俺の見立てではアイツはろくでもない男だからだ。

いい男を運命の相手に選んだら、別れさせるのに苦労するだろうし、なにより略奪するにも心が痛む。だが、広瀬ならなんとも思わない。

「ところで、あれから広瀬とはどうなんだ？」

雪子さんの入院で、あの夜ボコボコにした男の存在などすっかり忘れていた。アリスも広瀬の名をださなかったので、関係が切れてしまったのかもしれない。

「えっと……実は……」

「連絡きたのか？」

言いよどむアリスに質問を投げると、硬い表情で頷《うなず》く。

やっぱり、連絡だけはあると思っていた。アリスには、「本気で好きならあきらめないはず」と言ったが、あれは半分本当で半分嘘だ。広瀬はそう簡単にアリスを手に入れるのをあきらめないだろうが、それは本気で好きだからではない。プライドが高いから、あんなかたちで振られて終わるのが納得がいかないというわけでもない。

「返事は……まだしてないんだな」

「うん。なんて返事すればいいかわからなくて……お母さんのこともあったから、ついつい放置してたら一ヵ月もたっちゃって、今さらどうすればいいのか……」

俺がアリスの体で、アイツを殴った件の謝罪もできてないと言う。

「そうか、わかった。スマホ、貸せ」

「え、なんで？」

首を傾げながらも、素直にバッグからスマホを取りだすアリスはやっぱりバカというか、騙《だま》されやすい。なにも告げずにその手からスマホを奪い、パスコードを解除する。俺が使っていた頃に設定したパスのまま、変更もしていないのだから、無防備すぎるとしか言いようがなかった。

「ちょ、ちょっと冬馬くん！　勝手になにしてるの！」

今さらあせっても遅いし、スマホを簡単に渡しておいてなにを言っているんだ。素直すぎて、いろいろ心配だ。よく二十七歳まで、詐欺や犯罪に巻きこまれず無事にやってこれたものだ。

　手を伸ばして奪い返そうとするアリスをよけながら、メールアプリを立ち上げる。この二人、どういうわけかいまだにメールのやり取りだけで、通話アプリは使っていない。

　広瀬からのメールはすぐに見つかった。内容はアリスを心配する文面で、暴力を振るったことには触れていない。素直に読めば、優しさにあふれた大人な内容で、俺は内心舌打ちする。

　本性隠しやがって、気に食わない。

「冬馬くん！　人のメール見るなんて失礼でしょ！」

「もともと俺はお前だったわけで、俺とお前は一心同体みたいな運命共同体なんだから、失礼じゃないんだよ」

「流れるように詭弁《きべん》言わないで。人格は別でしょ！」

「まあまあ、これから俺が広瀬に返信してやるから、怒るなって」

「やっ、やだ！　ダメ、そんなの！」

　アリスの顔色が変わり、本気でスマホを奪おうと向かってきたので、その胸を鷲摑《わしづか》みにしてやった。割と大きい胸なので、服の上から揉《も》んでも指が脂肪に沈みこむ。自分の胸だった頃は重くて邪魔でしかなかったが、こうして揉むと柔らかくていいものだ。

「ひぇ……うッ⁉」

　アリスは変な悲鳴を上げ、素早い動作で窓際に身を寄せる。通路を挟んだ隣の席には誰もいないが、ちょうどトイレから帰ってきた男性が今のを目撃したようで、興味津々な様子でこちらを凝視している。それに気づいたアリスは、真っ赤になってぷるぷる震える。

「邪魔するなら、次はスカートめくって手突っこむぞ」

そう軽く脅すと、ますます窓際に身を寄せ、真っ赤な顔で口をぱくぱくさせている。文句を言いたいが、言葉にならないのだ。これできっと、さっき俺が血迷って口をすべらせた入れ替わりやめる発言は忘れただろう。代わりに、俺の評価が地に落ちたのは言うまでもない。

さすがにスカートをめくったりなんてしないが、アリスは膝丈のフレアスカートをぎゅっと押さえつけている。俺はよほど信用がないらしい。

邪魔がなくなったので、頭にあった文面を打ってすぐに送信する。

「……冬馬くん、なんて書いたの？」

アリスがこちらを真っ赤な顔でにらみつけている。窓に張りつかんばかりに身を縮めたままだが、警戒するならスマホを渡す前にするべきだ。

俺は、スマホの画面をアリスに向ける。読み上げてやってもよかったが、さすがに周囲に聞かれたら恥ずかしいのでやめてあげた。

メールにはこう書いた。

『この間はごめんなさい。連絡もずっとできなくて、すみませんでした。お怪我は大丈夫でしょうか？　あの、私……まだ、その経験がなくて。それで怖くなって、あんなことをしてしまって、本当にごめんなさい。もう、会わせる顔がありません……今までお世話になりました。さようなら』

アリスはメールの文を指さし、わなわなと震えている。

「経験ないって……ないって……」

嘘をつくなと言いたいのだろう。だが、広瀬にはこの嘘が効果的なのだ。

そう、なぜならヤツは処女厨《しょじょちゅう》のはずだから。

まったく根拠のない妄想ではない。俺なりにアイツの周辺を嗅ぎまわったところ、広瀬の女性関係はけっこう派手で、遊びと真剣な付き合いを分けていて、時には同時並行していることもあった。真剣な付き合いの女性たちは地味でお堅い感じのタイプが多く、過去に婚約までいった相手もいたが別れている。なぜ別れたのか探っていくと、近しい人間から「彼は潔癖だから」という言葉を聞けた。

そんな広瀬の前に現れたのがアリスだ。最初は広瀬が属する派閥の長、堂島専務の娘だから興味を持って声をかけたのだと俺は踏んでいる。その後、アリスの男に慣れていない感じや天然なところを目の当たりにして、処女かもしれないと期待したはずだ。

出世の道具になりそうな上に、広瀬好みの処女。こんな条件が揃《そろ》った相手を、あいつがそう簡単にあきらめるとは思えない。

手の中でスマホがぶるっと震えた。早速、広瀬からの返信だ。やはり俺の目に狂いはなかったようだ。食いつきがいい。

開いたメールには、気にしてないから大丈夫や、さよならなんて言わないでなど、丁寧で優しげな文がだらだらとつづられていたが、要するに『やっぱり処女だったんだね。処女は大歓迎だよ。次はもっと大事に扱うから付き合いを続けよう』と書いている。広瀬に対して偏見まみれの俺にはそう読み取れた。

アリスにも読ませるが、「広瀬さん、優しい……」と感動してるようで、処女に食いついているのには気づいていない。それよりも、嘘を正せと無理を言う。

俺は再び返信を書いた。アリスの要望は却下だ。

『お気遣いありがとうございます。実は私……昔、男性に襲われかけたんです。それ以来、男の人が怖くて……。広瀬さんは紳士的だから大丈夫だって思っていたんです。でも、広瀬さんだって男の人なんですよね。警戒心のない自分が恥ずかしいです。こんな私でよければ、またお会いしたいです。それ以上の行為は今はまだ……』

遊びの関係なら面倒な女と敬遠されるだろうが、女の処女性にこだわる男には効果的だ。できれば直接会って話したほうがいいが、恥じらいながらこんな嘘をつけるテクニックはアリスにない。

送信してからアリスに返信文を見せると、「ちょっとなにこれ！　嘘の上塗りしないでよ……ど、どうするのよこれ……もし、あれに……」ごにょごにょと頬を染めて言葉をにごす。散々、俺とやっておきながら今さら恥じらうのかと、イラっとした。

「セックスする流れになったら、適当に慣れてない振りして痛がっておけば大丈夫だろ。

広瀬だって童貞じゃねーんだから、処女ならみんな出血するもんだなんて思ってねえよ」

すぐ挙動不審になるアリスなら、普通にしてても経験がなさそうに見える。それに、実は非処女であったことはバレてもいい。処女厨の広瀬ならそれでアリスに冷めるだろうし、略奪が一気にしやすくなる。

できることなら、俺が最初にこいつを抱いたんだとバラして、広瀬の絶望する顔を拝んでみたい。だがそれだと、アリスからの好感度が取り返しようもなく下がる可能性があるので、別の方法をとる予定だ。

正直な気持ちを言うと、入れ替わり完成のためとはいえ、あんな男にアリスの体を差しだしたくはない。だが、俺では運命の人になれないなら仕方がないし、女の処女性にこだわりもない。

大事なのは、アリスが望んだ相手と幸せなセックスができたかどうかだ。そこに広瀬の人間性は関係ない。相手が聖人君子であっても、望まない体の関係は不幸でしかないと俺は思う。

「そんな簡単に言うけど……やっぱり嘘はよくないよ……」

「じゃあお前、俺と月一でやってますって広瀬に告白すんのか？」

「うっ……そんなこと……」

できるわけがないだろう。今さらあのメール内容は嘘だと告げたら、広瀬からの心証が悪くなるのはアリスにもわかるようだ。

「嘘も方便って言うだろ。アイツには、こういう設定で突き通したほうがウケがいいだろうし、俺がボコボコにしたのも納得するだろ」

「それって結局、冬馬くんが暴力振るわなかったら嘘つかなくてよかったんじゃん……」

唇を尖らせたアリスが俺をなじるが、肩をすくめていなす。

「大丈夫、大丈夫。綾乃なんて、俺が知ってる限りで五回は処女に戻ってたけど、経験豊富な男どもが意図もたやすく騙されてたぞ」

そう言うと、アリスには衝撃的だったのか「五回……五回も……っ！」と繰り返していた。それからしばらくして返ってきた広瀬のメールには、俺の偏見フィルターを介して要約すると『君（処女）が無事でよかった。もう怖がることはしないから、前のように付き合おう』と書いてあった。

さて、俺も運命の人探しを再開しなくては。面倒だなと思いつつ、まさかこの後、別の問題が襲ってくるとは予想もしていなかった。

「もう、なに言ってるの？　そんなの無理に決まってるじゃん。誰かに見られたらどうするの？　なんて言い訳すればいいのよ？」

さっきから無理だと言っているのに、なぜか引いてくれない冬馬くんに、私は眉根を寄せ、仕事鞄《かばん》を床に置いてベッドに座る。なんだか様子がいつもと違うけれど、スマホ越しでは相手の顔も見えないから心配になった。

昨日、新幹線で夕方ぐらいに東京に到着した。そのまま冬馬くんと堂島邸に向かうと、いつもは空っぽのガレージに車が止まっていた。戸惑う私に対して、冬馬くんは苦虫を噛み潰したような顔で「オヤジの車だ」と吐き捨てた。冬馬くんは、なにかあったらすぐ連絡するよう言って帰り、私は緊張しながらアリスの父、堂島吾郎さんと初対面した。

驚いたのは、家にいたのが吾郎さんだけではなかったことだ。ちょっと強面だけど渋い感じの彼は、年はとっていても女性にモテそうな色香があった。その隣には、再婚予定の相手だという美しい女性がいた。名前は森脇優子《もりわきゆうこ》さん。

吾郎さんとだって初対面にもかかわらず娘として振舞わないとならないのに、再婚相手まで現れてどぎまぎした。けれど吾郎さんは、優子さんに「一人娘のアリスだ」と私を紹介すると、仕事があるからとすぐに席を立ち、これから彼女と仲良く暮らすよう言い残して家をでていってしまった。

困惑する私に、優子さんは説明するから親睦を深めるためにも外で食事をしないかと誘ってきた。ガレージには彼女の車も止まっていて、それに乗って近くのガーデンテラスのあるメキシコ料理店に連れていかれた。モダンな内装で落ち着いた雰囲気のお店だった。

初対面で大丈夫だろうかと思ったものの、娘として振舞わないといけない吾郎さんを相手にするよりよかった。お互いに初対面だから、正体がバレないかひやひやする必要もなかったし、優子さんは気さくで話しやすい女性だった。

彼女によると、再婚する前に一緒に暮らして、私と優子さんが仲良くなるのを吾郎さんは望んでいるらしい。仕事ばかりで今まで娘を放置してきてしまった罪悪感があるが、男なので娘の気持ちはよくわからないし、今さら関係をどう修復すればいいかわからない。そこで女性の優子さんに、仲を取り持ってもらいたいそうだ。

冬馬くんは吾郎さんを嫌っていて、人となりを聞くと悪しざまに言う。過去になにがあったのか詳しく教えてくれなかったけれど、大きな溝があるようだった。ただ、優子さんの話を聞く限り、吾郎さんはそんなに悪い父親には思えなかった。ちょっと不器用で可愛い人なんじゃないかな、なんて私は好意的にとらえた。

再婚相手の優子さんも素敵な人だ。彼女は三十代後半で、吾郎さんよりも私と年が近い。今さら、母と娘という関係は無理だから、少し年の離れた女友達として付き合いましょうと言ってくれた。

おかげで会話も弾み、食事も美味しくて楽しい気分で優子さんと帰宅した。家にはすでに優子さんの部屋ができていて、私たちが食事をしている間に、業者の人間が入って引っ越しをすませていたらしい。

堂島邸にはたくさんの部屋があり、そのほとんどが空き部屋だ。まだ他人の家という感覚が強い私は、すべての部屋をのぞいたことはない。

優子さんが選んだのはかつて冬馬くんのお母さん――アリスが十歳の時に亡くなった母親、梓《あずさ》さんの部屋だった。この部屋は邸の個室の中で一番広くて、日当たりもよい部屋で、梓さんの私物がまだ置かれていた。その私物を別の空き部屋に全部移して、趣味のよい調度品はそのままに優子さんのものが置かれた。

なんだか、ちょっと嫌だなぁ……と思った。

でも、私は冬馬くんではないし、梓さんに思い入れもないのでなにも言えなかった。優子さんは「吾郎さんがここを使えと言ったのよ」と苦笑する。吾郎さんがそうしろと言ったなら、私にはどうしようもないし、冬馬くんに連絡しようかと思ったけれど、もう夜も遅かったので昨夜は就寝した。

今朝はいつもどおりに起きて、朝食と自分のお弁当だけ作った。優子さんは引っ越しの疲れもあるのか、まだ起きていなかった。一応、彼女の朝食も作ってダイニングテーブルに置き、メモを残して出社した。そして、仕事が終わってから冬馬くんに連絡したら、あせった様子の電話がかかってきたのだ。

『いいから、俺のマンションにしばらくこい！　一緒に暮らしてることぐらい、なんとか隠せるし、見られたら俺がなんとか言い訳考えるから』

さっきからこれの繰り返しである。優子さんが梓さんの部屋を使っているのも話したけど、それにはちょっと不快感を露わにしただけで、あまりこだわってはいないようだった。それより、私に今すぐこの邸をでて、冬馬くんのマンションで一緒に暮らせと言う。

意味がまったくわからない。

「だから、なんで一緒に暮らさないといけないのよ？」

『……それは、よくないことが起こるかもしれないからだ。その女がどんな人間か知らないが、前妻の部屋に平気で寝起きできんだから普通じゃない』

「それは、吾郎さんのせいもあるでしょ。優子さんも好きで使ってるわけじゃないかもしれないじゃない」

私は脚をぶらぶらさせながら、汗で蒸れるストッキングを脱ぎたいなと思った。帰宅してすぐに電話がかかってきたせいで、まだ着替えもできていなかった。

電話の向こうで、冬馬くんが変な唸《うな》り声を上げるのが聞こえた。なにに苦悩しているのだろう。彼らしくない言動が心配だったが、それだけで一緒に暮らそうとは思えない。

『——……お前の命が狙われるかもしれない』

散々悩んだ末にでたと思われる言葉に、私はぽかんとした後、笑いだしてしまった。

「え……もう、なに言ってるの？　サスペンス？」

『違う。冗談じゃない……まあ、笑いたくなる気持ちはわかるけど……』

「もしかして、お金持ちの家ではそういうの当たり前にあるの？」

『いや、当たり前じゃねえよ……』

「じゃあ、なにを心配してるの？　ちゃんと言ってくれないとわからないよ」

冬馬くんがここまで言うには、なにか深い理由があるのだろう。でも、なにも話さずに理解してくれというのは無理で、もし本当に命にかかわることなら、きちんと教えてほしかった。

するると、部屋のドアをノックする音の後に、優子さんの声が聞こえた。外でディナーはどうかというお誘いだ。

「あっ、ごめん。優子さんだ」

『わかった……今度、会ってゆっくり話そう。なんかあったらすぐに俺んとこいよ』

そう言って冬馬くんは電話を切った。けれどそれから、冬馬くんは仕事が忙しくなったらしく、会って話をする機会はなかった。毎週月曜日、お惣菜を渡す約束も、母の入院があってから私の気持ちに余裕がなくなり自然消滅してしまっている。私のほうは、仕事終わりに優子さんと食事や買い物にいく回数が増えて関係が深まり、冬馬くんの警告なんてすっかり忘れてしまっていた。

都会的で洗練されたセンスの優子さんは、さっぱりとした性格で、冬馬くんが言うようなサスペンス的な展開になりそうなドロドロした雰囲気なんて微塵《みじん》もなかったからだ。


お城のような外観のフレンチレストランを見上げ、私は「うわぁ……」と口の中で歓声を上げた。有名な高級フレンチ店で、今住んでいる堂島邸からも近く、一度はいってみたいと思っていたけれど、一人でくるには敷居が高い。一緒にいく女友達もいないとあきらめていたところ、優子さんに誘われて喜んでついてきた。

すると思ってもみなかったことを言われて、びっくりした。

「ここ、高校生の頃によく女子会で利用していたんでしょう？　吾郎さんから聞いたわ」

「え、えっと……そうだったかな？　こういうお店選びっていつも友達任せだったんで、あんまり覚えてなくて」

　あはは、と乾いた笑いを漏らすと、「さすがお嬢様ねえ」と返される。言葉にちょっと棘《とげ》があるように感じて振り返ると、彼女は明るく笑っていて嫌味な空気はない。

　女子会でどこのお店を利用していたか知ってるなんて、吾郎さんが娘に無関心だったというのは冬馬くんの勘違いなんじゃないだろうか。それにしても、こういうお店を女子高生の時に利用しているって、どうなんだろう。ディナーなら一人で数万円、未成年だからお酒は飲まないにしてもけっこうな価格だ。ランチなのかなと思ったけれど、それもコースで一万円以上はする。普通の女子高生が気軽に女子会に使う場所じゃない。

　やっぱり冬馬くんって、あんな雑な性格してるけどすごいお嬢様生活してたんだなぁ。まあ、今は私がアリスなんだけど。この感覚にはなかなか馴染《なじ》めないわ……。

　豪奢《ごうしゃ》な花々があちこちに飾られた廊下を進み、通されたのは、シャンデリアのある広間で窓際の席に案内される。舞踏会でも開けそうな部屋だなあと見回している間に、優子さんが注文を決めておいてくれて、シャンパーニュが運ばれてきた。

「ねえ、そういえば彼とはどうなったの？」

　彼というのは広瀬さんのことだ。優子さんとしょっちゅう遊びにいくようになると、女同士なので恋の話をすることが多くなった。そこでかいつまんで広瀬さんとの関係について相談したりしていた。

冬馬くんが嘘のメールを送ってから、広瀬さんと付き合いは再開したものの、前ほど親密な感じにはまだなれないでいる。彼は私にとても気を遣ってくれていて、前以上に優しく大切にしてくれる。それがわかるのに、私の気持ちが以前のように盛り上がらないというか、どこか置いてけぼりのような感じになっていた。

「うーん……それなりに、うまくはいってるんだけど。なんだか、私がぎくしゃくしちゃって」

「それって、彼に冷めちゃったってこと？」

「そ、そうなのかなぁ……わかんないや」

「そういう時期ってあるわよ。倦怠期《けんたいき》かしら？　ところで今週末、デートあるんでしょ？　着ていく服は？」

「それが決まってなくて」

「じゃあ、後で選びにいきましょうよ」

なんて話していると、アミューズのキャビアがやってきた。それからどこに服を買いにいくか話しながらコース料理を味わい、デセールも終わって、お茶とプティ・フールを楽しむ頃、私は化粧直しにお手洗いに立った。

パウダールームに入ると、そこには先客がいた。

「あら……アリスちゃんじゃない」

鏡の前に座った黒髪の美女がこちらを振り返る。五回処女に戻った人……ではなく綾乃ちゃんだ。冬馬くんのせいで、彼女を変な目で見てしまいそうになり、「五回処女」の単語を追い払うように頭を振った。

彼女には、海辺で振られてから会っていない。アリスの体では、結婚式の招待状をもらって以来だ。

「藤原様とデートかしら？」

「えっ？　なんで、私が冬馬くんと⁉」

「違うの？」

なにを勘違いしているのか、綾乃ちゃんは本当に驚いたように目をぱちくりさせている。

「ち、違うよ。冬馬くんとはそういう関係じゃないから……えっと、お父さんの再婚相手の方ときてるの」

そう言うと、綾乃ちゃんが怪訝《けげん》そうな表情になった。

「その方……大丈夫なの？　藤原様はなんておっしゃって？」

「なんで、冬馬くんが？　優子さんはいい人だよ」

今度は私が怪訝な顔になってしまう。どうしてここで冬馬くんの名前がでてくるのだろう。しかも、彼が優子さんのことで口出しするのが当たり前みたいに。

「いいえ、藤原様は関係ないわ。ごめんなさい。それより、昔から何人もの再婚予定の女性がおうちにやってきて大変だったって、アリスちゃん言ってたじゃない。高校生の頃も、いろいろあったでしょう……」

綾乃ちゃんの探るような視線に、私は緊張する。冬馬くんがそういう話を綾乃ちゃんにしていたなんて知らないし、過去にも再婚相手の女性が家にきていたなんて聞いてない。

「えっと……そうだったね。そういうこともあったよね……」

目を泳がせながら、適当に話を合わせようとするが言葉が思いつかない。

「そうよ、あの頃のアリスちゃん荒れてて……私、とても心配だったもの」

「そうなんだ。心配かけてごめんね」

「ふふふっ、そうなのよ。アリスちゃんは覚えていないみたいだけど」

なぜなのか、綾乃ちゃんは含みのある言い方をして微笑む。帰ったら冬馬くんに連絡して、なにがあったか聞きださなくては。

綾乃ちゃんは化粧ポーチの金具をパチンととめると、椅子から立ち上がった。

「では、ごきげんよう。なにかあったらいつでも相談にのるから、遠慮なく連絡ちょうだいね」

綾乃ちゃんとはそこで別れたけれど、食事を終えて帰り際、レストランの玄関ホールで優子さんと一緒にいるとまた顔を合わせた。彼女が連れていた男性を紹介されたが、前にもらった結婚式の招待状に書いてあった婚約者さんとは違う名前で、清純そうな雰囲気なのに五回処女は伊達《だて》じゃないんだと変に尊敬してしまった。

私もあれぐらいアグレッシブにいかないと、運命の人なんて見つからないのかもしれない。広瀬さんとの仲もいまいちだし。なんて、この時は呑気《のんき》に考えていたのだった。

act.9

「ん……？　あれ……？」

いつものように朝食の用意を終え、生ゴミをビニール袋にまとめて蓋つきのゴミ箱を開く。昨日優子さんのために作った朝食のオムレツやパンが、そのまま捨てられていた。

見間違いかと思って何度か瞬きしたけれど、やっぱりそれは昨日優子さんのために作った朝食だった。

「嫌いなものがあったのかな？」

そのまま捨てられていたのはショックだったが、食べられないものが入っていたのかもしれない。アレルギーだろうか。でも、優子さんとは何度も一緒に外食をしているが、そんな話は一度も聞いたことがなかった。残さずなんでも美味しそうに食べる人で、好き嫌いもなさそうだった。

昨日用意した朝食も、珍しい材料は使っていない。ありふれた食材で、今までにも同じようなメニューをだしてきた。もしかしたら前にも捨てられていたのに、私が気づかなかったのかもしれない。

ゴミはいつもハウスキーピングの人が掃除をした後にまとめて回収してくれるので、朝捨てたら夜にはそのゴミはなくなっている。毎日きてもらっているわけではないから、前日のゴミが残っている日もあるけれど、捨てる時にしっかりゴミ箱の中をのぞいてはいない。だから、今日気づいたのはたまたまだ。

「どうしよう……なにが嫌だったのかな?」

優子さんがなんの理由もなくこんなことをするとは思えない。本人に聞いてみたかったが、彼女はまだ寝ている。朝は弱くて、昼過ぎにならないと起きられないと言っていた。帰宅してから話すことにして、私は朝食を食べて出社した。お昼は広瀬さんに誘われて、会社近くのカフェレストランにいった。けれど、捨てられた朝食の件が心に引っかかっていて、どんな話題を振られても上の空だった。

でも最近は、広瀬さんといてもいつもこんな感じで、前みたいに浮足立ったようなふわふわした甘い気持ちになれない。彼のためにお弁当を作る気にもなれなかった。だから私がお弁当の日は、別々のお昼だ。私がお弁当を持参して社員食堂で一緒に食べることもできるが、それは彼が嫌がる。「社内恋愛は内緒にしておきたいんだ」と言われ、なんとなくそういう部分に不信感もわいてしまい、仲を進展させる気になれないでいた。

せっかく冬馬くんがメールで仲を取り持ってくれたのに、私はなにをしてるんだろう。広瀬さんに冷めてしまったのなら、早く別の運命の人を見つけないといけないのに、そんな気分にもなれなくて二の足を踏み、時間ばかり無駄にすぎていく始末だ。

「ねえ、ちょっといいかしら？」

私から話しかけようと思っていたのに、帰宅すると優子さんに玄関で出迎えられた。改まった雰囲気で、話があるとダイニングに連れていかれテーブルを挟んで向かい合うように座った。

「あの……こんなこと言うの実は恥ずかしいんだけど……」

優子さんは小さくなってうつむくと、本当に申し訳なさそうな感じで話し始めた。

「生活費のこと、吾郎さんから聞いてない？　あなたから生活費の通帳やキャッシュカードを預かるよう言われてたんだけど、そういう話にならなかったから、つい私のほうで支払ってきたのよね。別にそれはいいの……私も働いていたから蓄えはあるし。けど、これがずっとだとまずいなって思って」

なんでも、一緒に暮らすにあたり、毎月私の生活費が振り込まれる口座を、優子さんが管理するように吾郎さんから言われたらしい。私は就職して収入があるので、もう自分のものは自分で買えばいいので生活費は必要ないだろう。そのぶんの生活費は、今後優子さんが管理したほうがいいということになったそうだ。

事実、私は生活費を一銭も使っていない。口座に放置して溜《た》まっていく一方だったので、父親である吾郎さんの方針転換を不自然だとは思わなかった。再婚相手である優子さんに家計を任せるのも理にかなっている。

ただ、継母の立場になる優子さんから私に生活費の話をするのはためらわれ、今日まで自腹でいろいろと支払ってきたという。自分に使うお金ならそれでもいいけれど、吾郎さんに頼まれてハウスキーピングなどの家関係の支払いも立て替えていたそうだ。

　優子さんは、再婚するにあたって吾郎さんの希望で仕事を辞めている。そこそこ高給取りだったそうで、支払いには困っていないが、これがずっと続くときついのだと恥ずかしそうに話をしめくくった。

「……そうだったんだ。すみません、私、なにも聞いてなくて。父はたぶん……えっと、気の利かないところがあるみたいで。悪気はないはずで、言い忘れてるんじゃないかな？」

　私は吾郎さんの人となりはよくわからない。

　アリスの家族のことで知っているのは、亡くなった梓さんは白河商事の二人いる創業者のうちの河本家の娘で、吾郎さんは普通の会社員家庭の息子だったそうだ。白河商事に就職してすぐに頭角を現した吾郎さんは、梓さんの父親である社長に気に入られ、彼女とお見合いして結婚にいたった。今の地位はそのおかげもあり、周囲からは入り婿のように見られているらしい。

　吾郎さんは、他人に無関心で仕事にしか興味のない冷血漢だと冬馬くんは言う。でも、娘にあれだけの生活費を毎月忘れず与えるのだから、けっして無関心で冷たいだけの人間だとは思えなかった。

　お金をだせばいいという話ではないとか、愛情がないとか言う人もいるだろうけれど、世の中には愛ばかり語ってお金は一切ださない人もいる。そういう人間との生活は最初はよくてもいつかは破綻するし、最悪借金を作ることもある。それが私の父——今は冬馬くんの父親だ。

あの父に比べたら、吾郎さんはよっぽど誠実だと思うし、お金をだす行為でしか愛情を表現できない人だっている。お金を稼ぐのはとても大変で、自分で稼いだお金を自分のために使いたいと思うのは、お金持ちも庶民も同じだろう。そのお金を他人のために使えるのは、やっぱり愛や思いやりなり、相手に対して好意がないと難しい。

そういうことを、お金に困らず育った冬馬くんはいまいちわかっていない。

「じゃあ、キャッシュカードと通帳を預けてもらえるかしら。それから暗証番号を教えてちょうだい」

「ああ、はい……」

仕事鞄《かばん》から財布を取りだそうとして、私はふと手を止めた。こちらを見る優子さんの目が、一瞬、ぎらりと光る。見間違いかもしれないのに、垣間見えた欲望の色に、胸がざわついた。

「あ……すみません。最近使ってなかったので、今、手元にないんだった」

優子さんの表情が硬くなる。貸し金庫にしまってあると答えると、すぐに表情は和らいで、明日以降でいいという話になった。

本当は貸し金庫になんて預けていない。キャッシュカードはお財布の中で、通帳と印鑑は自室の別々の場所にしまってある。とっさに不自然でない嘘《うそ》をつけた自分に、心臓がドキドキいっていた。

優子さんが嘘をついているとは思いたくなかったけれど、生活費が振り込まれる口座はアリス名義だ。常識的に考えて、その口座のキャッシュカードや通帳、暗証番号をそのまま渡すのはおかしい。そんな回りくどい方法を取らないで、優子さんの口座に直接生活費を振り込むほうが簡単だろう。

再婚相手といっても、書類上優子さんはまだ赤の他人である。犯罪などに悪用されるとは思いたくないが、やっぱり素直に口座を渡してしまうほど私も子供ではなかった。

それに、今はアリスである私の名義であっても、これまでこの生活費の口座を管理してきたのは冬馬くんだ。ぜんぜん使われていなくて、残高はほとんど定額預金にされてもいて、けっこうな金額が入っている。このお金は私のものではなく、冬馬くんのお金を預かっているという感覚が強い。彼は気にせず使えと言うが、気分的にそういうわけにはいかないのだ。

だからせめて、口座を渡すにしても冬馬くんの意見を聞いてからにしたい。吾郎さんにも確認を取りたかった。

明日のお昼に金庫にいってくると告げると、優子さんは穏やかな笑みで「ありがとう」と言って夕食に誘ってきた。今夜もまた外食だ。私はその誘いを、ランチデートの食事で胃がもたれているのだと、やんわり断って自室に引き上げた。これは嘘ではなく本当だった。

私が広瀬さんにお弁当を作らなくなってから、毎日ではないが週の半分ぐらいはランチデートで外食になった。フレンチやイタリアン、お寿司、割烹《かっぽう》料理、料亭などといろいろ食べ歩いている。しかも同僚に会わないような場所を広瀬さんが予約するので、けっこう贅沢《ぜいたく》なランチだった。そして帰宅すると、優子さんに毎晩ディナーに誘われる。私が料理をすると言っても、彼女は「手間だからいいわよ」と言って、やや強引に外食へ連れだすのだ。外食慣れしていない私の胃は悲鳴を上げていて、最近ではディナーは誘われても三回に一回ぐらいの頻度で断っている。

そういえば優子さんは、お昼も外食らしい。家で食事をした形跡はないし、昼食を買ってきているのも見たことがない。ただ、有名スイーツ店のブランドロゴが印刷された空き箱はよく見る。

あんなに外食ばかりで、よく胃が疲れないなと感心してしまう。いくら美味しくても家庭料理に比べたら、やっぱり味が濃いし野菜も少ない。なにか、家で食事するのが嫌いな理由があるのだろうか。だから私が作った朝食を捨てたとか……。

そういえば、捨てられた朝食について聞きそびれたなと思いながら、私は仕事鞄からスマホを取りだし、早速冬馬くんに連絡をとった。すぐに電話がかかってきて、久しぶりに早く仕事が終わったのだと彼は言った。

「お前、その女に舐《な》められてんな。二十二歳新卒のお嬢様だから騙《だま》せると思ったんだろうけど、さすがに中身は社会人経験のある二十七歳じゃ騙されねーよな」

事の顛末《てんまつ》を話したところ、この言い草である。

「ちょっと、私のことバカにしてるでしょ？」

「だってさぁ、お前二十二歳の新卒だったらどうよ？　素直に渡してたんじゃねーの？」

「……うっ、それはさすがにないよ。たぶん」

絶対にないと言い切れない自信のなさが情けない。実は、直前まで優子さんの言葉に疑問を持たず、鞄から財布をだそうとしていたなんて言えない。

「で、優子さんって人は、今外出してんだよな？」

「うん、そうだけど？」

「んじゃ、ちょっと家探ししてみようか」

「え……？　ええええ？　なに言ってんの⁉」

驚いてスマホを取り落としそうになる。

「家探しって……そんなのできないよ。なに考えてるの？」

「金を要求してきたってことは、生活が派手になってたり、借金作ったりとかしてんだろ。部屋になんか証拠があるはずだ。だいたいオヤジが、再婚予定の相手に生活費を一銭もやらないなんてあり得ないんだよ。あいつは金に興味も執着もないしさ。ただ、人を試すようなことすっから……」

「試す？」

聞き返すが、冬馬くんは言葉をにごして話を変えた。

「とりあえず、オヤジには俺から連絡しとく」

アリスのウェブメールにログインし、優子さんと生活費についてメールをしておくと言う。以前から、お互いのメールパスワードは交換してあり、情報を共有しやすくしている。そのついでに、自分でないとわからない内容のメールに返信することもあった。

「それからそっちいって、俺も家探しに参加する。そろそろ儀式の期限も近いし、今夜あたりやっといたほうがいいよな」

そう言うと、冬馬くんは一方的に電話を切ってしまった。いつ優子さんが帰宅するかわからない堂島邸で、儀式なんてのんびりしていられないというのに、こちらの都合はおかまいなしだ。

「もうっ、勝手なんだから」

私はスマホをにらみつけて唇を尖《とが》らせる。それから廊下にでて、二階にある優子さんが使っている部屋――もとは梓さんの部屋の前にきた。

「うーん……やっぱり、勝手に部屋を漁るのはダメだよね。いくら疑わしくても、よくないよ」

そう思うものの、私がなにもしなければ冬馬くんが家探しをするだろう。彼にはそういう罪悪感がなさそうだ。バレなければなにもなかったと同じと思っているに違いない。

私はそっとドアノブに手を置いた。さっと中をのぞくだけで、いじったり漁ったりしなければいい。それで冬馬くんがうちにきたら、なにもなかったから家探しは必要ないと言おう。それから彼のマンションで儀式をすればいい。

「失礼しまーす……」

恐る恐るドアを開け部屋の電気をつけてから、わざわざ部屋に入らなくても、冬馬くんには家探ししたと嘘をつけばよかったんじゃないかなと思った。どうして私って、行動を起こしてから思いつくんだろう。本当にバカだわ……と嘆息し、ふと部屋を見回した。

「え……いつの間に……」

引っ越し直後に中を見せてもらった時と、室内の様子はだいぶ変わっていた。もともとあった調度品はそのままに、家具や小物が増えている。派手ではなく上品で、もとあった調度品とインテリアに馴染《なじ》むものばかりなので、下品だったりいやらしい感じはない。そのぶん、一見して高級品とわかる品ばかりだった。

「これ、雑誌で見たな。高かったなぁ……」

買わないし、そもそも私のお給料では買えないけれど、高級家具や雑貨の載っている雑誌を読むのは好きで、気に入った商品は舐《な》め回すように何度も写真をながめ、ブランドや価格をチェックしている。そうした雑誌に載っている品々が、この部屋にはいくつもあった。

「あー、これほしいなって思ったやつだ。こっちのコスメも最近でたばっかの限定品だし、このバッグは即完売したのだ」

見ているだけで、つい目がキラキラして興奮する。家探しにきたのも忘れ、素敵なもの鑑賞会が始まってしまった。

「このネックレスも可愛い～。ピアスもお揃《そろ》いだ……たしかあのブランドのだよね。あ、このアクセサリートレイも雑誌で見たことある。飾りでついてる真珠、本物なんだよね。家具もリプロダクトやジェネリックじゃないみたい。正規品だとけっこうするよね」

素敵な家具やアクセサリーや雑貨にうっとりとしていたが、部屋を見回し眉をひそめる。これだけの高級品、全部でいったいいくらになるのだろう。家具はブランドの正規品でないとしても、そこそこ値の張るものばかりだ。

「優子さんってお金持ちなのかな……？」

それとも冬馬くんの言うとおり、実は吾郎さんから生活費をもらっていて、けっこう使いこんでいるのだろうか。そうは思いたくなかったが、同居してまだ一ヵ月もたっていないのに、こんなに高価なものが増えているのはやっぱり不自然だ。庶民感覚の私からすると、浪費しているように感じてしまう。

でも、裕福な人なら普通なのかな？

生活を圧迫しないレベルの出費ならば、贅沢ではないと思う。だから個人の経済状況によって贅沢の基準は違う。私は、優子さんの経済状況をまったく把握していないので、なんとも言えない。

ただ、吾郎さんから毎月振り込まれる生活費の額で、これだけの高級品を短期間で購入するなんて、贅沢で浪費家なのはたしかだった。

じわり、と胸に不信感が広がっていく。女友達のように楽しく付き合える優子さんを悪く思いたくない。けど、お金にだらしがない人はどうしても好きになれなかった。

離婚した父に背負わされた借金で、母が苦労してきたのを見ていたからよけいに、アレルギーのように反応してしまう。彼女個人の蓄えを使ったのだとしても、無職の人の使い方としてどうなのだろう……私は、この人に生活費は預けられないなと思う。

高級な家具や雑貨は優子さんの財布からでるとしても、毎食といっていい外食は生活費の範疇《はんちゅう》だ。私も誘われるまま疑問も持たずにホイホイついていってしまったけれど、あんな豪華な外食生活を毎日続けられるほどの生活費はもらっていない。

私は抑えられない嫌悪感に顔をしかめた。

「ねえ、なにしてるの?」

不意に背後からかかった声に驚いて、私は飛び上がった。振り向くと、ドア枠にもたれて腕を組んだ優子さんが立っていた。

「忘れ物があって戻ってきてみたら……人が留守の間に勝手に部屋に入るなんて。あなたはこんなことするような子じゃないと思ってたんだけど」

優子さんが悲しそうに眉根を寄せるが、その目は鋭く私を見据《す》えていた。

「ご、ごめんなさい……あのっ、私……廊下を通ったらドアが開いてて、閉めようとしたら隙間から見えた家具とかバッグが素敵で、それで、その近くで見てみたくなって……」

苦しい嘘だったが、家探ししようとしたなんて言えない。やっぱり、断ればよかった。

後悔と罪悪感で、優子さんから目をそらす。

「嘘つかないで。さっきの通帳やキャッシュカードが貸し金庫にあるっていうのも嘘なんでしょ」

ぞっとするような冷たくて低い声だった。緊張と恐怖で息が止まる。

けれどすぐに、優しくて明るい声が飛んできた。

「なーんてね。冗談よ」

視線を上げると、優子さんが明るく笑っていた。

「そうよね。女の子なら、こういうの見てみたくなるわよね」

優子さんは、緊張で固まったままの私の横を通り過ぎ、猫足のチェストの上に置かれた金のバングルを手にする。

「今度、ゆっくり見学させてあげるわ。だけど今夜はでかけるから、ごめんなさいね。部屋に戻っててちょうだい」

そう微笑まれ、私はおずおずと退散するしかなかった。

階段まできて、手すりに手を置いて息を吐く。心臓がまだばくばくいっている。慣れないことなんてしなければよかった。

とりあえず、冬馬くんにうちにこないよう連絡しなきゃ。そう考えながら、ふと視線を上げた。

外が暗くなり、鏡のようになった階段の窓に優子さんが映っていた。すぐ真後ろにいるのに驚いた次の瞬間、彼女の手が私の背中を強く押した。

夜道を歩いていた俺の視界がぐにゃりとゆがんだのと同時に、ドンッと背中に衝撃が走る。なにが起きたのかわからなかった。俺は反射的に手を置いていた場所を強く握って体を支えようとしたが、前のめりに転んで足を踏み外した。

一瞬の出来事だったが、場面がスローモーションのように流れる。窓に映った女の顔、階段、ひるがえるスカート。瞬時にアリスと体が入れ替わったのだと悟った。

体を丸め受け身をとる。ダダッンと大きな音がして、全身に痛みが走った。手すりを摑《つか》んでいたおかげで落下はまぬがれたが、壁に腕や額を強打した。階段の角に打ちつけた膝からは、血がでている。

「いってえ……くそっ」

痛みに呻《うめ》きながら階段の上をにらみつける。青ざめて硬直する女が立っていた。

あれが、優子とかいう女なのだろう。

状況はよくわからないが、あの女はアリスを階段から突き落とそうとした。それを窓ガラス越しに見たアリスが動揺して、俺と入れ替わったのだろう。

背中を押された強さは、間違いや事故ではなかった。わざと落とす気で押してきた。落ちていたら、軽い怪我だけではすまない。最悪、死んでいたかもしれない。

もしくは殺す気だったのか……。

「てっめえっ……！」

頭にカッと血が上り、俺は体の痛みも忘れて階段を駆け上がった。その迫力に逃げだした女の髪を摑み、背中を蹴って廊下に引き倒すと馬乗りになった。暴れる女の頰を、容赦なく何度か殴りつけ胸倉を乱暴に摑んで揺さぶった。

「お前、アリスになにしようとした！　アリスを……アリスを殺す気だったのかっ？　ふざけんなよっ！」

女がなにか言いかけるが、言い訳なんて聞きたくもない。胸倉を摑む手に力をこめ、首を締め上げた。

「許さねえっ！　絶対に……っ‼」


「えっ……ここ、どこ⁉」

ぐらっと視界が揺れたかと思うと、私は住宅街の暗い道に立っていた。視線の先には、一定の間隔で街灯が並んでいる。

「あ、うちの近くの道だ」

すぐに堂島邸の近所だとわかり、目線が高くなっているのにも気づいた。

「また入れ替わったんだ……って、冬馬くんが大変だ！」

入れ替わる直前の出来事を思い出した私は、弾かれたように走りだした。久しぶりのもと自分の体は軽く、堂島邸にすぐに着いた。玄関のロックを解除し、邸に駆けこむ。

「冬馬くんっ？」

階段から落ちたと思っていたが、冬馬くん――アリスの姿はない。代わりに、階段の上からアリスの怒鳴り声と苦しげな呻き声が聞こえる。私は階段を一段抜かしで駆け上がった。

「ちょっ！　なにしてるのっ？」

アリスの体に入った冬馬くんが、優子さんに馬乗りになって首を絞めている。彼女の顔は真っ赤で、びくびくと震えていて今にも意識を失いそうだった。

私は慌てて、優子さんから冬馬くんを引きはがした。暴れられたものの、アリスの体は力が弱くて、今の私――冬馬くんの力にはまったくかなわなかった。これだけ力の差があることにちょっと驚いた。

解放された優子さんは、体を丸めて咳《せ》きこんでいる。

「このクソ女っ！　死ね！」

冬馬くんが口汚く罵りながら、優子さんの脇腹を蹴り上げる。すぐに引き離すも、冬馬くんの興奮状態は治まらない。腕の中で暴れる彼を押さえつけながら、どうすればいいのかと途方に暮れた時だった。

「どういうことだ！　大丈夫か、アリス！」

いつの間に現れたのか、吾郎さんが階段を駆け上ってきたところだった。彼は私に気づくと、鋭い目でにらみつけてきた。

「君は誰だ？　うちの娘とどういう関係だ？」

「あ……私は」

「てめえこそ、なにしにきたんだ！」

とりあえず自己紹介でもしようとした私の言葉をさえぎって、冬馬くんが怒鳴る。吾郎さんと同じぐらいきつい目つきでにらみ返して飛びかかろうとするので、私はそのまま冬馬くんを羽交い絞めにし続けた。

「私は……お前がメールで、優子の様子がおかしいと知らせてきたからやってきたんだ」

メールって、私との電話を切ってから冬馬くんが送ったものだよね。吾郎さん、どんだけ急いでやってきたんだと思っていると、冬馬くんが廊下にまだうずくまっている優子さんをにらみつけて言った。

「そんなに心配かよ！」

「ああ、以前のようなことが起きたらと思ってな」

「そんなに大事なら、俺となんか住まわせるな！　それともお前も俺を殺したいのか！」

「なにを言ってるんだ？　殺したいわけないだろう」

「とぼけるなよ、俺が邪魔なんだろ……それか、また俺のことリトマス試験紙みたいに使ってんのかよ！」

「理科の実験の話はしていなかったはずだが?」

あれ、もしかしてこの親子。会話がまったくかみ合っていないんじゃないだろうか。吾郎さんにいたっては、比喩表現も通じていない。

いつもだったらこういう場面であせってしまう私だったが、常なら冷静な冬馬くんが興奮しているのと他人事なせいもあって、妙に冷静に周囲を見られた。

冬馬くんが「心配かよ」って言ったのは、吾郎さんが優子さんを心配しているのかと聞いたのだ。けれど吾郎さんが心配しているのは、どう見ても冬馬くんだ。興奮している彼は気づいてないようだが、吾郎さんがさっきから心配して気遣っているのは娘の身だけ。うずくまっている優子さんは一瞥《いちべつ》しただけで、視線はずっと娘に固定されているし、大丈夫かと聞いたのも娘にだけだ。

私のことは、視界に入るたびに殺気のこもった目でにらんでくる。娘に向ける心配そうな、ちょっとおろおろした視線との落差がすごい。

もしかしなくても、この親子はずっとこんな感じですれ違いの歴史を重ねてきたんじゃないだろうか。彼らの過去はまったく知らないけれど、そんな気がしてならなかった。

「それで、いったいなにがあったんだ?」

「こいつがアリスを階段から突き落とそうとしたんだよ! 幸い俺の運動神経のよさで助かったけどな。一歩間違ったら死んでたぞ!」

興奮の冷めない冬馬くんの一人称がめちゃくちゃだ。自分を「アリス」って名前呼びした後に「俺」になっていておかしい。なのに吾郎さんは不思議にも思っていない様子で、やっと優子さんに視線を向けた。

廊下に座りこんだ彼女はうつむいていて表情はわからない。しばらく待っても返事がないとみると、吾郎さんは「そうなんだな」と一方的に決めつけた。

「じゃあ、でていってくれないか。荷物は後でまとめて送る。慰謝料も払おう」

淡々と話を進める吾郎さんの声は恐ろしく冷たかった。再婚予定の相手に対して、あまりにも冷徹なんじゃないかと思ったが、娘を殺そうとしたのなら当然だろう。

けれど、これにも冬馬くんは納得しなかった。

「慰謝料ってなんだよ！　こっちが殺されそうになったのに！」

「お前も暴れたようじゃないか。嫁入り前に外で変な噂《うわさ》を流されたら困るだろ」

要するに口止め料だ。冬馬くんは「誰が嫁になんかいくか！」と地団太踏んで怒っている。いい加減、羽交い絞めにしているのも疲れてきた。

するとそれまで静かだった優子さんが、乾いた笑いを漏らして言った。

「いらないわよ……そんなもの。慰謝料なんて。外で言いふらしたりだってしないわ」

振り返ると、顔を上げた彼女がぽろぽろと涙を流している。その目は、とても悲しげに吾郎さんを見つめていた。

「あなたは結局、その子のこと……亡くなった奥さんを、今も愛してるのね。私なんてどうでもいいのよね」

それから冬馬くんに向けた涙に濡《ぬ》れた瞳には、嫉妬の炎が宿っていた。

「別にあなたを殺すつもりはなかったわ。ちょっと怪我でもさせれば、吾郎さんが飛んでくると思っただけよ」

「はぁ？　なにがしたいんだお前？」

私も冬馬くんと同意見だ。優子さんは結局、どうしたかったのだろう。

「私は、吾郎さんの気が引きたかっただけ。こんなに好きなのに、ぜんぜん私を見てくれないんだもん……生きてる女で気にかけてるのは娘のことだけだから、あなたと仲良くなったら吾郎さんも会いにきてくれるかと思ったのに、仕事仕事で邸には寄りつかないじゃない」

だから生活費として自由に使っていいと渡されていたクレジットカードを使いまくってみた、と優子さんは言う。彼女は、吾郎さんから怒られることを期待していたらしい。まるで子供みたいだが、そんな暴挙にでるほど彼からかまわれたいと切実に願っていたのだ。

けれど限度額のないクレジットカードだったせいなのか、吾郎さんからお咎《とが》めはまったくなかった。そこで、アリスがもらっている生活費に手をつけようと考えた。

「バカな娘だと思ってたのにカードは渡さないし、家探ししてるじゃない。もう、いっそ怪我でもさせたほうが手っ取り早いんじゃないかって思ったら、怪我させなくても飛んできたじゃない。娘が送ったメール一つで……私がどんなに連絡してもなしのつぶてだったのに」

　優子さんは悔し気にそうこぼすと、また涙を流して震えた。それを見て、吾郎さんは眉間の皺《しわ》を深くして首を傾げた。

「なぜだ？　君とは月一回の約束で会っていただろう。肉体関係があって定期的に会っていた女性は君しかいない。君は賢い女性だと思っていたが、なにが不満だったんだ？」

　これはまた……娘を前にして「肉体関係」とか言えてしまう吾郎さんにびっくりだ。しかも女心をまったく理解していないし、仮にも再婚予定の相手と月いちの逢瀬《おうせ》は少なすぎじゃないだろうか。

　優子さんのしたことはけっして褒められないし、犯罪だ。だけど、そこまでしてでも吾郎さんに会いたかったという気持ちはいじらしいと思う。

「ほんと、ひどい人ね……」

　愛している男の的外れな言葉に、優子さんは苦笑してよろよろと立ち上がった。

「さようなら。新しい住所は、また連絡するわ。荷物はそこに送って」

　そう言うと彼女はハンドバッグ一つ持ってでていった。冬馬くんはいつの間にか腕の中で大人しくなっていて、私は油断して力を抜いていた。そして玄関のドアが閉まる音がしたのと同時に、冬馬くんが私の腕をすり抜けて、吾郎さんを殴り飛ばしたのだった。

「てめえはっ！　何人の女を不幸にしたら気がすむんだ！　クソ野郎!!」

　頰を思いっきり殴られたけれど、女のアリスの力は大したことがないのか、吾郎さんは後ろに一歩よろめいただけだった。その胸倉を、冬馬くんが乱暴に摑む。

「そうやって母さんのことも悲しませて、不幸にして！　死なせた‼」

まるで悲鳴のようだった。さっきの興奮状態とも違う。怒鳴っているのに、泣いているみたいに私の心に響いた。

「そんなに仕事が大事かよ！　出世のために結婚した母さんのことも、愛してなかったんだろっ！」

吾郎さんの表情が、かすかだが悲しそうにゆがむ。怒りに我を忘れている冬馬くんは気づいていない。きっと、今までも気づかないできたんだ。吾郎さんもまた、アリスの心の叫びを理解していない。怒りをぶつけられているだけだと思っている。

「全部、お前のせいだ？　お前が母さんを殺し――……」

「ダメっ！　それ以上言っちゃダメ‼」

私は後ろから抱きしめた冬馬くんの口をふさいだ。

彼は、自分の言った言葉に傷ついている。きっとずっとそうやって、父親を責めながら自分を責めてきたのではないだろうか。そんな悲痛さが声にこもっていた。

「冬馬くん……怒るんじゃなくて、本当は泣きたいんでしょ」

彼にだけ聞こえる声で囁《ささや》くと、冬馬くんの体がこわばった。「なっ……ちがうっ」と震える声で反論されたけれど、抱きしめた体にもう力はなかった。

「すみません。かれ……彼女のことは、今夜はうちで預かります。私はこういう者で、彼女とは友達関係です。手をだしたりなんかしないのでご安心ください」

私は藤原冬馬の名刺を差しだした。娘に怒鳴られて悄然《しょうぜん》とした様子の吾郎さんに頭を下げ、力をなくした冬馬くんを抱えるようにして堂島邸を後にした。

act.10

「おい、そろそろもとに戻ろうぜ」

冬馬くんのマンションに向かっている道の途中、繋《つな》いだ手をぐいっと引っ張られた。立ち止まったのは夜の誰もいない公園の前。傾いだ私に、背伸びしたアリス——冬馬くんの顔が接近した。

「まだダメ」

私はとっさに、冬馬くんの顔を手の平で押し返した。

「なっ、なにすんだよ！」

断られると思っていなかったのか、冬馬くんが動揺したように声を震わせむくれる。いつもの怒っている表情なのに、アリスの顔でやられるとなんだか可愛い。しかもその目は、もうずっと前から泣きだす寸前で潤んでいる。声だってかすれて震えていた。

「冬馬くんがちゃんと泣いたら戻ってもいいよ」

そう返すと、冬馬くんはびくっと肩を震わせて唇を噛《か》んだ。

「どうして、あんなに吾郎さんを責めるのか、私にはわからない。それを無理に聞く気もないよ」

　本当はこれから私がアリスとして生きていくなら、聞いておかないといけない。でも、この問題はきっと冬馬くんの一番弱い場所をえぐってしまう。それをさも自分の権利のように、無理やりに聞きだしたりはしたくない。

「だからなんにも話してくれなくてもいいの……でもね、冬馬くんが泣きたいの我慢してる顔を見るのはつらい」

　これは私の推測だけど、冬馬くんは泣きたい時に怒ってきたんじゃないだろうか。そういう人は割といる。泣くのが恥ずかしいから、弱みを見せるみたいでカッコ悪いから、悲しむべき時にきちんと悲しまないで強がって怒る人は珍しくない。だけど、そういうことを続けていると、怖がられたり強い人だから大丈夫と思われて、その人はますます泣ける場所をなくしてしまう。

　冬馬くんはまさにそういうタイプだから、泣けずにここまできてしまったのではないだろうか。

「俺は別に……」

「いいじゃん、今は女の子なんだから」

　強がる冬馬くんの背中を押すように言う。

　今、入れ替わったら冬馬くんはまた泣かないで悲しみの前を通り過ぎてしまう。けど、そんな誤魔化しはいつまでも続かない。いくら怒って悲しみを発散させたつもりになっても、胸の苦しさや痛みはずっと残っていく。だけど泣けば少しだけ軽くなるものだってある。

「女の子は涙腺弱いもんだし。その体、私のせいでよけいに涙腺弱くなっちゃってるか

ら、我慢するのけっこう大変だと思うよ」

最後の一押しをして、暗い道端で立ちすくんだままの冬馬くんを引き寄せる。今は、私

の腕にすっぽりと収まってしまうサイズの彼は、とても華奢《きゃしゃ》でもろい存在だった。

「ふっ……ざけんなっ……」

かすれた声で文句を言い、私の胸を押す。でも、その手に力はなくて、ぎゅっと強く抱

きしめ返すと、肩を震わせて崩れ落ちてくるように身を任せてきた。このまま壊れてしま

うんじゃないかと思うぐらい弱々しかった。

「……お前のせいだかんなっ。こんなの俺じゃない」

「うん。うん、そうだね。その体だから仕方がないんだよ。女の子だもん」

頭を撫《な》でると、それが引き金になったのか、冬馬くんがしゃくり上げた。最初は声を抑

えていたけれど、嗚咽《おえつ》は徐々に大きくなって夜の闇に響いた。

マンションにつくと、冬馬くんは泣き疲れたのか寝入ってしまった。寝ているのにキス

で入れ替わるのは可哀想だったし、まだもとに戻ってはいけない気がして、私は冬馬くん

の姿のままコンビニにでかけた。

この家には、どうやら救急箱の類《たぐ》いはないらしい。大したことはないものの、怪我をしたアリスの体を手当するものがなかった。

私は夜のコンビニで消毒液とバンドエイド、湿布。それからメイク落としを購入して店をでた。数歩進んだところで、ジャケットの胸ポケットでスマホが振動した。

「はい、もしもし」

なにも考えずに電話にでて、しまったと思う。スマホは冬馬くんのもので、相手が誰かも確認していない。今の私がでたらダメだった。

『もう、やっとでたわね。私を避けるなんて、いい度胸じゃなくて？』

聞こえてきたのは綾乃ちゃんの声で、とても馴《な》れ馴《な》れしい調子にびっくりした。振られてから二人の関係は終わったと思っていた。なのに、こんなに仲がいい様子なんて、ちょっとだけ面白くないものも感じた。

「えっ、あっ……あの、ごめんなさい」

つい謝ると、なぜか綾乃ちゃんは黙りこんだ。

『あらあら、またなのね』

「……また？」

『こちらの話よ。気にしないで』

さっきまで高かったテンションがすうっと下がるように、綾乃ちゃんの声から熱がなくなる。なにかまずい受け答えをしてしまったのだろうか。ほとんどしゃべっていないのに。

大丈夫かな……とひやひやしていると、綾乃ちゃんから電話してきた理由をしゃべってくれた。

『何度もお話したいことがあるって連絡をしたのに、お返事がないから電話をしたのよ。その電話もずっと無視されてて……でも、あなたがでてくれたから許すわ』

「あ……そういえば、ごめんなさい。仕事が忙しくって、つい……」

なんで冬馬くんが綾乃ちゃんからの連絡に返事をしなかったのかはわからない。最後の「許すわ」も、冬馬くんに向けての言葉じゃないような気もするけど、とりあえず仕事が忙しかったと謝るしかない。

「えっと、それでどんな要件だったのかな?」

私が聞いていいかわからないけれど、綾乃ちゃんが何度も連絡してくる内容が気になる。それにここで聞かないのも不自然だろう。

『それね……優子さんって方のこと。アリスちゃんのお父様と再婚予定があるそうね。その彼女をこの間お見掛けしたのだけど、様子がおかしかったの。お金の使い方は派手なのに、ぜんぜん楽しそうではなくて、なんだか不穏なものを感じたと伝えたかっただけなのよ。だけどその様子では、もう必要なかったかしら』

なんで伝える必要がないと思ったのかわからなかったし、わざわざ優子さんの様子を冬馬くんに伝えるのかもわからなかった。

「ああ……そうなんだ。わざわざありがとう」

すると綾乃ちゃんは『私がなんでそんなことあなたに伝えるかって、不思議なんでしょう』と、ドキッとすることを言ってきた。

『私、アリスちゃんには幸せになってもらいたいって思っているのよ。だから……あの子を、よろしくお願いします』

いつもはおっとりしたしゃべり方な綾乃ちゃんが、急に真剣な口調になる。見えないけど、電話の向こうで頭まで下げているように感じられた。

ああ、きっと綾乃ちゃんと冬馬くんは、疎遠になった時期もあったけど、深い部分で繋がっていたんだな。だから、冬馬くんは彼女を運命の人に選んだ。

二人が羨《うらや》ましかった。私には、こうやって親身になってくれる友達がいないから。

「うん。アリスのことは、私に任せて」

なんの自信もなかったけど、私は自然にそう答えていた。

綾乃ちゃんは、私と冬馬くんが恋仲かなにかだと勘違いしている。だからこんなことを言うんだろう。今は、その勘違いを正す気はない。

恋人でも運命の人でもないけれど、私は今のもろい冬馬くんを他の誰かに任せたくはなかった。

『じゃあ、それだけだから……』

「あっ！　ちょっと待って！」

電話を切ろうとする綾乃ちゃんを、私は慌てて引き留めていた。

「あの、聞きたいことがあるんだけど……アリスの過去について……」

思わず口をついてでた言葉に、はっとする。私はなにを聞こうとしているのだろう。冬馬くんから無理やり聞いてはダメだと決めたのに、綾乃ちゃんなら知っているだろうと思ったら我慢できなかった。

私は、冬馬くんのことを知りたい。綾乃ちゃんは知っているのに、私がなにも知らないのは悔しくて、胸がチリチリと焼けるように痛い。

「どうして、どうして……アリスはあんなにお父さんと関係がこじれてるのかな？　それから、再婚予定の相手は過去にもたくさんいたんだよね。アリスになにがあったのか知りたいんだ」

アリスの姿では聞けない内容も、今の冬馬くんの姿と声なら聞いても不自然じゃない。だけどやっぱり、これは冬馬くんに対する裏切りだ。

「――……って、ごめん。今のなし！　忘れて」

言うだけ言って後悔して、私は電話の向こうに向かって頭を勢いよく下げた。しばしの沈黙の後、綾乃ちゃんがふふふと笑って言った。

『そう。だけど私はおしゃべりだから暴露するわ。アリスちゃんには、私が勝手にしゃべりだしたって言えばいいし、聞きたくないなら電話を切ってちょうだい』

なんて意地悪で、優しい人なんだろう。そんなふうに言われて、電話を切れるわけがなかった。

『まず、アリスちゃんのお母様が亡くなるちょっと前から、あの二人の不仲は始まったそうよ』

アリスの母、梓さんはお見合い結婚ながら吾郎さんをすごく愛していたらしい。それに比べて吾郎さんは、出世欲というか仕事に広がりができるからというビジネスライクな理由で結婚したせいで、梓さんに対して淡泊で冷めていたというのが、子供だった冬馬くんの見方だった。

ポジティブな梓さんは、そんな夫の態度はものともしない性格で、「お父さんは照屋さんなのよ」としょっちゅう惚気《のろけ》ていたそうだ。おかげで父の性格はともかく、家庭はそれなりに円満に回っていたという。

『その関係に、吾郎さんの昔の恋人が亀裂を入れたの』

昔の恋人というのは、吾郎さんが梓さんとお見合いをする前に付き合っていた女性だ。あっさり自分を捨てて、社長の娘と結婚した彼を恨んでいたらしい。たしかに女性側からしたらひどい話なのだけど、綾乃ちゃんに言わせると『それほど愛してもいない相手だったんでしょう。それか吾郎さんに、お付き合いしているって感覚が乏しかったんじゃないかしら?』ということだった。

なんとなく、その意見に賛成だ。吾郎さんの女性との付き合い方は、優子さんとのやり取りで聞いている。おそらく、誰に対してもあの調子なのだろう。ポジティブにとらえて惚気られる梓さんは、大した人物だったに違いない。

その昔の恋人は、梓さんが浮気をしているとそれなりの証拠を添えて吾郎さんに吹きこんだという。彼はそれで梓さんから離れ、一時的に別居をしていたらしい。

「え？　別居したの？」

『そう、おかしいってあなたも思うわよね』

私はうんうんと頷《うなず》いた。今まで見聞きした吾郎さんの性格ならば、妻が浮気していようとあまり気にしなさそうだ。ビジネスで結婚したのだから仕方ないと割り切りそう。

『彼、きっと動揺したんじゃないかしら？　本当のところは聞いてみないとわからないけれど、なんだかんだ娘を気にかけていらっしゃるようだし、梓さんのことも彼なりに愛していたのでしょう』

実際、梓さんの不貞はなく、疑いも早々に晴れたらしい。なのに吾郎さんはすぐ邸に戻ってこなかった。動揺した自分に驚いて、受け入れるのに時間がかかったのではと綾乃ちゃんは言う。

『アリスちゃんだってね、バカじゃないからお父様がお母様を愛していたってわかっているはずなのよ。でもね、いろいろこじらせちゃって、お父様を毛嫌いしているの』

梓さんが亡くなってから、アリス——冬馬くんは彼女の弟である叔父の邸で中等部卒業まで育ったそうだ。なんでも、梓さんが亡くなってから、吾郎さんが割とすぐに再婚相手を何人も連れてきたのだという。けれど、どの相手も冬馬くんが邸から追いだした。

その騒動を見かねて、叔父夫婦が冬馬くんを半ば強引に自分たちの邸に連れ帰ったそうだ。叔父夫婦は子供になかなか恵まれなかったせいもあり、姪《めい》をとても可愛がっていた。そして、この頃から叔父と吾郎さんの仲は悪くなっていった。

そういえば、白河商事では叔父さんの専務派と吾郎さんの常務派で、派閥争いがある。このあたりのことも絡んでいるのかもしれない。

アリスが堂島邸に戻ったのは、高等部に上がってから。父と叔父の仲が険悪になっていくにつれ居心地の悪さを感じ、一人になりたくなったからだ。その頃、叔父の妻がやっと妊娠したというのもある。

『そうしたら吾郎さんったら、また再婚相手を連れてきてしまったのよ。アリスちゃんももう子供じゃないから、今度はしばらく一緒に暮らしてみたのだけれど、うまくいかなかったのよね』

相手の女性は、普段はなんの問題もない朗らかな人物だったらしい。ただ、吾郎さんがあまりにも自分にかまってくれないせいで、徐々に精神に変調をきたしていった。

『それで、とうとうアリスちゃんを殺そうとしたの。その時、彼女が逃げてきたのが私の家だったのよ』

綾乃ちゃんは怪我をした冬馬くんをかくまい、吾郎さんに連絡した。それからすぐに、その女性は病院に入れられたという。

そんな一件があったから、今回、吾郎さんはメール一つですぐに駆けつけたのか。そもそも、過去にこういうことがあったのなら、娘と再婚相手を一緒にしなければいいのに。そのへんが吾郎さんは雑で、女心がわかってないと冬馬くんが激怒する原因なのだろう。

『後でわかったのだけど、吾郎さんはその女性に、生活に不自由はさせないが自分の全財産は娘にあげたいから君とは事実婚しかできない。子供も作る気はないと言ったそうなの。お相手は、彼に惚《ほ》れていらっしゃったのね。その条件を飲んでしまったのだけど、結局、耐えられなくなって娘を殺せば、吾郎さんが振り向いてくれるんじゃないかって……』

呆《あき》れたと言うように、綾乃ちゃんが溜《た》め息をつく。私もあんぐりと口を開いてしまった。

吾郎さん、なんて条件を叩《たた》きつけるんだ。女心をわかっていないってレベルではないというか、娘のことしか考えていない。

「もしかして、再婚しようとしたのも……」

『そうよ。邸に一人になる娘の世話をする女性がほしかっただけ。家政婦さんでは手の回らない部分もあるし、吾郎さんが無駄に女性にモテていらっしゃったせいもあるわね。女性の方々も、ぜひ娘さんと仲良くしたいと言っていたのではないかしら』

吾郎さんに真剣に相手にされなくて可哀想だけど自業自得でしょう、と綾乃ちゃんは冷たく切り捨てる。

あ、この人、自分を愛さない男は相手にしないタイプで、脈がない男に愛されようと無駄な努力をし、挙げ句、見返りがないと勝手に自滅する女が嫌いなんだろうなと思った。

『アリスちゃんはその条件を聞いて、その女性がお金目当てかどうか試してると憤慨していたわ。試すのに自分を利用しているとも』

だから冬馬くんは吾郎さんが優子さんを「試している」と言っていたのかと、やっと合点がいった。「リトマス試験紙」というのも、そういうことだったのか。

『でもね、私はそうではないと思うの。アリスちゃんも違うって薄々わかってるはずなんだけど。どうしてかしら、認めたくないのよ。自分が愛されているってことも……お母様が愛されていたってことさえもね』

そして綾乃ちゃんは、すごく悔しそうにこぼした。

『自分で作った檻《おり》にずっと入ったまま……そんなあの子を、私は引っ張りだせなかったわ』

＊　　＊　　＊

「お前が殺したんだっ‼　ぜんぶお前のせいだ！」

そうやってオヤジに全責任を被せないと、俺はつぶれてしまいそうだった。自分の罪に向き合えなかった。

霊安室で母さんの亡骸を見下ろすオヤジは、力なくだらんと両腕をたらして黙っている。目は虚ろで、俺の声が聞こえているかもわからない。そんな相手に俺は、畳みかけるように罵詈雑言《ばりぞうごん》を浴びせかけていた。

「なんでだよ！　なんで母さんが死ぬんだよ！　お前が死ねばいいのに！」

母は、家を飛びだして暗くなっても帰ってこない俺を探して事故にあった。飲酒運転の車だったそうだ。三文小説のような結末。こんなことで帰らぬ人になるなんて、そんなことが起きるなんて、俺は信じられなかった。信じたくもなかった。

「母さんは、待ってたのに！　お前を信じてたのに……なんで今なんだよ！　今さら戻ってきてもおせーよっ!!」

そう怒鳴ってオヤジの背中を殴りつけた。けれど力のない少女の腕では、大きくて広い背中はびくともしない。

オヤジは俺に目もくれないで、母の頬を撫でる。大きくてがっしりした手が、粉々に崩れていくんじゃないかと思うほど震えていて、俺はそこから目が離せなくなった。

「梓……梓、ごめん。私は君を愛している。君だけだと思ったら……怖くて……怖くて、逃げてしまったんだ」

大の大人が泣き崩れ、慟哭《どうこく》するのを俺は初めて見た。母に無関心だと思っていたオヤジが、こんなふうになるなんてショックだった。冷たくて情の欠片もないような、それでいて誰よりも強いと思っていたのに。

ズルい。こんなの、今になって知りたくなかった。

この人にとっても最愛の人を、俺が奪ってしまったんだと……罪の重さがよりいっそう増して俺はまた逃げだした。

昔の夢を見て、最悪の気分で目覚めたのは自分のマンションだった。いつ眠ってしまったのか。額に浮いた汗を拭いてベッドに起き上がると、コンビニにいってきたと言うアリスが帰ってきた。

「ごめんね」

帰宅して早々、アリスはベッドの下で正座して頭を下げる。なんでも、綾乃から電話がかかってきて、それをうっかりとってしまったそうだ。

その程度でなにをかしこまって謝るんだと、俺は呆《あき》れて嘆息した。別にいいよ気にするなと言いかけて、アリスの挙動が微妙におかしいのに気づく。空気に緊張感があって、なにかを隠そうとしている。

「お前……綾乃から、聞いたんだろ？」

たぶん、俺の過去のことじゃないだろうか。鎌をかけると、アリスの顔がこわばった。

こいつはどうして、こんなにバカ正直なんだろう。でも、こういうところが好きだった。変な駆け引きも、裏を読む努力もしなくていいアリスに、俺はいつもほっとさせられる。おかげで、寝覚めの悪さは薄らいでいた。

「……ご、ごめんなさい！」

土下座する勢いで、また頭を下げられる。「怒ってねえよ」と言ってアリスの頭をぽんぽんと撫でると、眉尻の下がりきった顔で上目遣いをする。問題は、それが俺のものになっていた冬馬の顔だってことだ。うろたえるアリスの顔だったら好みなのに。自分のこんな情けない顔を見るはめになって、ちょっとうんざりする。

「これからはお前がアリスなんだから、時期をみていつか話そうとは思ってた。綾乃が代わりに話してくれて手間がはぶけたよ」

これは本音だった。自分でうまく最後まで話しきれるか不安だったので、綾乃が気を利かせてくれて助かった。また泣かずにすんだ。

それにこいつは、誰彼かまわず人の過去を探ったりしない。どうしても知りたくなったのは、俺相手だからだ。そう考えると、愛しかった。

「そういや、あの優子さんって人を殴りすぎたような気がすんだけど、大丈夫だったかな？　アリスを突き落とそうとしたのは許せねえけど、オヤジのことは真剣に好きだったんだろうな。なのに、あいつ最低だ……さすがにあの言い草はねーよ。昔の女に対しても、あの態度だったんだろうな。そりゃ恨まれるわ」

どういうわけか、オヤジは昔から妙に女性にモテる。顔はそこそこカッコいいし、スタイルも悪くなくて稼ぎもいいのだから当然なんだろうが、性格に難がありすぎる。女性に対してびっくりするぐらい無関心なのだ。母と父の関係がこじれたのも、この無関心が元凶だ。

ただ、母に対してだけは本当は無関心なんかじゃなかった。

父の泣き叫ぶ顔が、慟哭《どうこく》が、俺を責めるように記憶の底からよみがえる。

こんなことなら、父が母を愛してなければよかったのに。愛してなかったと言ってくれたら、殺してやりたいほど腹は立つが、俺は少し救われた気持ちになれたかもしれない。

父はまだ母を愛している。だから俺はずっと逃げ続けていて、父は母を愛していなくて、不幸の元凶だったということにしておきたい。オヤジの顔を見ると罵倒して、愛してなかったのだろうと責め立てる。

そんなことをして、救われる人間なんて誰もいないのにやめられない。やめたとたんに、俺はつぶれてしまう。それが怖い。

俺の言葉に傷ついたまま死なせてしまった母。愛する人を俺のせいで奪われた父。それから――。

「ごめんな、アリス……お前の本当の母親、死なせちゃって」

アリスに母を、母にアリスを会わせてあげたかった。俺みたいな口が悪くて、性格のキツイ娘よりも、アリスみたいな優しくてちょっと天然な感じの娘のほうが、母も父も幸せだったはずだ。魂が入れ替わってさえいなければ、母だって死なずにすんだかもしれない。

だから、俺たちの魂を取り違えた神ってヤツが憎くてたまらなかった。

「ほんと、ごめ……」

「なに言ってんの？　バカなの？　私に謝んないでよ！」

俺の謝罪をさえぎって、アリスが立ち上がった。見上げると、怒っているような泣きだしそうな、不思議な顔をしている。

「いつもエラそーな態度で、自分に非なんてないって自信満々のくせに、なんで弱気になってんの？　意味わかんないよ……だって、誰も悪くないのに！　悪いとしたら、その飲酒運転の人ぐらいじゃないの？」

「それは……俺だってわかってるけど……」

「冬馬くんがわかってるのもわかってるよ！　だって、冬馬くんは頭いいもの。自分やお父さんのせいじゃないってことだって、ちゃんとわかってるんだよ。だって、私に言っててくれたじゃん。違う展開になってたかもってのは妄想で、うまくいかなかった現実から逃げたいだけだって！」

そんなこと言ったなと、半笑いになる。言った自分が、一番その妄想に捕らわれているんだからどうしようもない。

「ああ……そうだったな。俺は逃げてんだよ」

「違うよっ！　逃げてない！　受け入れられないだけだと思う！」

逃げも受け入れられないも、同じじゃないかと思った。アリスはぜんぜん違うと頭を振って、うーっと唸《うな》る。子供みたいに地団太まで踏む。

「えっと……えっと、もうっ。こういう時、なんて言ったらいいんだろう？　私、大切な人を亡くしたことないから、たぶん的外れなことしか言えない。それがすっごく悔しい。

冬馬くんにどんな言葉を投げればいいのか、励ませばいいのか、そっとしとけばいいのか、ほんとなんにもわかんないっ！」

逆ギレかって感じで、ちょっとヒステリックな声を上げる。これがいつものアリスの姿なら、子犬がキャンキャン言ってるみたいで可愛かっただろうが、いかんせん男の冬馬の姿だ。足は内股で、声も低いからオカマみたいで、俺は胸が痛いのに笑いたくなっていた。

それに、こんな直球でこられたら気分も悪くならない。死んだ母は君が苦しむのを望んでないだとか、父も苦しんでるだとか、陳腐な慰めを言われるぐらいなら、わからないでじゅうぶんだ。

「でも、これだけは言える。冬馬くんはなんにも悪くない！　絶対に悪くないっ！」

強く繰り返された言葉が、胸にドンッと体当たりしてきた。俺は、びっくりして衝撃で泣きそうになった。心の奥のほうで縮こまっていたなにかが、大きく揺れた。

「冬馬くん、お母さんが亡くなったショックでちょっとボケちゃったんじゃない？　だから、頭では違うってわかってるのに、繰り返しすぐに自分が悪いって責めちゃうんだよ。だから私、冬馬くんは悪くないって何度も言うから。しつこいぐらいに、嫌がられても、冬馬くんがそっちにいきそうになったら悪くないって言うから。忘れないように洗脳するから！」

なんだそれ。ボケって……そんな失礼なことを言われたのは初めてで少しムカつく。なのに、こいつになら洗脳されてもいいと思えてしまい、泣き笑いになった。

こり固まって動かなかった塊が、引っ張られ、引きずりだされる。逆らえないアリスの引力。

そうか、俺はボケてたのか。

「私、それぐらいしかできないけど……」

「それでじゅうぶんだ。バカ……！」

俺はベッドから飛び降りて、アリスに抱きつく。まるで重力に引っ張られるように、ぴったりと彼女にくっついた。

魂を取り違えられた相手が、こいつでよかった。本当に……よかった。

すっごく腹が立った。こんなのは初めてで、自分でもどうしていいかわからなかった。

冬馬くんに、なにかしてあげたい。救ってあげたい。

でも、人生経験の浅い私にそんな大それたことはできないってわかるから、泣きたかった。男の体に女の心で生まれて、それなりに苦労もしてきたと思っていた。人生のつらさを知ってるふうな思い上がりだって多少はあったけど、私は大切な人を救うことができない。

謝ってくる冬馬くんにも腹が立った。

どうして、どうしてそんなこと言うの？　私は冬馬くんを恨んだりなんてしてないのに。謝られる筋合いなんてないのに。なんか違うよ？

だけどその「違う」がなんなのかわからなくて、すごく苦しくなった。地団太踏んで、考えてしゃべるのが不得意な私は、思いついたままを口にした。おかげですごく失礼な言葉をまくし立ててしまった。侮辱してしまったかもしれない。

なのに冬馬くんは怒らないで、なぜか私の胸の中に飛びこんできた。

柔らかい塊の衝撃にびっくりして、私の怒りはぱぁんっと弾けて消えた。

女の子って、こんなに柔らかいんだ……なんて、まるで男性向け創作物のテンプレモノローグみたいなことを思っていた。そんな自分にまたびっくりだ。

さっき夜道で冬馬くんを抱き寄せた時はなんとも思わなかったのに。でもあの時は、冬馬くんが抵抗していたせいで、そんなに密着していなかった。けど今は、彼のほうから身を任せ、背中に腕を回してぴったりとくっついている。

自慢じゃないが、二十七年間の童貞生活は伊達《だて》じゃない。自ら女性に触れるなんて事故でもないかぎりなかったし、根暗でおどおどした態度の私は、同級生の女子から気持ち悪がられていた。男子からだって、人畜無害だけど異質な存在として、いてもいないような扱いだった。イジメに合わなかったのが奇跡みたいなものだ。

大学生になってもその状況は続いていたし、私から女性に接近する気もなかった。彼女たちが性的な対象にならないからという理由ではない。私にとって女性という存在は、ずっと憧れであり嫉妬の対象だったからだ。近くで彼女たちを見て会話を聞いてるだけで、羨ましくて妬ましくて、男の体を持って生まれた自分がみじめになる。

だから、こんなに女の子が柔らかいなんて知らなかった。アリスの体を手に入れてからは、成人女性なので同年代の女性の体に触れる機会なんてそうそうない。戯れで抱きついたり触ったりするような女友達が、これからできるかもわからなかった。

すごい……なんだろ、この弾力はあるのにふわふわした柔らかさ？　柔らかく感じるのなんて胸だけだと思ってたけど、そうじゃないんだ。女の子って触れると、体全体どこもかしこもぷにぷにしてるんだ。

男性が女性に触れたがる気持ちがすごくわかった。女体に性的な興味なんてないけど、これなら私だって女の子に触りたくなる。ぎゅっと抱いたら、柔らかいクッションを抱きしめてるような安心感があって、癒やされちゃうんだろうな。

女体ってとんでもない飛び道具を隠し持ってたんだ……。

女になれて本当によかったと実感すると同時に、もう二度と男に戻りたくないと思った。女体のポテンシャルの高さといったらない。私の女心さえ虜にするんだから。

ためしに冬馬くんをぎゅっと抱きしめると、じわぁぁっと幸福感が体全体に広がっていく。ふわりと上ってきたシャンプーの香りもいい匂い。といっても、私が毎晩使っているシトラス系の香りなんだけど、こうして他人の香りとしてかぐとまた違ったよさがあるんだなんて思っていたら、体がだんだん熱くなってきた。

私は、その体の変化に緊張した。慌てて冬馬くんを押し戻そうとしたところで、小さな手がすっと股間に触れた。

「あ、勃ってる」

「ちょっ、ちょっと……これはっ、あの違うのっ！」

あせって声が裏返る。恥ずかしいし、なんでこんなふうに反応してしまったのかわからなくて泣きたい。

「まあ、俺の体はお前で反応するからな。仕方ない」

てっきりからかわれるかと思ったら、優しい言葉だった。それにしても女体のポテンシャルの高さが怖い。

「仕方ないって……でも、中身は違うのに」

「体が覚えてんだろ。それに、なんかもう中身とかどうでもいいような気がしてきた」

「え？　なに言ってんの？　それより、もとに戻ろう。なんか落ち着かない」

こんな体の状態になって入れ替わろうなんて申し訳ないけど、望まない男体で勃起しているのは嫌だった。

「そうだな。儀式もしないといけないし」

冬馬くんの言葉にほっとしたのも束の間。唐突に足払いをされ、視界が反転する。

びっくりして目をつぶってまた開くと、天井が見えた。ベッドの上に倒されたんだと呆然としていると、下でカチャカチャと音がする。肘をついて起き上がって見た光景に、びっくりして凍りついた。下半身にまたがった冬馬くんが、私のズボンのベルトを外している。

「と、ととと冬馬くん！　なにしてんの⁉」

「なにって、入れ替わらないでやってみようかなって」

言っている意味が脳に到達するのに、しばし時間がかかった。そして理解した時にはもう遅かった。

「ちょっ……やっ、ひゃぁ……ンッ！」

ズボンから飛びだしたそれを、冬馬くん——もといアリスの手が、慣れた感じにしごく。冬馬くんを取り押さえようと思ったのに、ふにゃんと肘から力が抜けて、ベッドに仰向けに倒れてしまう。今なら、私のほうが圧倒的に力で優っているというのに、的確に感じる場所を責められて抵抗できない。

「ここ、感じるだろ」

熱っぽい声が聞こえて、指が上下に動く。背筋がぞくぞくして、腰から力が抜ける。昔、自分で慰めたのとは比べ物にならない快感に眩暈《めまい》がする。

「んっ……だめぇ……っ」

「前から思ってたんだけどさ、この状態で儀式をしたら、どこで入れ替わるんだろうな？　やっぱキスするまで入れ替わらないのかな？　それとも、挿入したら入れ替わんのかな？」

なんてことを考えてるんだ。そんなこと考えてないでキスしてって思ったけど、感じてしまって言葉にならない。

「試してみたくない？」

いやいやいや、試したくなんかない。挿入したと同時に入れ替わったら、それってどうなるの？

なんだかわけのわからないことになりそう。入れ替わらなくても、このまますするなんて怖い。

「ダメ……だって、こんなの変だよぉ。そ、それに冬馬くんの体、今は女の子なんだよ？嫌じゃないの？」

快感に震えながら、なんとか言葉をつむぐ。

私だって男体のままセックスするなんて、嫌悪感はなくても抵抗がある。もう、それぐらい自分が女性の体に慣れてしまったから、違和感があった。それでもまだ、挿入されるより挿入する側なだけマシな気がした。私と同じように男性の体に慣れた冬馬くんが、今さら女性の体で挿入されるなんてショックじゃないだろうか？

私と入れ替わるまで、アリスは処女だったと言っていたし、男性とセックスなんて嫌悪感しかないはずだ。それなのに、冬馬くんは嫌じゃないと首を振った。

「俺、お前ならいいなって思う。もちろん他の男には抱かれるどころか触られるのもキモいけどな……中身がお前なら、抵抗ないっていうか。むしろ、どうなるのか興味ある」

変な興味を持たないでほしい。私ならいいっていうのは嬉《うれ》しいけど、これはやめて。

でも、冬馬くんに私の声は届かないし、あえて無視されているっぽい。

「それに、俺たちもう何度もしてんじゃん。今回、ちょっと体が逆になるだけで、やることは一緒じゃね？」

「待って、一緒じゃない！　一緒じゃないよおお!!」

会話している間に少し快感が散った私は、力を振り絞って起き上がり、冬馬くんを引きはがそうとしたのだけれど、そこでまたとんでもない目にあった。

「なっ、なにして……ひゃんっ、あぁんっ」

冬馬くんが私のそそり立ったモノに顔を近づけたかと思ったら、ぱくんっとくわえたのだ。あまりの光景に目を丸くし、すぐに襲ってきた柔らかい舌と、唇でしごかれる感触に嬌声《きょうせい》を上げるしかなかった。

「……こうされると、気持ちいいだろ？」

「やっ……あぁ、ンッ……だめっ、だめだってば……とうまくんっ」

くわえたまましゃべらないでほしい。くすぐったさと快感が同時にきて、なにがなんだかわからない。

ていうか、私の体でなんてことするの。まだ口で……フェラなんてした経験なかったのにひどい。私が汚される。でも、私を汚してる体は冬馬くんで、中身は私。汚しているのか、汚されてるのか。ややこしすぎる！

混乱する私をよそに、冬馬くんのフェラが激しくなっていく。くちゅくちゅという濡《ぬ》れた音に、冬馬くんの激しくなる息遣い。下半身に集まってくる熱に、私の頭はのぼせたよ

うにぼうっとしてくる。

「だしてもいいぞ……」

フェラの合間に、冬馬くん――ではなくてアリスの色っぽい声。自分の声がこんなふうに艶めくなんて知らなかった。そして、その声にもこの体は反応する。

なんでこんなことにと思いながら、私はいきそうになるのを必死にこらえた。いいと言われても、その口はもう私のものなんです。勝手なことをしないでくださいとクレームをつけたい。

なのに気持ちよすぎて、このままいってしまいたいと、理性が崩壊しかけてる。どうせ今は冬馬くんなんだし、私が気持ちの悪い思いをするわけじゃない。そもそも、冬馬くんが自分の体からでる精液を受け止めるわけで……ああ、もう、やっぱややこしい。どういう状況なのよ、これ？

ちょっと変わった自慰だとでも思えばいいんだろうか？　いやいやいや、違うでしょ。違う違う。しっかりしようよ私!!

冬馬くんが、私のものを手で強くしごきながら、先端に口づけて吸う。じゅるっと音がして、先から透明な液体があふれた。

もうダメ。もう我慢できない……でも……。

「やっぱりダメ!!」

私は腹筋に力を入れて起き上がった。たぶん火事場の馬鹿力みたいなもの。さすがに冬馬くんもびっくりして、先端から口が外れる。

濡れた赤い唇から透明な糸が引く。白い頰は薔薇《ばら》色で、目は欲望に濡れてとろんとしている。

なに、なんなの、このイヤラシイ生き物は？

可愛いんですけど。自画自賛したくなるほど可愛いじゃないか。

中身が冬馬くんだと、アリスはこんなに色っぽくてヤラシイ表情をするんだと、胸がドキドキした。それに愛しい。これが冬馬くんなら、私も……いいかなって思ってしまった。なにがいいんだか、これがなんて感情なのか疑問だけど、冬馬くんの言っていた意味がなんとなくわかった気がした。

でも、気がしただけだから。やっぱりこのままはマズいって、私の理性が訴える。

冬馬くんの肩をガッと摑《つか》んで、ぶつかるように唇を重ねて押し倒した。ぐわんっ、と目が回るような感じがして暗転。背中にベッドの柔らかさが当たって目を開くと、冬馬くんの顔があった。

よかった……戻ったんだ。

「ちっ……油断したぜ」

本当に悔しそうに舌打ちする冬馬くんに、次の儀式の時期が怖くなる。次は自分がどうなるかわからない恐怖だ。開けちゃいけない扉が開きそう……。

今度はこうなる前にキスしてやるんだから、と決心したところで体に異変を感じた。

濡れてる。アリスの体は愛撫《あいぶ》もされていないのに、ショーツがすごく濡れていて、体も甘くうずいていた。

まさか、フェラして感じてたの？

驚きはそれだけではなく、なんだか足の間がむずむずする。まるで、さっきまであった男性のものがあるみたいな感覚。あるわけないのに、そこに存在しているような、男性器から得られる快感も残っていて頭が混乱する。

「やぁ……なに、これ？」

びくんっ、と体が跳ねる。服を着ているのがもどかしいと思うほど、肌が敏感になっていて、少しの衣擦れにもすごく感じてしまう。冬馬くんも同じ状態なのか、口元を押さえてこぼした。

「うわっ、すげっ。混線してるみたいだな」

そう、まさにそれ。私と冬馬くんの体と意識が混線している。

「……もうっ、冬馬くんが変な実験するからだよ」

絶対にその影響だ。冬馬くんの体にいた時より、頭がぼうっとして快感に飲みこまれる。無意識に甘くうずく腰を揺らすと、乱暴にスカートの中に入ってきた冬馬くんの手が、ショーツと一緒にストッキングを脱がせる。私も我慢できなくて、腰を浮かせて足を開いた。

熱い欲望が一気に入ってくる。混線は続いていて、自分が入れてるのか入れられているのかわからなくなる。

「いやあぁンッ……あぁ！　おかしくなっちゃう……！」

快感が二倍になっているのか、お互いの快感を行き来しているのか。どっちもなわからないけど、いつもより気持ちよくて、繋がった場所から体が溶け合ってしまいそうだった。

冬馬くんも同じなのか、いつもより余裕のない動きと表情だ。私のブラウスの前を引っ張ってボタンを飛ばし、ブラをたくし上げて乳房を揉《も》みしだく。唇はお互いを貪るようにぴったりと重なり合い、待ちきれないように舌が絡まった。

なにもかも一つになっていく。体も心も快感も混じって、二人の境目が曖昧になる。

「あんっ、あぁっ……あぁ、だめぇッ」

最奥を強く突き上げられ、目の中で火花が散る。電流みたいな快感が全身を包んで、冬馬くんを締めつけた蜜口がびくびくと痙攣《けいれん》した。

「もっ、だめぇ――……あぁンッ、あ……ッ！」

中をえぐる熱が、どくんっと脈打って弾けた。熱を受け止めた内壁が激しく震え、私も後を追うように達する。いつも以上の快感が体を揺さぶり去っていき、精液を吐きだされた最奥がじわりと温かくなる。蜜口が緩んで体からも力が抜け、快感の余韻が引いていくのと一緒に、意識も持っていかれたのだった。

act.11

嵐のように八月が過ぎ去り、九月になった。堂島邸に戻った私は、毎晩、梓さんの部屋で探し物をしていた。ふと気づけば月半ばだった。

優子さんがでていった翌日、彼女の荷物はどこかへと運ばれていった。大半は彼女がいらないと言ったので売られていった、と片付けを手伝ったハウスキーピングの業者から教えてもらった。その彼らの手で、梓さんの荷物ももとの部屋に戻され整えられた。

私は彼女の遺品の中に、なにか冬馬くんや吾郎さんの気持ちを救うもの、助けになるものはないだろうかと考えていた。けれど、その類《たぐ》いはとっくに彼らも見つけているようだった。

梓さんの日記は本棚に年数順で並んでいる。高校生になってから始まった日記は、亡くなる前日までつづられていた。ほとんどは二、三行の端的な文で、楽しかったこと、嬉しかったこと、悲しかったことが書かれている。たまに長い日記の日もあり、情感たっぷりに胸の内を吐露していたが、基本的に楽しさあふれる内容ばかりで、前向きな梓さんの性格を表していた。

結婚してからは吾郎さんのことばかりで、子供が生まれてからはそこに冬馬くんの成長記録が加わった。別居にいたったと思われる時期も、悲観するどころか吾郎さんが嫉妬していると喜んでいて、強い人だなと思った。ただ、冬馬くんを不安にし悲しませているのが申し訳ない、どうにかしなきゃとも書かれていて、梓さんが母親としてきちんと子供と向き合っていたのもわかった。

冬馬くんはこの日記を読んでどう思っただろう？　それとも、読めずに本棚に戻してしまったのだろうか？

日記の最後のページに、染みがある。紙も少しゆがんでいて、濡れて乾いた痕だ。冬馬くんか吾郎さんかわからないけれど、誰かの涙の痕だろう。

「ちょっと会ってみたかったかな……」

日記を読むうちに、私の本当の母親だった梓さんと話してみたいと思った。彼女ならこの事態をどうとらえるのだろう？

私は読み終えた最後の日記を閉じると、息を吐いた。このまま、今までどおりの日常に戻るのも悪くない。私がなにもしなければ、きっとそうなるだろう。でも、あの親子をすれ違わせたままでいいのだろうか？

特に吾郎さん。彼はまだ暗い道をさまよっているような気がする。

冬馬くんはというと、あの夜からなにか吹っ切れたような感じだった。その証拠に「オヤジにはずっと悪いことをしてきた」とぽつりとこぼしたのだ。あんなに吾郎さんを責めていたのに、どんな心境の変化があったのかと思ったが、彼は口は悪いが根は優しいのだ。私に対して、母を奪って悪かったと考えてしまうのと同じように、吾郎さんにも最愛の人を奪って申し訳ないと思っていても不思議ではない。

その罪悪感から、冬馬くんはなにかこじらせていたんだろう。相変わらず私は難しいことはわからないし、彼がなにを考えているのかもわからない。ただ、冬馬くんがよい方向に変化したのだけはたしかだ。

混線エッチまたしてみようぜ、と誘ってくるのには困りものだけど。そういう変化はいらなかったのになぁ、と溜め息をついて本棚に日記を戻す。その時、カーディガンのポケットに入れたスマホが振動した。

「久しぶりだな……その、大丈夫だったか？」

目の前の席にぎこちなく腰かけた吾郎さんは、こちらを一瞥《いちべつ》するとすぐに視線をそらした。

「あ、はい……うん。大丈夫。大した怪我じゃなかったから」

うっかり敬語になりそうになった私は、慌てて冬馬くんっぽい不機嫌な声をつくる。それからすぐにやってきたウエイターに、吾郎さんがコーヒーを、私が追加でミルクティーを注文すると沈黙が下りた。

梓さんの部屋で日記を読んでいた私にかかってきた電話は、吾郎さんからのものだった。私――というか、藤原冬馬の姿をした私に連れ去られた娘を心配していたらしい。当然といえば当然で、あんなかたちで別れて音沙汰がなかったら気になるだろう。けれど、娘に嫌われている自覚があるだけに、なかなか連絡できなかったのだ。そんな戸惑いが電話ごしに伝わってきた。

ただ、翌日には堂島邸に戻っていたのは知っていた。なんでも冬馬くんから連絡があったそうだ。私は吾郎さんへの連絡なんて思いつきもしなかったというのに、そつがない。後日冬馬くんにたしかめると、同じ会社で娘とよからぬ付き合いをしていると勘違いされ、目をつけられたら困るから言い訳の連絡だと言っていたが、案外、冬馬くんもあの状態で取り残してきた父親を心配していたのかもしれない。

そして娘の安否だけたしかめ、電話を切ろうとした吾郎さんを私は引き留めた。ほとんど無意識の行動で、次の言葉など考えていなかった。それなのに、会って話がしたいと口からするすると言葉がでていた。

吾郎さんを呼びだしたのは会社の近くにある少し古びた喫茶店で、オフィス街にあるせいか、休日の土曜の昼過ぎは人がほとんどいない。落ち着いて話をするには最適な場所だった。電話のあとメールで場所を指定した時、吾郎さんは会社にある自分の執務室にくればいいと言った。彼は、土曜日も出勤して仕事をしているらしい。本当に仕事好きなんだと感心したものの、上司としては困ったタイプだ。

執務室で会うのを断ったのは、私が緊張するからだけど、それ以外にも理由はある。私は、吾郎さんの後ろの席に視線をやる。観葉植物の載ったパーティションの向こうに、冬馬くんの後頭部が見える。今日のことを伝えると、彼は反対しなかった。今後、吾郎さんと父娘として付き合っていくのは私なのだから、好きにしていいと。

ただ、なにかあった時のためにと隠れてついてくると言った。私のことが心配だからららしいが、内心、なにを話すのか気になるのだろう。冬馬くんの後ろ姿がそわそわしてるように感じた。

吾郎さんには、「激昂《げきこう》して話にならなくなると困るから」と伝えると、人目のある喫茶店で会うのをすんなりと了承してくれた。

しばらくして、注文したものが運ばれてきた。吾郎さんは緊張しているのか、コーヒーに何杯も砂糖を入れている。大丈夫なのかな、とじっと見ていると、膝の上に置いていたスマホが振動した。

見てみると冬馬くんからのメッセージで、「そいつは甘党だ。気にするな」と書かれている。見えていないのに見えているかのようなメッセージに、やっぱり冬馬くんって吾郎さんが好きなんだろうなと思った。

「それで、話したいこととはなんだ？」

五杯目の砂糖を入れ終えた吾郎さんが沈黙をやぶった。

「あ、えっと……あずさ……違った。その、お母さんのこと愛してた？」

聞きたいことはたくさんある。その中でもこれだけははっきりさせておきたかった。

吾郎さんは飲みかけていたカップを置くと、少しだけ視線をさまよわせた。もうその動揺した態度だけで、答えがわかる。私は、じっと彼の返答を待った。

「……ああ、愛している。今もずっと」

うつむいた吾郎さんの目が少し潤んでいる。

「じゃあ、なんで再婚しようと思ったの？　それも何度も」

「それは……お前はまだ幼かったから、誰か傍についている必要があった。だが、私は嫌われていたからな」

自分の代わりに、アリスの面倒を親身になってみてくれる相手が必要だったと吾郎さんは言った。そんな時、身近にいた女性の何人かが娘の世話をしたいと名乗りでてくれたそうだ。

「ただし、私は彼女たちと男女の関係はなかった。ましてや、再婚する予定もなかった。お前に再婚相手だと名乗っていたのも知らなかったんだ」

重い溜め息をもらし、信じてもらえないかもしれないがと吾郎さんは付け加えた。梓さんが亡くなった当時、なんとか仕事はこなせていたが、吾郎さんはかなり精神が不安定だったそうだ。自分がなにをしているのか記憶も曖昧で、ただ幼い娘に寂しい思いをさせてはいけないと考えていたのだという。

「私は、彼女たちに下心があるのもわからないで、お前の世話を頼んでしまった。だから、一人目が駄目だったら、次、その次と、お前の気持ちも考えないでひどいことをした。母が亡くなってまもないのに、すぐに何人もの女性をつれてこられて気分が悪かっただろう？　本当にすまなかった」

そう言って吾郎さんが頭を下げる。私はその新事実にびっくりして何度も瞬きした。

思わずスマホで、「どういうこと？」と冬馬くんにメッセージを送っていた。すぐに返ってきたメッセージは「俺も知らな」と中途半端に文字が途切れていて、冬馬くんが動揺しているのが伝わってきた。

「え……っと、それ知らなかったんだけど」

「ああ、わざわざ話していなかったし、聞かれなかったからな。それに結局、彼女たちが私の妻の座を狙っていたのに変わりはなかったから、事実のようなものだろう」

いや、ぜんぜん違うでしょ、と突っこみたかった。やっぱり吾郎さんって、大切なことを自己判断で省いて話す癖がある。そこにきて冬馬くんは、吾郎さんを相手にすると頭に血が上ってまともに会話ができなくなる。最悪の組み合わせだ。

「じゃあ、その後は……それは私がまだ十歳の時だよね。高等部に上がってからつれてきた人は？　あの人も再婚相手じゃなかったの？」

その女性に私は会っていないが、とりあえず知っているふうにしゃべっておく。

「彼女は当時、付き合っていた女性だ。少し雰囲気が梓に似ていて……つい、懐かしくなってな。今思うと、彼女を梓の代わりにしていたのかもしれない」

過去を振り返って後悔したのか、吾郎さんはしゅんと肩を落とす。

「再婚する気はなかったが、彼女のことは好きだった。梓以上の存在にはならなかったし、お前の権利もあったからな。そのへんの事情は、お前の友達の高坂さんから聞いているだろう」

それは前に綾乃ちゃんから聞いた事実婚の条件のようだ。後に、冬馬くんが相手を試すための条件だと憤慨する原因となった件でもある。それにしても、事実婚の条件は綾乃ちゃん伝いでわかったことだったのか。

「まさか、優子さんにも同じ条件を？」

「いや……」

吾郎さんは苦笑して、首を横に振った。さすがに同じ過ちは犯さないと続けた。

「お前ももう大人だから、さすがに面倒をみてもらおうという気持ちはなかった。優子とは、大人の落ち着いた関係を築けていると思っていたんだがな」

梓さんとはまた違う意味で、優子さんを大切に想っていたそうで、いずれ結婚するつもりもあったと吾郎さんは言った。ただその時は、梓さんに関係する財産に関してはすべて私の名義に書き換える予定だったらしい。以前のような問題が起きるのも嫌なので、今回はそれについて優子さんにはなにも話していなかったそうだ。彼女はそれなりに経済力のある女性なので、遺産関係で揉《も》める心配はないと思っていたという。

「でも、優子さんに仕事辞めてもらったんでしょう？」

経済力があっても、再婚するために仕事を辞めさせられたなら、後々金銭的に困るのではと思った。すると吾郎さんは怪訝《けげん》な表情になった。

「いや、仕事を辞めさせたりはしていない。忙しくて少し体調を崩したので、休職していただけで辞めてもいないぞ。うちの邸にきたのも療養を兼ねて、お前と仲良くしたいと話していたからだ」

同居というのも短期間の予定で、優子さんが仕事に復帰するまでの間だと聞いていたらしい。吾郎さんとしては、自分と複雑な関係の娘のいる堂島邸より、リゾート地にでもいってのんびりしたほうがと勧めたらしいが、それより話し相手がほしいと優子さんに押し切られたのだ。彼女側の事情で、仕事がらみや友達ではなく、自分のことをなにも知らない相手と一緒にいたかったらしい。吾郎さんは詳しく話さなかったが、たぶん休職した理由にからんでいるのだろう。だから、強く反対もできなかったようだ。

「そうだったんだ……」

私は溜《た》め息をついた。優子さんの言っていたことはすべて嘘《うそ》だったんだ。

やっぱり腹を割って話してみないとわからない。特に、この父娘は長年交流を避けてきたせいで、ずれが大きい。吾郎さんは娘に嫌われてるし刺激したくないから、なるべく接触しないようにしてきたし、冬馬くんは聞く耳も持たないで怒っていたせいだ。

それにしても吾郎さんは女運が悪い。女難の相でもでているんじゃないだろうか。

「すまなかった。また嫌な……怖い思いをさせてしまった。申し訳ない」

頭を下げる吾郎さんに私はあせった。

「ううん。こっちこそ、ごめんなさい。今まで私の態度が悪かったせいもあるから」

それさえなければ、この父娘は案外うまくいっていたのではないか。吾郎さんは口数は少ないし素っ気ない人間ではあるけど、聞けば話してくれる。それに娘をなによりも大切にしているのは伝わってくる。

手の中で震えたスマホに、冬馬くんからのメッセージが表示される。「勝手なこと言うな！　謝るな！」と書かれていたので、「事実じゃん。吾郎さんの言い分を聞こうとしてこなかった冬馬くんも悪いよ。それに好きにしていいって言ってたじゃん」と返す。すぐにレスがないので、冬馬くんも自分が悪かったのはわかっているみたいだ。

「……お前、変わったな」

謝った私を見て、吾郎さんがぽつりとこぼした。心臓がとびでるぐらいドキッとしたけど、バレたというわけではないようだった。そもそも中身が違うなんて普通は思いつかない。

「えっと……就職したし。人目があると、まだ落ち着いて話せるからかな？」

「そうか、お前ももう大人なんだな」

「うん、私も変わったから。こないだは取り乱してて悪かったけど……今日、いろいろ聞けてよかった。誤解していたこととたくさんあったから、そういうの知らなかったから怒ってたのもあるんだ」

「ああ、そうだな。私もきちんと話してこなくてすまなかった。お前を刺激したくなくて……だが、手紙なり伝える方法はいくらでもあったのにな」

たぶん吾郎さんは、手紙で伝えることは思いついていたはずだ。できなかったのは、自分を責める娘が怖かったからかもしれない。あんなふうに激怒されたら、誰だって傷つくし、接触しないほうがいいと思ってしまう。

「あ、ところで、聞き忘れてたんだけど……生活費のこと。私には現金振り込みなのに、なんで優子さんにはカードだったの？」

ちょっと疑問には思っていたのだ。限度額のないクレジットカードを渡すぐらい恋人は甘やかすのに、なぜ娘には決まった金額なのかと。なんだかんだ言っても恋人のが可愛いんだろって冬馬くんは不貞腐れて言っていたけど、あんなにあっさり優子さんを捨てていたのだから違うと思う。

吾郎さんは、ちょっと困った様子で口を真一文字に結んだ。なんでも聞けば話してくれていたのに意外だ。これはよけいに気になる。

「ねえ、なんで？」

ちょっと強く聞くと、吾郎さんは小さく呻《うめ》いて口を開いた。やっぱりこの人、娘に弱いんだ。

「……優子にカードを渡したのは、お金が足りないと言われると面倒だったからだ。お前の生活費が現金なのは、子供のうちから限度なくお金を使って金銭感覚が狂ったらいけないと思ってだな」

ごにょごにょと言葉をにごしているが、要は娘にお金が足りないと言われるのは面倒ではないらしい。

「お金足りないって連絡ほしかった？」

意地悪かなと思ったけど、そう聞いてみると、吾郎さんの動きが止まった。図星だったみたい。

スマホで冬馬くんに「連絡ほしかったみたいよ？」と送信すると、「うるさい」と即レスがきた。たぶんこれ照れてる。

「その、お前はよくやっていたな。よけいなことに生活費を使ったりせずに……それどころか増やしたりもして、金銭感覚が狂うなんて私の考えすぎだったようだな」

運用していたのもちゃんと知ってるんだ。やっぱり、娘のことすごい気にしてる。お金が足りないって連絡こなくて寂しかったんだろうな。それと、なにかしら話すきっかけもほしかったんだろう。

吾郎さんっていじらしい。こういうとこが、女性に好かれるのかも。

それから恥ずかしくなったのか、吾郎さんは仕事があると言ってそそくさと帰っていった。冬馬くんからは「先、帰れ」とメッセージがきた。

こっちもたぶん、恥ずかしくて顔を合わせたくないんだろう。魂は取り違えられていたけれど、なんて似た者親子なんだろうって思って、私は苦笑した。

九月末。結婚祝いの品を手に、綾乃がいるホテルの控室のドアをノックした。中から花嫁の付添人がドアを開けてくれた。

ちょうどドレスを脱ぐ前だったらしい。ベールをとった綾乃が、鏡の前に腰かけて、ホテルの着付け担当の人たちに囲まれていた。俺が部屋に入ると、彼女たちは「また後ほど」と言い残しててていった。

すんなりと部屋に通され二人きりにされたのは、俺がアリスの姿だからだ。儀式をしないで入れ替わっていた。さすがに身内や友人でもないのに、男の姿で花嫁の控室に顔をだすのは遠慮したい。変な誤解やトラブルはご免だったし、晴れの日に綾乃に恥をかかせたくなかった。

俺は手にしていたブランドロゴの入った紙袋を差しだす。中にはご祝儀も入っている。結婚披露宴の招待状には欠席で送った。今日ここにきたのは、お礼をしたかったからだ。

「結婚おめでとう。お祝いだ」

「あら、わざわざありがとう。だけど、披露宴に参加してくれたほうが嬉しかったわ」

「嫌だね。長々とくだらない余興を見せられるのも、やらされるのも。それに、俺じゃなくてアリスが参加しても困るだけだしな」

招待状を受け取った時は特に、欠席が無難な判断だった。今のアリスの中身が俺だとわかっている綾乃は、ふふふっと笑って結婚祝いをテーブルに置いた。

「その、世話になったな。アリスに昔のこと話してくれて助かった。それだけ、直接お礼を言っておきたかったんだ」

「相変わらず、変なところで律儀ね。二次会は参加しないの？」

「めんどくせえ。この体でいんのも落ち着かねえし」

「そう、残念だわ。せっかく可愛いのに」

「それじゃ、俺はこれで。次にいくとこもあるから」

もう一つ別の紙袋を見せる。あの優子という女の家にもいく予定だった。

アリスに怪我をさせようとしたのは万死に値するわけだが、さすがに殴りすぎたかなとも思う。首もしめたし……。あの時は女のアリスの姿だったからよかったが、男の冬馬の体だったら大怪我させていた。へたをすると殺していたかもしれない。

体は女でも意識は男だったので、思い返すと女性相手になんて乱暴を働いてしまったんだと後悔がこみ上げてくる。あの女は好きにはなれないが、バカオヤジの被害者でもあると思うとやっぱり申し訳なくて、すっきりさせるためにも謝っておきたかった。

それで、アリスに頼んで今日一日、もう混線エッチはしないという約束で体を貸してもらった。というか、アリスが本気で嫌がっているので混線エッチをする気はもうない。あいつの反応が面白いから、ついついからかいのネタにしているだけだ。

俺もあの夜は気分が高揚しておかしくなっていた。相手がアリスなら、性別なんてどっちでもいいとは今も思うが、できることなら自分が抱く側でいたいのが本音だった。

「ちょっと待って」

用はすんだので早々に立ち去ろうとすると、綾乃が椅子から立ち上がった。綾乃とアリスは同じぐらいの身長だ。ヒールをはいた綾乃に立たれると、見下ろされるようになってしまうのが昔から嫌だった。

「なんだよ？」

「昔からあなたに、言いたいことがあったの」

近づいてきた綾乃が、俺の肩に手を置く。視線を上げると、いつもの人を食ったような態度がにじんだ目ではない、真剣な目が俺を見下ろしていた。

「私ずっと思ってたの。女の子で好きになれるのは、あなたしかいないって……だから、あなたが男性の姿で現れた時、すごく嬉しかった。運命なのかしらって、柄にもなく思ったのよ」

驚きに俺は目を見開く。

いつ中身が入れ替わってると気づかれたのか不思議だったが、始めからだとは思わなかった。そして綾乃の言う、「好き」がただの好意ではないと理解したのと同時に、唇を奪われていた。

「ちょっ……やめろっ！」

思わず綾乃を突き飛ばし、乱暴に唇を拭っていた。彼女と口づけたのは初めてじゃない。肉体関係はまだだったが、冬馬の姿で付き合っている時にしている。

女の姿だからだろうか？　すごく、気持ちが悪かった。男の時に、そんなふうに感じたことはなかったのに……。彼女の香水や口紅の味、触れた唇の柔らかさもすべてが、不愉快にしか感じなかった。女子高生の頃、俺の片想いではなく両想いだったとわかっても嬉しいとも思わない。

自分の反応に愕然《がくぜん》としていると、二、三歩後ろによろけた綾乃が悲しげに嘆息した。そんな顔を見たのは初めてで、なんと声をかければいいかわからなかった。

「やっぱり、振られてしまったわね。さようなら」

そう言って微笑んだ綾乃の目に涙が浮かんでいるように見えたが、呆然《ぼうぜん》としているうちに控室から追いだされてしまった。いったいなんだったのか。まさか綾乃をあそこまで体が拒絶するなんて……。

ただ、俺はもうアリスじゃないとダメなんだってことだけはわかった。それが、なにを意味するのかも。

act.12

受付で吾郎さんの名前を言うと、窓に面した眺めのいい席に案内される。他の席からは離れていて、ゆっくりと会話を楽しみながら食事ができそうな場所だった。

食事に誘ってくれた吾郎さんは、ちょっと遅れるらしい。さっきメールがあった。私はテーブルに置かれたコース料理のお品書きをぼんやりと眺める。

喫茶店で吾郎さんと話してから一ヵ月ぐらいたち、たまに連絡をとるぐらいの仲にはなっていた。すっかり寒くなってきて、秋ももうすぐ終わる。こうして食事をするのも三回目で、吾郎さんは緊張しているみたいだったけど、私はけっこう楽しんでいる。

今度、邸での夕食に誘ってみようかな。

吾郎さんはほとんど外食だと聞いた。たまには手料理を食べたいんじゃないだろうか。それにもう年だし健康も心配だ。でも、私と二人きりになるのはまだ怖いかな？　私は冬馬くんじゃないから怒ったりはしないし、もう冬馬くんだって吾郎さんを責めたりはしないだろう。せっかくだし誘ってみようと決めると、自然と笑みがこぼれていた。

運命の人探しをまたしないといけないのに、今は父親である吾郎さんとのデートが楽しいなんて、ダメだなぁと思う。広瀬さんとの仲は進展するどころか停滞から、音信不通になろうとしている。私から返事を滞らせているからだ。なんでだろう、会いたいとぜんぜん思えない。

「はぁ……もう、運命なんてめんどくさい」

入れ替わりを完成させないと、もとの体に戻ってしまうというのに、なにを言ってるんだろう。これじゃダメだって首を振ったけれど、やっぱりやる気はでてこなかった。

どうすればいいんだろう。もう期限まで五ヵ月ぐらいしかない。折り返し地点はとっくに通り越したのに、私はまた振りだしに戻ってしまっている。

窓の外に広がる夜景を眺めながら、頬杖《ほおづえ》をつく。運命の人について考えると、最近はいつも彼の顔が思い浮かんでしまう。

「どうして、冬馬くんじゃダメなんだろ……」

ついこぼれた言葉にはっとしたその時、背後から吾郎さんに声をかけられた。振り向くと、彼の後ろに見知った男性が立っていて、私は表情をこわばらせた。

「彼のことは知っているだろう？　さっきまで仕事で一緒でね。せっかくだから食事に誘ったんだ」

「やあ、久しぶりだね」

そう言って微笑んだのは、広瀬さんだった。

突然、父娘の食事に現れた広瀬さんだったが、すんなりと私たちの間に入ってきて、和やかな会話と雰囲気を作りだす。私と吾郎さんだけよりも会話がスムーズだ。吾郎さんなんて、二人きりの時よりリラックスした感じで、広瀬さんと談笑している。むしろ私は、気まずさを感じていた。

会話から、直属の部下ではないが、広瀬さんの上司が吾郎さんと仲がいいみたいだとわかった。そういえば、広瀬さんは専務派の閥に属する人だった。派閥内で若手の彼は優秀で、吾郎さんは目をかけているみたいだ。

広瀬さんは、吾郎さんが話しやすい仕事の話題を振りながらも、私も自然と会話に入っていけるように合間で簡単な説明を入れてくれる。ついでに私の近況まで聞いてきて、会っていなかった期間の距離を簡単につめてくる。戸惑いながらも、やっぱり広瀬さんの感じのよさには抗いがたいものがあって、気づいたら雰囲気に飲みこまれ、私の緊張もほぐれてしまった。

創作中華料理のコースのメインがでてきた頃には、すっかり油断していた。

「ところでアリス、広瀬君と正式に婚約したらどうだ」

唐突としか言いようのないタイミングで振られた話に、私は間抜けな声で「へっ?」と返した。ちょうど箸でつまみ上げた大海老のチリソースをぽとりと落としてしまう。

「なっ、なんで?」

「なんでもなにも、お前たちは付き合っているんだろう? 広瀬君からいろいろ聞いたよ」

表情を凍りつかせたまま広瀬さんに顔を向けると、優しく微笑まれるのだが、眼鏡越しの目に威圧感がある。気のせいかもしれないけど。

「ごめんね、僕から話したんだ。君のお父様――専務とは仕事で顔を合わせるから、黙っているのも嫌で、きちんと挨拶しておきたくてね。そうしたら、婚約の話にまでなってしまったんだけど、駄目だったかな？」

そう聞かれて、ダメと即答できない自分がいた。

静かなのに、いつになく強引な広瀬さんに押され気味になったわけでも、吾郎さんもいる前で広瀬さんに恥をかかせられないと気を遣ったわけでもない。それより彼を逃したら、私は次に恋人になってくれる相手をすぐに見つける自信がなかった。もうそんなに気持ちも盛り上がらないし、恋いこがれたりもしない彼だけれど、嫌いではないので運命の人にはなれる相手だ。

そう思うと、惜しくなった。要は打算だ。

なんだか自分の嫌な面を垣間見てしまった。悪いことはなにもしていないのに、罪悪感が胸いっぱいに広がって、私はよけいに反論なんてできない気分になった。

「……そうなの。前からお付き合いさせてもらってるんだ。まだ結婚までは考えてなかったし、そんな話もされてなかったからびっくりした」

箸を置いて吾郎さんに視線を戻す。

「プロポーズはまだだったのか。それなのに、よけいな気を回しすぎてしまったかな？すまなかった」

とっくに結婚の話になっていると思っていたらしく、吾郎さんはちょっと慌てていた。私は「ううん、大丈夫」と首を横に振ったが、ぜんぜんよくなかった。恋人関係はまだいいとしても、結婚は考えられない。前は広瀬さんとの結婚に夢見て、憧れていた。でも今は、そこまでの気持ちはない。だからこのまま婚約の流れというのは避けたいんだけど、話が勝手に進んでいく。

「広瀬君もすまなかったね。私のせいで、せっかくのプロポーズを……無粋なことをしてしまったな」

「気になさらないでください。後日、仕切り直すつもりですし、専務に応援してもらえて心強いです。振られてしまうかもしれないので」

広瀬さんは最後におどけたように付け加えると、私を横目で見つめる。

「君が、振られる？　アリスは広瀬君では不満なのかい？」

驚いたように吾郎さんは瞬きし、私に顔を向ける。二人に視線をそそがれた私は、言葉につまった。

「えっと……別に不満じゃないけど」

「本当に？　最近、僕に会ってくれなかったのは、他に気になる男性がいるからじゃないのかな？」

けっこうドキッとする質問なのに、冗談交じりで絶妙な軽さの口調なものだから、なぜか和やかな会話になってしまっている。吾郎さんはお酒が入っているせいもあって、はははっとその軽口に笑ってさえいた。

しかし、ふとなにか思いついたように笑いを止め、眉間に皺《しわ》を寄せた。

「あの藤原冬馬とかいう青年か？」

「おや、ご存じでしたか？」

「知ってるのか？」

唐突にでてきた冬馬くんの名に、広瀬さんは動揺する素振りもなく、にこやかな表情で話を引き継ぐ。

「中途採用の社員で、僕と同じ部署です。常務が目をかけているだけあって、とても優秀な同僚ですね」

「そうか、彼が常務の連れてきた中途社員だったのか」

吾郎さんと常務の間には、梓さんの死や、幼かったアリスの養育問題でわだかまりがある。そのせいか、吾郎さんの表情が少しだけ険しくなった。

「アリスさんは、彼と親しい友人関係のようでして、最近は僕より彼と会っているみたいでしてね。正直、妬けます」

吾郎さんの前だから、広瀬さんは私の名前に「さん」をつけている。それより、こんな話題を吾郎さんの前で振るのはなんの意図があるのだろう。さすがに、いくら私が鈍感でも他愛ない会話だとは思えない。

「アリス、どういうことなんだい？　藤原君とは本当に友人なのか？　広瀬君は誠実な男性だ。あまり気を揉ませるようなことはやめてあげなさい」

やっぱり娘に弱いからなのか、吾郎さんの注意はやんわりとしたものだった。それより、広瀬さんの狙いはこれだったのだろうか。父親からの注意があれば、私が冬馬くんと会うのを控えると思ったとか？

「大丈夫ですよ、専務。アリスさんは軽薄な女性ではありません。僕がちょっと嫉妬深くて勝手にやきもきしているだけです」

そう吾郎さんに向けて言うと、私に視線を戻して言った。

「藤原さんとは友達なんだよね？」

この流れでそう聞かれたら、頷《うなず》くしかない。違うと言えるほどの度胸はないし、だいたい冬馬くんとは恋人関係でもない。複雑な事情で肉体関係があるだけだ。

それだけの関係だなんて思いたくはないけど、それが事実だった。

「うん……友達だよ。なんでも話せる相手で、女友達みたいな感じなの」

嘘は言っていないのに、なんとなく嫌な気分だった。心にもわっとした黒い靄《もや》が広がる。まるで冬馬くんを否定して、広瀬さんとの関係を維持しようと必死になっているみたい。

「女友達？　藤原さんは、そういう女性っぽい雰囲気があるのかい？」

からかいを含んだ広瀬さんの軽口が不愉快だ。遠まわしにオカマっぽいとバカにされたみたいで、私は腹が立った。冗談なんだろうけど、自分の望まない性別に生まれて悩み、陰でいろいろ言われてきた身としては聞き捨てならない。

しかも、かつてそういう陰口から私を助けてくれた広瀬さんが言うなんてショックだった。

「違う。冬馬くんはそういうんじゃないから。女性の気持ちがよくわかってて、私の悩みとかに的確にアドバイスくれたり応援してくれるの。それに何度も助けられて、感謝してるんだから悪く言わないで」

ついキツい口調になってしまう。広瀬さんを見ると、笑っているけどムッとした目つきをしている。

「ああ、藤原さんは女性関係が華やかだから、女心がよくわかるんだね」

「華やか……そうなのか?」

娘が遊ばれていると思ったのか、吾郎さんの声に緊張が走る。またその懸念を増長させるように、広瀬さんがよけいなことをしゃべる。

「彼はとても魅力的でして、社内でも女性から人気があります。中途採用されてから、何人かの女性社員と噂《うわさ》になっていますが、いずれも短期間で別れているようですね。最近はそういう噂は聞きませんが、社外でお付き合いしている女性が何人かいても不思議ではありませんよ」

「そうなのか……まあ、人のプライベートをどうこう言うつもりはないが。アリス、そういう男性と友達とはいえ、あまり親密にお付き合いするのはどうかと思う。トラブルに巻きこまれるかもしれないし……」

それは吾郎さん自身が身に覚えがあるからなのか。やっぱり冬馬くんと吾郎さんは、女性にとにかくモテるという点でも似ている。

あと冬馬くんが常務派だというのも気になっているみたいで、「お前は利用されているのかもしれない」と心配そうに付け加える。

「それは絶対にないから。冬馬くんが私を利用とか……」

「だとしても、広瀬君と付き合っているのに、変な噂がたつのはよくない。お前がフリーのように見えるから、藤原君も近づいてくるのかもしれないな。やはり、広瀬君と正式に婚約しなさい。そうすれば、彼も気を遣ってお前に近寄らないだろう」

「そんなっ……勝手な……」

冬馬くんをかばったつもりなのに、話が望んでいない方向にどんどん転がりだす。そうじゃなくて、冬馬くんのことを誤解してほしくないだけなのに、口下手な私はどう話せばいいのかわからなくて、口をぱくぱくさせるしかできない。

「僕も、そうしたいな。やっぱり、藤原さんに君の周りをうろちょろされるのは嫌だよ。君の恋人は僕だろう？　そろそろ婚約しよう」

そう言われて、なぜだかわからないけれどすごく嫌だと思った。思わず「違う。婚約も嫌」と言おうとして、広瀬さんの目を見た私は、口を開いたまま言葉を発せなくなった。

背筋がゾッとするような冷たい視線をそそがれていた。いつもの穏やかな目をする広瀬さんからは想像もできない、恐ろしく冷淡で怒りを内包した目つきだった。思わず視線をそらしうつむくと、広瀬さんから笑い声が上がる。声だけ聞くと、朗らかで優しげだ。

「照れてしまったみたいですね。返事はもらえなかったので、まだ婚約はできないようです」

「すまないね。娘は、気難しいところがあるから……」

それは中身が冬馬くんだった頃のアリスだ。吾郎さんは、広瀬さんの異様な目つきに気づいていないのだろうか。

膝の上で震える手を押さえているうちに、話はまた仕事関係に変わっていった。私は次々に運ばれてくるコース料理を無言で食べるだけで、もう会話には加わらなかった。


「えっ⁉　なにこれ……？」

翌朝、出勤するために邸の外にでて驚いた。見たことのない車が玄関をふさぐように横づけされていて、黒いスーツ姿の大柄な男性が立っている。彼は「堂島吾郎様からのご命令で、本日よりアリスお嬢様の警護を担当することになりました。以後、よろしくお願いいたします」と言って、私をその車につめこんだ。車には運転手が別にいて、警護の彼は助手席に座っている。

会社にいくまでの間に話を聞くと、これからしばらく私の送迎を兼ねた身辺警護と邸周辺の警備に当たるという。それ以上は教えてくれず、後で吾郎さんから話があるとかわされてしまった。そして彼の言葉どおり、帰りも会社からでると警護の彼が待ちかまえていて、有無も言わせず車に乗せられた。遊びになんていける雰囲気じゃない。今後、どこかでかけるにも警護の彼がついてくるという。もしかしてデートにも？

なにがなんだかわからない気分で帰宅すると、吾郎さんが待っていた。聞けば、近所で強盗騒ぎがあったという。被害者は会社帰りに跡をつけられたとかで、それで車での送迎らしい。あと、邸の警備を厳重にする。私のことが心配なので、吾郎さんもしばらくこちらの邸で暮らしたいと言うのには驚いた。ただ、ここってもともと吾郎さんの邸だから。私の許可が必要というのもおかしな話だ。

冬馬くんと会うのが難しくなりそうと思ったけど、吾郎さんを追いだすのも変だし、私はこの件を了承した。こうして始まった吾郎さんとの同居生活について、早速、冬馬くんに連絡をとって説明した。あと、広瀬さんとの婚約話も相談したかった。

なのに返ってきたのは、素っ気ない返信だけだった。

『そっか。婚約してもいいんじゃね？　オヤジとの同居は好きにしなよ。儀式は俺のマンションですればいいしさ』

『うん……でも、結婚するかもしれないんだよ？』

興味のなさそうな冬馬くんに、私はなぜかムッとした。私が広瀬さんと結婚しちゃってもいいと思ってるのかな？　なんて無意識に考えていたのに気づいて、よけいに腹が立った。冬馬くんとはそういう関係じゃないのに、恥ずかしい。私、彼になにを期待しているんだろう？

『別に、婚約したからって結婚しなきゃならないわけじゃないだろ。嫌になったら破談にしちまえよ。それぐらいのワガママ言ってもオヤジなら怒らないし、慰謝料も払ってくれるって』

返ってきたのは見当違いの言葉で、私の胸のもやもやはさらに大きくなる。

『そうだけど……いいのかな、広瀬さんで？』

送信してしまってから、私はなにを聞いているんだろってまた恥ずかしくなった。こんなこと聞かれても、冬馬くんだって困るだろう。

『いいんじゃね？　結婚はともかく、入れ替わりを完成させる運命の相手にはなるだろ』

すごく軽い感じの返しに、もやもやが濃くなる。なんて言われれば、この気持ちは晴れるのだろう。

『もうマリッジブルーなのか？　とりあえず、婚約の甘い雰囲気でも楽しんどけよ』

返信できないでいると、冬馬くんから連投される。やっぱり嬉しくない返信で、気分が落ちこんでくる。どうして、こんなにも冬馬くんの言葉に気持ちが左右されるんだろう？

しかも次の投稿内容にびっくりして、返信する指が止まった。

『じゃ、俺これからデートだから』

バイバイと手を振る可愛い動物キャラのスタンプが貼られて、会話が終了してしまった。私は呆然とスマホを見下ろすだけで、返信にスタンプを送ることもできないまま、自室のソファに座りこんだ。

今までだって冬馬くんはいろんな女性とデートしてきたはずだ。そういう報告をいちいち受けてこなかったけれど、空気でなんとなくわかってしまう時がある。でも、私は誰とデートしたのとか、誰と付き合ってるのとか聞いたことがない。聞きたいともあまり思わなかった。なのに今は、無性にその相手が知りたくて、そんな自分の気持ちにショックを受けていた。

ソファから立ち上がれない。そのままごろんと横になり、クッションに顔を埋めてスマホを放りだす。

広瀬さんと婚約なんてしたくなかった。「やめろよ」って冬馬くんに言ってもらいたかった。そう思ってしまう気持ちがなんなのか、いくら鈍い私でもわかっていた。


十月も末になり、そろそろ冬馬くんと儀式をしないとまずい時期になってきた。なのに彼と会うのもままならない状況なのは、警護の人間がついているからだ。会社への送迎は、他の社員に目立たないようにしてもらっているけれど、警護は徹底したもので、彼らを無視して会社からでても、いつの間にか跡をつけられている。

こんな状態じゃ、隠れて冬馬くんと会うのも難しい。社内で顔を合わせることだってほとんどないし、会社では二人の関係は秘密だ。一応、スマホで連絡だけはとっているが、冬馬くんもちょっと参ってきたみたいで『なんでオヤジはこんなよけいなことを……』と苦々し気にもらしていた。

ただ、いいこともあった。あの会食以来、会うのが怖くなっている広瀬さんの誘いを断るのに好都合だった。警護の人に聞いたら、広瀬さんとのデートにもついていくよう吾郎さんに言われているらしい。実際、一度だけ広瀬さんとデートにいったところ、警護の人が常に一定の間隔をあけてついてきてくれるので安心だった。広瀬さんはうんざりしているみたいだったけど、彼に不信感を抱き始めた私にはとても心強かった。早々にデートを切り上げて帰る口実にもなった。

そんな事情を冬馬くんに話すと『もしかしてオヤジ、男除けのつもりで警護なんてつけたのかな？』と言っていた。だからって、婚約を勧める広瀬さんも除ける必要はないはず。やっぱり近所で物騒な事件があったからだと私は思う。梓さんや再婚相手のことなんかで、吾郎さんはすごく心配性になっているのだ。

でも、こうして冬馬くんと会えないのを考えると、男除けというのも間違いじゃないかも。

そしてとうとう、困ったななんて呑気《のんき》にかまえてもいられなくなった期限日の前日。お弁当を食べ終えたところに、冬馬くんから連絡がきた。これから外回りで、その前に会いたいから地下の駐車場まできてほしいとあった。

お昼休みが終わる前にと、私は急いで駐車場に向かった。まさか社内で……と思ったけれど、儀式をする時間なんてない。外回りにいく冬馬くんはいいけど、受付の私は絶対に仕事をサボるなんて無理だ。

「久しぶり。こっちだ」

エレベーターから降りると、その前で待ちかまえていた冬馬くんに手をとられる。一瞬、ふわりと甘い匂いがした。冬馬くんの香水……なわけない。女性的な香りだし、冬馬くんは香水とかあまり好きじゃなかった。オリエンタルな香りは特徴的で、ちょっと気になったけど、勘違いかもしれない。冬馬くんからではなく、駐車場にきた誰かの残り香だったのかも。

手を引かれ、駐車場の隅のほうに連れていかれる。こんな場所に車が止まってたんだと思うような、ちょっと薄暗くて他からは見えない位置だ。

「ここ、監視カメラに映らないんだよ。こんな場所で悪いけど、こういうシチュも悪くないよな」

「え……冬馬くん、もしかして……」

「もしかじゃなくて、そうだよ。外で会えないんだから、社内のどっかで見つからないようにするしかないだろ」

そう言いながら、冬馬くんは私の唇をふさいだ。突然のことにもがいたけれど、背中に車が当たって逃げられない。どんどん口づけは深くなり、制服の上から胸をまさぐられ、ブラウスのボタンを外される。

性急な求めと、久しぶりの口づけに頭がくらくらする。唇が痺《しび》れて、冬馬くんに触れられるとすごく感じた。膝が震えて、脚の間がしっとりと湿って、ストッキングが蒸れてくる。

「んぁ……っ、いやぁ……」

唇が外れると、甘い声がもれた。その時、遠くでエレベーターが動く音が聞こえた。

「ま、まって……」

驚きに体を硬くし、冬馬くんの肩を叩《たた》く。意地悪しないで手を止めてくれた冬馬くんが、あたりを見回す。

「エレベーターが上に移動したみたいだな」

その言葉にほっとしたけど、私は仕事を思いだしてあせった。

「私、戻らないと。もう昼休み終わっちゃうし、受付の仕事が……」

「そうだったな。会ったの久しぶりだから、お前にすげー触りたくてうっかりしてた」

さらりとすごいことを言う冬馬くんに、私の心臓が跳ねる。言った本人は意識してないのか、私を車に押しつけたままスマホを取りだし操作する。ぽんっと音がしてシロちゃんが顕現した。

「なんであるか?」

久しぶりに呼びだされたシロちゃんは、車の上に降り立つとフワフワのしっぽを揺らしてあくびを一つした。さっきまで寝ていたのか、ちょっと寝ぐせがついている。

「お前さ、狐《きつね》ならこいつに化けられるよな」

「ん？　まあ、できるぞ。基本であるからな」

寝起きでぼんやりしているのか、シロちゃんは冬馬くんの要求に文句も言わず、くるんとでんぐり返しをする。

「へえ、さすが。そっくりじゃん」

冬馬くんがすごいと感嘆する。私も「うわぁ」なんて声を漏らして感心した。

車のボンネットに腰かけるように地面に降り立ったシロちゃんは、私と瓜《うり》二つで受付嬢の制服に身を包んでいる。前髪が寝ぐせでちょっと跳ねているのが違うぐらいだ。

「お前さ、これからこいつの代わりに受付嬢してこい」

「へっ？　なんなのだ？　どういうことであるか？」

「今言ったとおりだよ。俺、これからこいつと儀式しないといけないから、お前がアリスの代わりに働いてこい」

そう言われても状況がわからないシロちゃんは目をぱちくりさせる。私の顔で。

そんなシロちゃんに、冬馬くんが簡単に経緯を話す。だんだん目が覚めてきたらしいシロちゃんは、ちょっと嫌そうな顔をしたが、事情が事情だし私たちの入れ替わりを全面的にバックアップする任を神様から預かっているので最終的にはＯＫしてくれた。

「では、一時間だけだぞ！」

そう言って去っていくシロちゃんを見送った後、私は車の後部座席に押しこまれた。続いて乗ってきた冬馬くんが、隣に並んで座る。いつもと違うシチュエーションに緊張して、私は距離をとるように窓側に身を寄せた。

会社の駐車場で、狭い車内。いつ誰がくるかもわからない場所だ。見つかったらどうしようと思うと怖いのに、ちょっと興奮している自分もいる。

「ほ、ほんとにここでするの……？」

「今ここでしなかったら、いつすんだよ。俺もできることなら、ホテルにでもいきたいけどさ。そんな時間もないしな」

この後、仕事の打ち合わせがあるんだと冬馬くんは言いながら、私のブラウスの前を広げてスカートをたくし上げる。「めんどくせえな」と言いながら、丁寧にストッキングを脱がせてくれるのは、破れたら私が困るってわかっているからだ。そういう変に細やかな気遣いは、もと女性だったからなんだろうけど、乱暴そうに見えて優しいギャップに胸がときめいてしまう。

広瀬さんはこんなじゃなかった……。

押し倒されたのは一度だけで、なんにもなかったけど。彼はもっと強引で、今思えば乱暴だったような気がする。だって、私と入れ替わって帰ってきたアリス姿の冬馬くんのストッキングは、破れて伝線していた。

やっぱり広瀬さんは嫌だ。今さらなにをと言われそうだけど、彼に抱かれるのは怖い。

だからって、これから新しい運命の人を見つける自信もない。

「ひゃぁっ！　あぁ……いやぁ、冬馬くん……ッ」

脱がされながら物思いにふけっていたら、乳首に甘い衝撃が走る。

「なに考えてんだよ？　こっちに集中しろ」

「ふっ、あんっ……やぁッ」

乳首を甘噛《あまが》みした冬馬くんが、こちらをにらみ上げる。舌で嬲《なぶ》りながらしゃべらないでほしい。舐《な》められる刺激と息の当たるくすぐったさに、腰がむずむずして濡《ぬ》れてくる。

「今は俺のことだけ考えろよ」

不貞腐れた声でそんなふうに言うのも卑怯《ひきょう》だ。本当に冬馬くんのことしか考えられなくなる。運命の人なんて探せないし、広瀬さんを冬馬くん以上に想えない。

「あっあぁ……やぁ、いやぁ……ンッ！」

大きな手が乳房をすくうように揉みしだき、硬くなった乳首を舌先でねっとりと転がされる。太腿《ふともも》を撫《な》でていた手は脚の間にすべりこみ、濡れたショーツを撫で、隙間《すきま》に指を忍びこませた。

「……あぁっンッ！　やぁ、はっあぁッ……だめぇ」

じんじんと痺れて敏感になっていた肉芽を、指先でこね回すように押しつぶされる。走る快感にびくんっと膝が跳ね、蜜があふれでる。こんな場所だからなのか、いつもより蜜の量が多い。蜜口もびくびくと激しく痙攣《けいれん》して、甘く痺れていく。

狭い車内に濡れた音が響き、淫猥《いんわい》な空気が濃くなってくる。体が火照ってくるのも早くて、蜜口の奥が物欲しげに震える。指で襞や肉芽を嬲《なぶ》られるだけでは、もう物足りなくなってきた。

「あンッ……冬馬くん……ッ」

じれったさに名前を呼ぶと、ショーツを脱がされ、蜜口の中に指が入ってくる。とろとろにとろけていた中は、すんなりと指を飲みこみ締めつける。すぐに二本、三本と指は増えていき、激しく抜き差しされた。

冬馬くんの指の関節が、敏感になった蜜口をこする。その感覚が気持ちよすぎて、腰が揺れるのを止められなくなる。もっと奥にもほしい。

誘うように脚を開き甘い声を上げると、シートに押し倒された。

「……あぁ……もう、だめぇ……」

足を胸につくぐらい押し曲げられ、濡れそぼって乱れた恥部をさらされる。恥ずかしいなんて考えるより、次にくる甘い衝撃に期待して体が震えた。

「入れるぞ。いいな?」

そんなこと、いちいち聞かなくていいのに。私は頷《うなず》きながら、体の力を抜く。冬馬くんのものが、蜜口を押し広げながら一気に入ってきた。

「あぁ……ッ！　ふぁ、あぁッ……ン！」

最奥まで貫かれると、眩暈《めまい》のするような快感が背中を駆け上がっていった。そしてすぐに激しく体を揺さぶられ、声が抑えられなくなる。誰かに気づかれてしまうかもしれないのに、我慢できなかった。

「少し、静かにしろよ」

「うんっ……ごめん。でもっ、ひゃぁ……あぁンッ！」

そう言われても、がくがくと腰を揺さぶられ、中を熱いものでかき回されると理性なんて働かなくなる。なにも考えられなくなって、快楽に翻弄されてしまう。

冬馬くんはそんな私に優しく笑い、覆いかぶさってきた。唇が重なり、舌が絡む。甘い声を飲みこむように深く口づけられ、体が密着する。私は冬馬くんの背中に足を回すようにしがみついた。

腰の動きは緩慢になり、抜き差しの激しさはなくなる。奥に入ったままになった熱の振動に、内壁が痙攣して絡みつく。ゆっくりとした動きで、くすぐったいような刺激なのに、それが続くとだんだん抑えきれない快感に変わっていく。激しくされてないのに、勝手に体が上りつめて達した。

「ひっ……ぅ、ンッ……ん……」

口づけで声を奪われたまま、体がびくびくと跳ねる。繋《つな》がった場所が熱塊を強く締めつけた後、蜜を吐きだす。冬馬くんの欲望はまだいっていない。その硬さにすぐ体は反応して、再び押し寄せてきた甘い痺れに震える。

「もうちょっと付き合えよ……」

口づけの合間にそう言われ、また唇をふさがれた。激しいけれど小刻みに動きだした腰に、最奥が何度も突き上げられえぐられる。

遠くでエレベーターの扉が開く重い音が聞こえたけど、もうどうでもいい。もし誰かに見られてしまってもかまわないなんて思うぐらい、私は冬馬くんに溺れていた。

彼の首に腕を回して、ぎゅっとしがみつく。離れたくないと思った。

どうして、冬馬くんじゃダメなんだろう。どうして、運命の人になれないんだろう。

目尻にじわりと浮いた涙が頬を伝うのと同時に、中で冬馬くんの熱が弾け、体が快感に満たされていく。なのに、私の心はちっとも満足できなかった。


駐車場から戻り、シロちゃんとはトイレで入れ替わった。何事もなかった顔をして受付に戻ると、中山先輩に「お帰り」と言われる。抱かれた後だって気づかれないかなと緊張しながら、隣に腰かける。

その時、中山先輩からいい香りがした。オリエンタルで、さっき駐車場でかいだ匂いと同じだった。

「あれ、この匂い……」

「わかる？　昼休みにさ、香水買ってきたんだ」

足元に置いた紙袋をちらりと見せてくれる。うちのビルとは背中合わせにある百貨店のロゴが入っている。聞いてもいないのに、香水のブランド名と今日発売の新作なのだと教えてくれた。

「今、付き合ってる人と買いにいったんだよね。ランチデートってやつ」

中山先輩はちょっと照れた感じで嬉しそうに話す。私の顔から表情がなくなっていくのには気づいていない。さっきまで抱かれた火照《ほて》りが残っていた体が、さあっと冷めていく。

まさか……まさか、違うよね？

同じ香水を買った人はきっとたくさんいる。有名なブランドで人気もあるし、新作がでたばかりなら尚さらだ。でも、同じ会社で同じ香りが駐車場に残るってどれぐらいの確率なんだろう。

「その人って……誰ですか？」

私が恐る恐る聞くと、中山先輩はちょっと頬を赤らめて言った。

「周りにはまだ内緒よ。藤原さんなんだ」

act.13

『もしかして、中山先輩と付き合ってる？』

会社から待ち合わせ場所に向かう途中、スマホが震えた。見れば、アリスからの通知だった。

儀式で抱いてから一週間たっていた。中山さんから聞いたのだろうか。

『そうだよ』

素っ気ない返事を送ると、すぐにレスがついた。

『なんで中山先輩なの？』

『連れてかれたランチにたまたまいて、気が合って、その場のノリで』

知らないでついていったらランチ合コンだったのだが、それは別に言わなくてもいいだろう。俺が望んでついていったと思われてもかまわない。むしろそう思われたほうが、アリスの想いがこちらに向くのに歯止めがかかるんじゃないだろうか。

こないだから、アリスの気持ちが俺に向かってきているのを感じる。広瀬と婚約してもいいのかと聞いてきたり、まるで止めてもらいたいみたいだ。

いや、「婚約なんてやめろ」と言ってほしいのだろう。そう思うぐらい、広瀬から気持ちが離れているのか、俺に気持ちが傾いているのか。そのへんはまだよくわからない。ただ、このままほっとくのはまずい。軌道修正しないと、アリスが広瀬と別れてしまうかもしれなかった。

運命の人を見つける期限は来年の三月。もう、そんなにのんびりしている時間はない。奥手なアリスが別の相手を見つけて肉体関係まで持っていくにも難しい時期にきた。

ここは広瀬で決めてもらわないと、入れ替わりは失敗する。

「俺は……別にそれでもいいんだけどな」

返信に震えるスマホを見つめながら呟《つぶや》く。

女に戻るのは嫌だったが、性別が違っても俺はアリスが好きだし、肉体的に受け入れる覚悟だってある。もともと男になれるなんて夢みたいな話だったから、あきらめだってつくだろう。

だが、アリスは違う。女なのに男として生きてきたのはつらかっただろう。またそこに戻りたくはないはずだ。肉体的に俺を受け入れることだってできない。

だから、この時期にお前は俺に気持ちを傾けちゃダメだ。俺は想われてすごく嬉《うれ》しいし、広瀬にその体を触れさせるのだって本当に嫌なんだ。だけど、アリスの幸せを考えたらここは、心を鬼にしなくてはいけなかった。

『ノリって……そんな程度で付き合っちゃうものなの？』

文面から、アリスがイライラしているのがなんとなく伝わってくる。俺は足を止めて苦笑し、返信をすぐに書いた。

『その程度でいいんだよ。相手を知ってから付き合うなんて時間のロス。なんとなくイイなって思ったら付き合ってみて、深く知ってけばいいんだ。そういうヤツ、多いと思うぞ』

『……そういうものなの？』

『そ、普通。お前が頭固いの。恋人ができないヤツと結婚できないヤツは、大概恋してから付き合おうとすんだよ。恋なんて付き合ってから、最悪、結婚してからでも遅くねーよ』

少しが間があって返信がきた。ちょっと不貞腐れてる感じの短文で、俺はそれだけで笑ってしまう。アリスがアリスらしくて、頭が固くて愛しい。

『極論じゃない？』

『そうかもな。ただ、恋してからなんて言ってると、あっという間にいき遅れるぞ。特にお前は恋愛マンガや小説の読みすぎ。二次元の恋愛は上級者向けだぞ。あんなふうに恋に落ちることなんて実際そんなないから。世間では、ちょっとイイなでじゅうぶん恋の範《はん》疇《ちゅう》なんだよ』

やっぱり納得いかないのか、可愛いキャラが思い悩んでいるスタンプが送られてくる。言葉が思いつかないのだろう。

『お前は幸せだよ。ずっと恋して憧れてた相手と、婚約までいけたんだから。そういうのめったにないことだぜ。ある意味、二次元の恋愛してんじゃん。もっと喜べよ』

だいたい以前まで男だったんだ。広瀬と婚約なんて、天地がひっくり返っても無理だったのに、天地はそのままで女になって婚約までこぎ着けた。ほとんど奇跡と言っていい。

それなのに、ここにきて踏ん切りがつかなくなったアリスの背中を押すために、文を打つ。指が震えた。寒さのせいじゃない。

『婚約おめでとう。そういえばプロポーズはまだなんだっけ？』

祝福なんてしたくない。今すぐ別れろ。そいつはろくな男じゃない。俺にしておけ。俺のがぜんぜんイイ男だ。お前を愛してる。誰よりも大事にする。

そう言ってしまえればどんなにいいか。通話ボタンを押したくなるのをこらえて、送信した。

『うん。まだだよ……でも、別に今さらって感じだし』

乗り気じゃない返信にほっとしてしまう。こんなんじゃダメなのに。広瀬から心が離れていることが嬉しくて、嬉しくてたまらない。けれど、突き放さなきゃいけないと思うと胸がかき乱され、嚙《か》んだ唇から血の味がした。

『そんな冷めたこと言うなよ。そうだ！　来月はクリスマスじゃん。イブにプロポーズの仕切り直ししてもらえよ』

軽い感じをだすために、ハートを飛ばすキャラのスタンプを送信する。アリスからの返事はない。

『そういえばイブが儀式の期限だったよな？　せっかくだから広瀬とイブにやっちゃえ

よ。十二時回る前にエッチすれば、俺らもう入れ替わらなくなるぜ』

この間、カレンダーで十二月の期限を確認した。嫌な日に期限があるもんだと思ったが、アリスの背中を押すのには使えそうだった。

『冬馬くん、電話していい？』

やっと返ってきたレスに、俺は返信の指を止める。通話ボタンを押してしまいたかった。アリスの声が聞きたい。顔が見たい。触れたい。

でも、今それをしたら後戻りできなくなる。他の男になんて渡したくなくなる。

「藤原さーん！　こっち、こっち！」

スマホの画面に集中していた俺は、ハッとして顔を上げる。赤信号の向こうに、中山さんがいた。彼女お勧めの、待ち合わせした焼き鳥屋はすぐそこだ。

「偶然だね。買い物してからお店に向かってたんだけど、途中で会えるなんてラッキー！」

百貨店の紙袋をかかげて、中山さんが白い歯を見せて派手に笑う。

美人なのに、気取らない性格なところがいい。さっぱりしていて、男慣れもしてて、セックスはスポーツぐらいの感覚で、事後もベタベタしてこない。ちょっとあっさりしすぎてる感じはあるが、後腐れがなさそうなところがよかった。

その性格が災いして、男性との付き合いがなかなか続かず、周りからは男漁りが激しいように見られるらしいが、本人はあまり気にしていない。「イイ男とたくさん付き合ってみたいって思うことのなにが悪いのかな？」とあっけらかんと言っていた。とことん自分の欲望に忠実で面白い人だと思う。そして憎めなさがある。

俺は手を振り返すと、スマホに『ごめん、これからデートだから無理。中山さんとな』と返信し、アリスの気持ちを少しでもあせらせるような言葉を連投した。

『じゃ、広瀬とエッチする期限はイブだから。うまくやれよ』

バイバイと手を振るキャラのスタンプを最後に送って、スマホをポケットに戻した。信号が青くなり横断歩道を渡る。

中山さんとのデートは嫌じゃない。むしろ話すと面白い相手なので、一緒の時間を過ごすのは楽しみだ。なのに足取りはどんどん重くなっていく。

どうして俺は、愛してる女を別の男に抱かせるために悩まないといけないんだろう。

横断歩道を渡りきると、待ちかまえていた中山さんが当たり前のように腕を組んでくるのを上の空で受け入れる。柔らかい胸を腕に押し当てられても、俺はポケットの中の振動しないスマホばかりが気になっていた。


冬馬くんからの最後の送信文を読んで、私は鍋をかき混ぜていた手を止めた。知らず知らずのうちにスマホを強く握りしめていた指が、変に痺《しび》れている。

キッチンで夕飯を作りながら連絡したのは、他の作業をしながらのほうが少しはショックが和らぐと思ったから。だけど、中山先輩と付き合ってるという事実より、広瀬さんとのエッチの期限をきられたことのほうがショックだった。

「なん……でっ、そんなこと言うのっ」

お玉を置いてキッチンをでる。ソファに乱暴にスマホを投げると、にじんでくる涙をティッシュで拭いながら座った。すぐに止まると思ったのに、涙は次から次にあふれてくる。エプロンに涙がパタパタと落ちて、嗚咽《おえつ》が漏れる。

冬馬くんに突き放されてすごく悲しいのに、腹も立つ。広瀬さんとやっちゃえなんて言われたくなかった。だけど広瀬さんとエッチしないと、私は……。

「わかってるしっ、そんなの……でも……っ」

広瀬さんとの関係を応援してくれる冬馬くんを責めるのは間違ってる。だけど、冬馬くんにだけは言われたくなかった。

なんで、こんな気持ちになっちゃったんだろ？

あんなに広瀬さんが好きだったのに。彼の言動すべてに一喜一憂して、浮かれて、恋して、幸せだったのに……。

あの頃に戻りたい。まだ広瀬さんを好きだった時に、とっととエッチしちゃえばよかった。そうすれば、今さらこんなふうに悩まないですんだ。とっくに女性になれてた。

そうしたら……冬馬くんを好きになっても、こんなに苦しまないですんだ。

新しいティッシュをとって鼻をかむ。ソファに投げつけられ、ラグマットに落ちたスマホが振動した。通知音じゃなくて、電話だ。

ティッシュを放りだしてスマホを掴《つか》み、通話ボタンをタップしようとして指を止めた。

「なんだ、広瀬さんか……」

崩れるように体から力が抜ける。冬馬くんじゃなかった。このまま無視しようかと思ったけど、電話は鳴りやまない。

「……もしもし？」

なんだかもう、なにもかも嫌になって電話にでた。声は涙でかすれて、汚く響いた。

『アリスちゃん……？　どうしたの、その声。泣いてるの？』

「ううん、別に。ちょっとタマネギ切ってただけ」

今夜のメニューは豚汁に鰆《さわら》の西京焼き、それと副菜数品と果物。タマネギを使う料理なんてない。

『ああ、最近は専務と夕食なんだっけ。いいな、君の手料理が食べられて』

僕も食べたいなと続ける広瀬さんに、生返事を送る。数ヵ月前だったら舞い上がって、食べにきてくださいなんて言ってたのに、現在は興味がないどころか面倒だと思う。

それから広瀬さんは、私に会いたいだとか、今度いつデートしようだとか、ランチには会えるよねだとか話しだした。私は適当に相槌《あいづち》だけ打って、ぼうっと中空を眺める。

私、今までこの人となにを話してきたんだろう。なにを話して楽しいって思ったんだろう。なんで胸をドキドキさせられたんだろう。私、この人のどこが好きだったんだろう？

『ねえ……アリスちゃん、聞いてる？』

広瀬さんの少し苛立った声。前だったらあせって、胃がせり上がるような思いをしたんだろうな。けれど今は、この人でもこんな声をだすんだ。聖人君子じゃなかったんだな、なんて淡々と考えてた。

「広瀬さん、イブ空いてる？」

唐突に話を振ったせいか、返事に一拍空いた。

『……ああ、もちろんだよ。君のために空けてあるに決まってるじゃないか』

「そっか、よかった」

そう言ったものの気持ちの変化なんて微塵《みじん》もなかった。良くも悪くもない。それより、冬馬くんもイブに中山先輩と過ごすのかと思ったら、むしゃくしゃしてきた。子供みたいに、癇癪《かんしゃく》を起こして泣きたい。投げやりな気分で、広瀬さんに一方的に要求をつきつけていた。

「じゃあ、イブにプロポーズして。そしたらOKするから。ホテルもとって」

電話の向こうで、広瀬さんの息を飲む音が聞こえた。びっくりしているのかも。私から誘うなんて思ってもいなかったんだろう。

私だって、以前なら誘わなかった。恥ずかしくて緊張して、断られたらって怖くて誘えなかったはずだ。でも、もうなんにも怖くない。いっそ断ってくれたらいいのにって思った。

だから不貞腐れた声でワガママなお願いを追加する。今からイブに予約をとるのは難しい人気ホテルのスイートと、憧れてずっとほしいと思っていたハイジュエリーブランドの婚約指輪もほしいと告げる。

広瀬さんは怒らなかった。嬉しそうにＯＫして、今度、指輪を選びにデートをしようって言う。

少しだけ罪悪感がこみ上げてくる。後悔も一緒にやってきた。

断られたかったのに、私バカだ。

それから広瀬さんは、デートの約束をして電話を切った。冬馬くんからは通知も電話もなくて、スタンプを送ってみたけど、その夜、既読がつくことはなかった。


目の前にはキラキラ輝くダイヤの指輪の数々。いったいいくらするのか、値札がついてないからわからない。広瀬さんは知っているのか、余裕の笑みで「好きなのを選んでいいんだよ」って言う。

私はちょっと呆然《ぼうぜん》としながらも、いくつかの指輪を選んだ。気になったデザインというわけでもなくて、ただ早くこの茶番を終わらせたくて適当なのを指さしただけ。なのに、黒いパンツスーツをカッコよく着こんだ店員のお姉さんは、素敵なデザインですよねとか、人気がある商品なんですよとか、お目が高いだとか、私を誉《ほ》めそやす。そういう販売マニュアルがあるのかもしれない。

サイズの合わない指輪を試着する。店頭に並べられているのは、平均サイズのものらしく、私にはちょっと緩かった。ぶかぶかする婚約指輪をはめていると、自分がすごく間抜けな気がしてきた。

結婚なんてしたくないのに、なにやってんだろ？　ほんとに、なにやってんだろ？

今すぐ広瀬さんに謝って、やっぱり婚約は解消させてくださいって言ったほうがいい。なのにそれができない。婚約指輪なんて買ってしまったら、よけいに婚約解消は難しくなるっていうのに、私はただただ流れに飲みこまれていく。自分で蒔《ま》いた種を、コントロールできなくなっていた。

「では、こちらの指輪でお作りいたしますね」

なんの思い入れもなかったせいか、婚約指輪はあっさりと決まってしまった。選んだのは自分だけど、なんだか選ばされたような気がする。自分より、店員のお姉さんや広瀬さんのほうが盛り上がっていた。私の指の形に合うだとかなんだとか。クラリティがどうとかこうとか。

「内側にはなんて文字をお入れしましょうか？」

「え？　文字？」

「刻印サービスです。記念になる言葉やお互いのイニシャルとかです。結婚指輪なら、入籍日を刻印したりしますね」

そうか。そんなものがあるのか……。昔読んだ結婚情報雑誌に書いてあったなぁ、なんて思いだす。

「こちらに刻印したい文字を記入してください。使えるのは大文字と小文字、フォントもこの中からお選びくださいね」

私が決めるのが当然のように、記入用紙が目の前にだされる。こういう時、選択権や決定権があるのは女性のほうなのだろう。

めんどくさい……。記入したい文字なんてないし、なにも思いつかない。

広瀬さんを見ると、「アリスちゃんの好きな言葉でいいよ」なんて言う。こういうの優しいっていうか、丸投げなような。

これがもし冬馬くんだったら、いろいろ口だししてきそう。なんで日本人なのに英語で刻印すんだよとか。こんなとこで愛を誓っても意味ないだとか。案外、後ろ向きな批判をするんだよね。吾郎さんとの確執があったせいなんだろうけど。

ふふっ、と笑いそうになって私は眉間に皺《しわ》を寄せた。冬馬くんと婚約するんじゃないのに、なに想像してんだろう。一気に暗い気持ちになって溜《た》め息がこぼれる。

それを刻印の言葉に悩んでいると思ったのか、お姉さんがもう一枚用紙をさしだした。

「こちら刻印する言葉の例です。ご参考までにどうぞ」

「あ、ありがとうございます」

こんなのもあるんだ。私は例文を参考にしてアレンジすることもなく、一番上にあった英文をそのまま記入する。日本語訳は『永遠の愛を君に』で、その後ろに二人のイニシャルを入れるようになっている。

記入した用紙をお姉さんに渡す。なんの感動も、浮き足立つ感じもなかった。

お店をでると広瀬さんが手を繋《つな》いできた。初めての恋人繋ぎだ。

なのに嬉しさより、広瀬さんが強く握ってくるせいで、右手の中指にはめた指輪が当たって痛い。手を放したいなって思っていると、ハンドバッグの中でスマホが鳴った。これ幸いと手をほどいて、スマホを取りだした私は表示されている名前に胸がドキッとした。

中山先輩と付き合ってるって聞いてから、なんの連絡もなかった冬馬くんからの電話だった。

「ごめん、お父さんから」

私は嘘《うそ》をつき、広瀬さんに背を向けて電話にでた。

「もしもし……」

『今からうちにこれるか？　そろそろ期限が近いだろ。儀式しようぜ。ダメか？』

なんて急な誘いなんだろうと思ってると、中山先輩とのデートの予定がつぶれたからだなんて言う。ムカッとしたけど、私は「うん、大丈夫」って即答していた。

電話を切ると、父から急用で呼ばれていると嘘をついて広瀬さんと別れた。それから冬馬くんに指示されたとおりに、駅ビルのトイレに入ってシロちゃんを呼びだす。今日も、護衛の人がついているのだ。

シロちゃんには私に化けてもらって家に帰ってもらい、護衛の人がいなくなったのを確認してから、急いで冬馬くんのマンションに向かった。飛び乗ったタクシーの中で、心臓の鼓動が大きくなっていく。期待に胸が膨らみ、冬馬くんとするイヤラシイことを想像して体が火照《ほて》ってくる。

恋人の都合が悪くなったから呼びだされるなんて、まるでセフレみたい。でも、これは儀式だし、それでも冬馬くんに会いたい気持ちのほうが大きかった。

マンションに着いて、冬馬くんの部屋のインターフォンを押す。すぐにドアが開いて、手首を掴まれ引きずりこまれた。背中でドアが閉まるのと同時に、唇が重なる。久しぶりに会う冬馬くんの顔をよく見る間もなかった。

濃厚になっていくキスに喉が甘く鳴る。背中でガチャンと鍵が下ろされる音がして、胸が淫らにうずいた。脚の付け根にじんっとした痺れが走り、ストッキングが湿り気をおびてくる。

腰からとろけて崩れてしまいそう。肌が快感に粟立《あわだ》って、早く触れてほしくて震える。手にしていたハンドバッグを床に放り、自らコートを脱ぐ。真っ白なコートが汚れるのもかまわずに、玄関のたたきに脱ぎ捨てた。

彼との間を阻むものを少なくしたい。早く、もっと、密着したい。距離をなくしてしまいたかった。

ニットワンピースの上から、冬馬くんが乳房を揉《も》む。厚手のニットが憎らしい。オフショルダーの胸元を、自分で引き下げてしまいたい衝動に駆られて襟を掴むと、深く繋がり絡まっていた舌がほどけた。外れた唇から、火照った淫らな息が漏れる。

「お前、今すげーイヤラシイ顔してる。なに、その物欲しそうな目」

そう言う冬馬くんの声もかすれて色っぽい。近距離で見上げた彼の野性的で艶めいた表情に、胸がきゅんとする。

「そんなに、やりたかったのか？」

まるで男なら誰でもいいみたいな言い方をしないでほしい。エッチに飢えてるみたいな言われ方も嫌で、私はちょっと拗《す》ねてみせた。

「ち、違うし。私、広瀬さんと婚約指輪買って、デートしてたとこなんだからね」

「へえ、広瀬じゃなくて俺を選んでくれたってことか」

少しぐらいヤキモチを焼かせたくて言ったのに、逆に冬馬くんに優越感を持たせてしまったみたいだった。

「婚約者とのデートより、俺とのセックスとるなんて……エロい女だな」

嘲るような言葉なのに性的に興奮してくるのは、なぜだろう？　頭の芯が痺れて、息遣いが乱れる。冬馬くんの言うとおり、私、エロいのかもしれない。

好きになっちゃいけない相手で、エッチはあくまで儀式なのに。すごく冬馬くんと繋がりたい。突き放されたぶん、身も心も彼を求めて昂《たかぶ》っている。

「……だって、冬馬くんのせいじゃん。冬馬くんが、私をこんなふうに……ンッ、ンン」

ぜんぶ言い終わる前に唇をまた奪われる。喉の奥まで突くような舌使いに息ができなくて、目尻に涙がにじむ。

オフショルダーの襟を引き下げられ、ストラップレスのブラを外される。こぼれ落ちた乳房が、外気の寒さに震えて先端が硬くなってくる。その乳首を冬馬くんの熱い指先で転がされ、乳房を揉みしだかれる。

「あっ……あぁンッ、冬馬くん……ベッドに……」

このままここでなんてと思うのに、部屋に入る時間も惜しいと思えてしまう。

「たまにはこういうのもいいじゃん。お前だって、興奮してんだろ？」

ニットワンピースの裾から侵入してきた手が、ぐちゃぐちゃに濡《ぬ》れたストッキングを撫《な》でる。恥ずかしいのに、その奥に触れてほしくて腰がうずいた。

「後ろ向けよ」

そう言うと、冬馬くんは足元が覚束ない私の腰を摑んで反転させた。ドアに手をつき、お尻を後ろにつきだす格好にさせられる。ピンヒールで伸びたふくらはぎや足首が痛いけど、そんなの気にならないぐらいこのシチュエーションに体が感じていた。

ストッキングと一緒に下着も太腿《ふともも》の途中まで下ろされる。すぐに触れてきた冬馬くんの指が、濡れそぼった恥部を後ろからかき回し、淫猥《いんわい》な音をたてる。待ちわびていた愛撫に腰が揺れ、全身がびくびくと震えた。

「あぁンッ、アンッ……あ、いやぁんッ」

「すげー濡れてる。もうとろとろじゃん」

「ひっ、あ、あぁ……ッ！　そんな、だめぇ……ッ！」

まだそんなに嬲《なぶ》られてないのに、蜜口に指が何本も入ってくる。あふれでようとしていた蜜が、くちゅくちゅとイヤラシイ音を漏らして中に戻される。内壁が激しく痙攣《けいれん》して、冬馬くんの指を締め上げた。

「もう、三本も入った。すぐにでも、俺の入れられそうだな」

冬馬くんが耳元で囁《ささや》く。濡れた艶っぽい声に、背筋が震えた。

「やぁ……むり……ぃ」

ダメと首を横に振る。本当は今すぐ冬馬くんと繋がりたかった。想像して、さらに蜜があふれてくる。中をかき回す指の抽送も激しくなってきて、私は高い声をひっきりなしに漏らした。ドアの向こうに漏れてるかもしれないけど、どうでもよかった。

「ああ、やっぱ我慢できねぇ」

愛撫を続けていた冬馬くんが、溜め息のように漏らした。少し上ずった声に、息がかかったうなじがぞくぞくした。

快感に痺れて締まりのなくなった蜜口から、指が抜けていく。蜜口をこすられる感覚に乱れた声が漏れ、すぐに押し当てられた熱い切っ先に、ごくりと息を飲んだ。

「……ンッ、あぁ。ひぁっ、あぁぁ……ッ！」

後ろから一気に突き入れられ、背筋がそり返り肩が跳ねる。すぐに覆いかぶさってきた冬馬くんが、乳房を鷲掴《わしづか》みにして腰を激しく揺さぶる。最奥をえぐるように突かれて、目

の前が激しく揺れた。

「あぁ――……ッ！　いやぁ……ッ」

快感で昂っていた体が、びくびくと跳ねて絶頂に押し上げられた。けれど達した解放感に放心する余裕もなく、腰を摑まれ激しく抜き差しされる。敏感になった体はまたイヤラシイ熱に翻弄《ほんろう》され、何度もいった。

連続してやってくる絶頂感に、頭がおかしくなりそうだった。全身がびくびくと痙攣して、脚の間が痺れて、繋がっているのか溶け合っているのかもわからなくなった頃、冬馬くんが中で熱を吐きだした。

「……あ、あぁっ」

膝から力が抜け、中から冬馬くんのものがでていくと、崩れるようにたたきに座りこんだ。びくびくとまだ痙攣を続ける蜜口から、とろりと精液がこぼれて太腿を汚す。上がった息に、言葉を発することもできない。

だけど体はまだ熱くて、冬馬くんを求めていた。

「はぁ、はぁ……っ、冬馬くん……」

鼻にかかった甘えた声をだし、欲に濡れた目で冬馬くんを見上げる。隣に膝をついた彼の目もまだ欲情していた。

引き寄せられるように唇を重ね、玄関に倒れこむ。もう硬く熱くなっていた冬馬くんのものが、私の中に入ってくる。彼の首に腕を回し、ぎゅっとしがみつく。離れたくなかった。

どうして……どうしてなんだろう？　私たち、こんなに惹《ひ》かれ合ってるのに、なんでお互いの運命の人になれないんだろう？

胸の苦しさに涙がこぼれ落ちる。けれど、快感に飲みこまれた悲しさは、甘いうずきに変わって消えていった。

act.14

十二月に入ると、一気に慌ただしさが増してきた。特になにがあるってわけじゃないのに、周囲のせわしなさに押されて、私もなんとなく忙しい雰囲気に巻きこまれていた。仕事はいつもどおりで、年末だからって受付の仕事量が増えるわけじゃない。やってくる人に、あせっている感じがあるだけだ。

冬馬くんや広瀬さんは本当に忙しいみたいで、エントランスホールを通る時に声をかけられることも、目線が合うことも少なくなっていった。それでも広瀬さんは、毎日なにかしら連絡をくれた。ほとんどはメールだったけど、一生懸命に私との関係を維持しようとしている。そんな姿に、ちょっとだけ情がわいてきたのは、顔を合わせていないからだろうか。

それに比べて冬馬くんは、連絡の一つもくれない。儀式が終われば、私のことなんてもうどうでもいいみたい。これじゃ、セフレよりひどいかも。

中山先輩とは定期的に会ったり連絡を取り合っているんだろうか。イブの予定はあるのか、話の流れで中山先輩に聞いてしまったことがある。その時、「ふふっ、まあね」と返ってきて、聞かなければよかったと後悔した。

そして、あっという間にイブを迎えた。翌日のクリスマスは休日という、絶好の日取り。

仕事から帰ってきた私は、今日のために買ったというわけでもないけれど、お気に入りの少し華やかなブルーのシフォンワンピを着て、髪を整える。メイクをいつもより濃い目にしたのは、可愛く見せたいためじゃなく、目の下のクマを隠すためだ。

寝られなかった。広瀬さんとエッチしないといけないと思うと、不安だった。こんな気持ちで彼と寝て、本当に入れ替わりが完成するんだろうか？

嫌いというほどじゃないけど、もう恋いこがれるほど好きじゃない。

もし、セックスしたのに入れ替わりが成功しなかったらって思うと、怖くてしかたなかった。冬馬くんに助けてって電話したい。だけど、また突き放すようなことを言われたら……。想像すると、通話ボタンをタップする指が止まった。

部屋をでて玄関に向かうと、ちょうど吾郎さんが帰宅してきた。前は仕事人間だったのに、私と暮らすようになってから早くに仕事を切り上げるようになった。ただ、ちゃっかり仕事を持ち帰っていて、寝る寸前まで書斎で書類に目を通している。

「おかえりなさい」

「ただいま。お前はこれからでかけるのか？」

「うん。イブだからね。広瀬さんと」

「そうか……」

なにか言いたそうな表情だ。

「どうしたの？」

「いや……あんまり遅くならないうちに帰ってきなさい」

「え……？　それは無理だよ。イブなんだし」

まるで未成年の娘に対するような言葉に呆《あき》れ、私は吾郎さん相手に言わなくていいことまで言ってしまう。

「一応、広瀬さんって恋人だから、今夜は帰らないと思う。だから、護衛の人にも途中で帰ってもらいたいんだけど」

もうこれは彼氏とセックスするんで、と親に言ったも同然だったけど、変に鈍いところのある吾郎さんには、これぐらいハッキリ言ったほうが行き違いがおきない。一緒に暮らすようになってわかってきたことだ。

すると、吾郎さんの表情はますます渋くなった。

「私は、女性を見る目がない」

また唐突すぎる。それにしても自覚はちゃんとあったんだ。

「うん。そうだね」

「梓に見初めてもらって、本当によかったと思ってる。それはともかく、私は女性を見る目はないが、仕事での人間を見る目にはそれなりの自信がある。特に男性社員の良し悪しはわかるほうだと思っている」

そうだよね。じゃなきゃ、一社員でコネもなんにもない吾郎さんが、社長の娘と結婚できるぐらいまで出世はしなかっただろう。でも、その話とイブに早く帰ってこいという話が繋《つな》がらなくて、私は首を傾げた。

「だからな、広瀬君が仕事上では優秀で頼もしい男性だというのはわかる。将来有望なのも間違いない。そういう意味で先を期待している。だがね、彼は優しい人間ではない。どちらかというと冷たい男だ。褒《ほ》められた人間性ではないと思っている」

吾郎さんの広瀬さんに対する評価に、私はびっくりした。まるで世間と真逆で、仕事以外は評価していないってことだった。

「だからお前と広瀬君が付き合っていると聞いた時、驚いたし、あまり応援できないと思った。だが、彼もお前に対しては優しくて甘い男なのではないかと思い、三人で食事をしてみたんだ」

その時の印象はやっぱりよくなかったと続ける吾郎さんに、私は言葉がなかった。二人の交際を見守るように見せかけて、吾郎さんは静かに広瀬さんを観察していたらしい。あのゾッとするような冷たい視線にも気づいていたんだろう。

「お前も、広瀬君のことをあまり好きそうには見えなかった。交際に反対しようかと思ったがね、彼はプライドの高い男だ。へたに恥をかかせれば、お前になにをするかわからない。だからあの時は話を合わせた」

「もしかして……護衛って……」

「そうだ。彼がお前に手出ししないようにだよ」

過保護なぐらいに守られていたことに、私は呆然とする。気恥ずかしくもあった。

「あ、ありがとう……」

「いや、気にしなくていい。今夜も早く帰ってきなさい。ただ、お前が彼を選ぶというなら止めない。もう大人だからな」

最後はどこか寂しそうに言って、吾郎さんは微笑んだ。切なく胸が震えて、私は眉をきゅっと寄せてうつむいた。なんでだかわからないけど、涙がにじんできた。

「あの……じゃあ、もう時間だから。いってきます」

「ああ、気をつけてな。なにかあったら、護衛を呼びなさい」

逃げるように吾郎さんの横を早足で通りすぎて玄関をでる。やっぱりいつものように、護衛の人と車が待っていた。

吾郎さんの言葉で、広瀬さんとエッチする決心が揺らいでしまった私は、重い足取りで車に乗りこんだ。

吾郎さんのせいで、気持ちがぐらぐらと揺れる。もともと弱い決意だったせいもある。やっぱり広瀬さんとの婚約はやめておいたほうがいいんだろうか……いや、やめたほうがいいよね。ただ、婚約は破棄するにしても、彼とエッチしなきゃいけないし。それも、できればしたくない。

だけど、今さら他の相手なんて見つけられないし、指輪だって注文しちゃったし。今夜にはプロポーズされて渡される予定だ。ホテルはスイートルームを予約してもらって、ロマンチックな一夜をお膳立てされている。ここまで準備を整えられて逃げる勇気は、小心者の私にはなかった。そもそも私がこうしてって広瀬さんにワガママを言ったんだ。

「できない……やっぱヤダなんて言えるわけがない」

車の後部座席で頭を抱えて唸《うな》る。護衛の人と運転手さんは置物のように、私のおかしな言動に反応しない。そういう訓練をされているのだろう。

なんであの時、自棄を起こしてワガママなんて言ってしまったのか。後悔しても遅いけど、あの時に戻ってやり直したい。

だいたい、冬馬くんのせいだ。冬馬くんが私をあおるようなことばっか言って、イブまでに広瀬さんとエッチしろだなんて期限をきってくるから、あせったというか、望んでないのに背中を思いっきり押されてしまったというか。ううん……違う。最終的に広瀬さんにワガママを言ったのは私だから、人のせいにしちゃダメだ。けど、冬馬くんのせいだって言いたい。

広瀬さんが急な仕事で待ち合わせにこれなくなったらいいのに。なんて車の中でずっと考えてたんだけど、そんな都合のいい展開などあるはずもなく、仕事帰りの彼は約束の時間より早く待ち合わせ場所にいた。

連れていかれたのは、予約がなかなか取れないと言われている隠れ家的なイタリアンのリストランテ。古い日本家屋を改装したお店で、和洋折衷の洗練された落ち着いた空間が広がっている。

ここは私がきたいってワガママ言ったわけじゃない。彼が勝手に予約していたんだけど、よけいにプロポーズを断れないプレッシャーが重くのしかかってくる。

案内されたのは個室で、よくイブに押さえることができたものだと感心してしまう。ここでディナーをとってから、ホテルにいくという予定らしい。運ばれてくる料理はどれも美味しいのだけど、私の心は不安と緊張でいっぱいだった。もういっそ、お店には悪いけど、急な食中毒にでもなって救急車で運ばれたい。隕石《いんせき》でも降ってきて世界なんて終わってしまえばいい、と子供っぽい現実逃避の妄想をしていると、料理がくるのがふっと途切れた。

店員が入ってこないドアを見て首を傾げる。ふっと照明が一段階暗くなって、テーブルに置かれたキャンドルの灯りが濃くなる。クラシックのＢＧＭまで音量を絞られていく。

これって演出？

事前にお店側に頼んでいたとしか思えない。さすが広瀬さんって、感心している場合じゃない。

「アリスちゃん……今夜は僕に付き合ってくれてありがとう」

広瀬さんが私を見つめて、愛しそうに目を細める。これだけ見ていると、彼が本気で私を愛してくれているような気がして、ちょっとだけクラッとくる。前なら、悩殺されてた。

だけどもう、そんなに気持ちが盛り上がってないからか、吾郎さんに言われたこともあいまって、上辺だけの言葉なんじゃないのなんて勘ぐってしまう。

「これからも君と同じ未来を歩んでいけたら嬉《うれ》しいなって思うんだ。だから、結婚してほしい」

とうとうプロポーズされてしまった。どうしよう……。

「一生、大切にして幸せにする。愛してるよ」

そう言って、広瀬さんは取りだしたリボンのかかった小箱を私の前に置く。この間、二人で買いにいったハイジュエリーブランドのロゴが薄っすらと織りこまれたブロンズ色のリボン。このリボンをほどくのに憧れていた時代もあった。

でも、もう違う。憧れだけで結婚はできないし、エッチだってしたくない。

先の見通しなんてないけど、このプロポーズにOKしてしまったら一生後悔する。それにもう、今の私では広瀬さんとエッチしても入れ替わりの完成はしないと思った。

「あの……広瀬さん、私……」

断るなら今しかない。最悪のタイミングだけど、これを逃したらもっと断りづらくなる。だけど、私の言葉をさえぎって、広瀬さんがバンッとテーブルを叩《たた》いた。部屋に鳴り響いた大きな音にびっくりして体が硬直する。

「アリスちゃん、受け取ってくれるよね？」

何事もなかったかのように、広瀬さんが微笑む。その不気味さに体が小刻みに震え、声もでない。

広瀬さんは小箱を取ると、私に断りもなくリボンをほどいて指輪を取りだした。席を立って私の横にやってくると跪《ひざまず》く。相変わらず笑顔で、なにを考えているのかわからなくて怖い。彼は、膝の上で震え硬くなっている私の左手を強引にとると、薬指に婚約指輪をはめた。

「ぴったりだね。よく似合っているよ」

「あの……私……」

「僕はね、ずいぶん待ったと思うんだ。散々こけにされても我慢して。だからね、今度は君が僕の望むように動いてくれないと困るんだよ」

穏やかなのに威圧感のある声は、私から抵抗する力を奪い取るだけの力があった。二人だけの空間で、空気が重苦しくなっていくのを感じる。

「あんまり、ひどいことはしたくないから、言うことを聞いてね」

そう言うと広瀬さんは立ち上がり、「じゃあ、もうでようか」と言った。コース料理はまだあるのに、私の手を引いて無理やり立たせる。膝が震えて立つのもやっとの私を見ると、さっと抱き上げて個室をでた。彼は、お店の玄関ではない方向に歩いていく。恐怖で声のでない私は、どこにいくのかも聞けないまま震えていた。

長い廊下を進むと、お店の従業員が使うような裏口の前にきた。そこには店員が、私たちのコートとバッグを持って待っていた。

「お車のご用意はできています」

店員はそう言うと、頭を下げて裏口を開く。暗い裏路地のようなところにタクシーが止まっていた。広瀬さんは、後部座席に私を押しこむと、店員から荷物を受け取って隣に乗りこんだ。もう行き先は告げてあるのか、タクシー運転手はなにも言わずに発車させた。

「ごめんね、約束していたホテルにはいけなくなってしまった。予約はとれたんだけどね、君が聞き分けがないからいけないんだよ。断ろうなんて考えるからだ」

表情も声も優しいのに、私の震えは止まらなかった。予定していたホテルにいかないのは、護衛の人がそれを知っているからなのだろう。

「可哀想に、こんなに震えて。寒いんだね」

違うと言いたかったが声がでない。肩にかけられたコートに、びくっと体が跳ねた。護衛の人が待っているであろう、お店の表玄関とは違う方向に車は走っていく。これじゃあ、私が広瀬さんに連れ去られていくって気づいてもらえない。

怖い……どうしよう？　逃げたいのに逃げられない……このままどこに連れていかれるんだろう？

そうだ。コートのポケットにスマホを入れっぱなしにしていたはず。

私は慌ててコートのポケットを漁った。スマホで護衛の人に連絡すればいい。連絡できなくても、なにか異変があればスマホのＧＰＳをたどって助けにいくと前に聞いていたけれど、ポケットにスマホは入ってなくて、私は青ざめた。

「探し物はこれかな？」

楽しげな広瀬さんの声に顔を上げると、彼が私のスマホを手にしていた。

「ダメだよ。大人しく僕の言うことを聞いてくれないと、ひどいことをしてしまうだろう。スマホの電源は落としておこうね。邪魔が入ると嫌だから」

見せつけるように電源を落とされる。私は呆然と目を見開き、広瀬さんから逃げるように後ずさると背中にドアが当たった。

怖くて心臓がバクバクいっている。変な汗が背中を伝い、呼吸も浅くなる。

助けて――……冬馬くん！

もうそれしか考えられなかった。今、冬馬くんと体が入れ替わったらいいのに。前は階段から落とされそうになってびっくりして、恐怖で入れ替われた。同じような状況なのに、なんの変化もない。

ふとブレスレットタイプの腕時計に視線を落とすと、夜の十時。期限がきて体が入れ替わるタイムリミットまで、まだ二時間もある。

「そうだ。君は暴れることがあるから、これをつけておかないとね」

広瀬さんはそう言うと、震える私の両手を乱暴に摑《つか》んで、手首を結束バンドでひとくくりにしてしまった。抵抗しようにも恐怖で体に力が入らなくて、私は引きつれた声で「やめて」と言うのが精一杯だった。

助けを求めるようにタクシーの運転手に視線を向けるが、なにも言ってこない。こちらのやり取りは聞こえていたはずなのに。

「無駄だよ。彼は僕の知り合いなんだ」

広瀬さんが財布から数枚の一万円札を取りだし、運転手に渡した。私は絶望感に目の前が真っ暗になった。


中山さんの部屋は想像したよりも綺麗《きれい》に整頓されてて、色使いが暖色系だからなのか不思議と温かみのある空間だった。意外に心地よい部屋で、俺は初めてきたのに寛いでいた。この部屋が彼女の内面を表しているのかもしれない。

イブなんてどこも混んでるからうちでゆっくりしない、という言葉とともに彼女の家に招待されたのだが、きてよかった。クリスマスムードの街は混雑してて あまり好きじゃない。

テーブルに並んだのは、中山さんお勧めのデリバリーでどれも美味しい。彼女は料理は苦手らしいが、こういうのも悪くなかった。友達の家にきて遊んでいる感覚で楽しい。手料理をだされて家庭的な面をアピールされるのも重たいので、気が楽だ。

壁にかかった時計を見ると九時半。俺が買ってきたワインが半分ぐらいになり、料理もだいぶ減ってきた。アリスは今頃、広瀬とデートを楽しんでいるだろうか？

酔いが回ってきたわけではないが、胃がムカムカする。このまま十二時になっても体が入れ替わらなければ、アリスが無事に広瀬とセックスしたということになる。入れ替わりが完成したという意味でもあり、喜ばないといけないのだろうが、俺の心は暗黒面に落ちてしまいそうなほどドス黒い感情が渦巻いていた。

「藤原さん、なんか不機嫌？」

グラスにそそいだワインを一気にあおると、中山さんが軽い調子で聞いてくる。相手が不機嫌だとわかっていても物怖《ものお》じしない人だ。

「うちにきた時からあんま楽しそうじゃないよね。私のせいではないみたいだけど、なんかあったの？」

「あー……ごめん。気を遣わせて。こっちの問題だから気にしないで」

笑って見せるが不自然だったかもしれない。口の端がピクピクと引きつるのがわかる。

アリスが広瀬とセックスすると考えただけで、まさかこんなに精神に影響がでるとは思わなかった。入れ替わりのために我慢できると思っていたのに、ぜんぜん割り切れていない。

「そっ、じゃあ詮索しない。ところでさ、私と結婚しない？」

「ああ……そうだな、ってなに⁉　え？　唐突すぎじゃないか？」

適当に相槌《あいづち》を打ちかけて、びっくりして中山さんを振り返った。彼女は日本酒と、いつの間に持ってきたのか、裂きイカを食べながらこちらをじっと見つめている。

「ごめんねー、唐突で。でも、かしこまって言うのもキャラじゃないから、普通の会話に混ぜてみた。でね、藤原さんって付き合ってみてけっこうイイ感じだなって思って。今までの男性と違うっていうか……うーん、うまく説明できないんだけど、結婚してみたい。ずっと一緒にいたいなって初めて思ったんだ。だからどう？　結婚前提ってことでもいいけど」

本当に軽いノリで逆プロポーズされてしまって、ちょっとぽかんとしたが、悪い気はしない。嬉しいとさえ思えた。たぶん、アリスの存在がなかったらＯＫしてしまっていただろう。

「えっと……ごめん」

ワイングラスを置いて、俺は頭を下げた。女性からのプロポーズを断るのはすごく後味が悪い。彼女がさばけた人で、この程度でへこまないだろうとは思っていても、やっぱり申し訳なかった。

すると、中山さんが立ち上がって言った。

「そっか、じゃあ帰って」

瞬きして見上げると、中山さんは腕を組んで「さすがにさ、振られたのにこのままイブ続行できるほど図太い神経してないんだよね」とあっけらかんと言い、俺をせかすように立たせてコートを放り投げてきた。

「てかさぁ、私より気になることあるんでしょ？　ずっと時計気にしてるし。相手、誰だか知らないけど、会いにいってきなよ。きっと、今日じゃなきゃダメなんでしょ？」

図星で言葉もない。俺は彼女に追い立てられるようにマンションをでて、電車に乗った。ちょうどこの線の途中駅に、広瀬が今夜のために予約した店がある。そこは予約の取りにくい店で、取引先のコネを使ってイブ直前のキャンセル枠を譲ってもらったという話を、先日小耳に挟んだのだ。

スマホで到着時間を検索すると十時前には着きそうだ。駅から徒歩五分ぐらいの場所だったはず。場所を地図でたしかめ、これなら二人が店をでる前に捕まえられるだろうと計算する。

今さら邪魔しにいってどうする？　入れ替わりが完成できなくなるぞ。という声が聞こえてきたが、それを上回る大きさで「アリスが自分以外に抱かれるのはやっぱ嫌だ！」という声が聞こえる。

だいたい、中山さんの逆プロポーズを断ったんだから、俺のせいで今回の入れ替わりは失敗する。

これから二人のもとに邪魔しにいって、もしアリスが広瀬を選ぶならそれはしかたない。だが、今のアリスなら俺を選ぶはずだ。尚さら、広瀬になんて渡せないし、俺に気持ちが傾いているアリスに他の男とセックスさせるなんて酷なことだった。

そんなつらいセックスをあいつにさせたらダメだ。不幸にしてしまう。

入れ替わりの完成については、なにか他の方法を探るしかない。だいたい、神のミスでこっちが被害にあってるっていうのに、入れ替わり完成のために条件をだされること自体が理不尽だ。そもそも運命の相手がアリスでなにがいけないんだ。魂が入れ替わっても体が弱ることも死ぬこともなかったほど、魂も体も相性がいいんだぞ。これはもうどう考えても運命だろ。

お互いを運命の人に選べないなんて、やっぱりおかしい。

俺はシロを呼びだした。幸い電車に人は少なく、俺が乗ってる車両には隅で爆睡している酔っ払いだけしか乗ってない。それにシロの姿は普通の人間には見えないらしい。

ポンッ！　とお決まりの効果音とともにシロが顕現した。その姿を見て、俺は思わず突っこんだ。

「おい、てめえなにチキンなんて食ってんだよ？　ずいぶん浮かれた格好してんな」

ゴールドのリボンがついたチキンをくわえたシロは、頭に赤い三角帽子をかぶっている。クリスマス仕様か？

「うるさいのである。人が楽しくクリスマスパーティしている時に呼びだしおって！」

「クリスマスパーティって、宗教違うだろうが？」

「宗教だのなんだの勝手に決めたのは人間で、わしらは宗教の境などなく楽しく交流しておるのじゃ！　神はどこの宗派でも神様なのである！」

「へえー、あっそ。でさ、聞きたいことあんだけど」

「おい、なんなのだその冷めた反応は！」

「うっせえ、黙れ。神々の異文化交流には興味ねえ。それより、俺とアリスの今後についてだ」

俺は、このままだと入れ替わりが完成しないだろうとシロに話した。俺がアリスを愛していること、アリスが俺に惹《ひ》かれていて、広瀬とはうまくいかないだろうこと。もう割り切って運命の人を探せないぐらい、二人の気持ちがお互いに向かっていて両想いなことを。

「うーむ……そうか……まいったのである」

「まいってる場合じゃねえ。そもそもそっちのミスだろうが。こっちにばかり負担かけるなって前にも言ったよな？　それから俺がアリスの運命の人になれるよう神に交渉しろって言った件はどうなった？　報告書と資料まとめて提出して、ちゃんと神にまで届いたのか？」

たじろぐシロの首根っこを摑んで威圧すると、尻尾をぶるぶる震わせた。

「そ、それはもちろん……すぐに報告書を提出したのである。会議にもかけられ、わしから神に交渉もしたのじゃ」

その結果、二人が本当に愛し合うならば、入れ替わりの完成も起こるのではないかという結論になったらしい。

「なにしろ、今までなかった事態で、例外中の例外であるからな。どうなるのか神にもわからないことが多いそうなのじゃ。運命の人と心身ともに結ばれるという条件も、それで入れ替わりが完成するという仕組みを神が見つけたからなのである。そこから調査を進め、お主たち二人の魂についてもずっと研究と観察を続けていたところ、魂が入れ替わった肉体に定着し始めているのも確認できたのじゃ」

「ということは……このままいけば、完全に魂が肉体に定着するかもしれないってことか？」

「そういうことじゃ」

「つか、なんでもっと早くそれ教えてくれなかったんだよ？」

知っていればここまで悩まなかったし、イブにアリスを広瀬に差しだす必要なんてなかった。腹立たしさをこめてにらみつけると、シロは怯《おび》えたように眉根を寄せ「まだ確定的な事実ではなかったのと、つい最近わかってきたことなのじゃ」としどろもどろに答えた。

「だが、保証はできない……それに伴う代償を支払わなければならないかもしれない」

「代償だと？」

「代償というか、もともと入れ替わりが完成した暁には、違和感をなくすためにお主たちも含めて、周囲の人間の記憶が改ざんされる予定になっておるのだ。お主たちは魂が入れ替わっていたことや運命の人探しをしていたこと、お互いのことも記憶からなくなる仕組みじゃ。そのほうが魂に負担がかからぬのでな。セキュリティが発動するようなものじゃ」

「ああ、なんだって？　聞いてないぞ！」

俺はシロの首根っこを上から乱暴に押さえつけた。それが本当なら、アリスが広瀬とセックスして入れ替わり完成後に略奪愛をする計画は、根本的に無理だ。こんなふざけた後だしジャンケンがあるだろうか。

押さえつける力を強めると、シロが苦し気にキューンと鳴いた。

「す、すまぬ……どうせ記憶がなくなるなら必要ない説明かと思ったのじゃ。だが、お主たちが結ばれて入れ替わりが完成する場合、なにが代償として起こるのかわかってはいないのである」

「じゃあ、記憶を失うより厄介な事態になるってことかよ……」

せっかく光明が見えてきたと思ったら、また問題がでてきた。しかも、なにが起こるかわからないじゃ、対処のしようもない。

「まあ、それについてもおいおい調査する予定になっておる。神もお主たちに心を砕かれていて、悪い結果にならぬようにと、それはそれは……」

「うっ……いた……！」

もうすぐ目的の駅というところで、視界がぐわんっと揺れて、目の前の景色が歪《ゆが》んだ。広瀬の顔が見え、なにか言っているのが聞こえたが、意味までは聞き取れなかった。まさか入れ替わるのかと思ったが、それは数秒の出来事ですぐに収まってしまった。

俺は鈍い痛みの残る頭を押さえてうつむいた。

「な、なんだこれ……？」

「むむっ！　入れ替わりそうになったようじゃが、持ちこたえたようである」

「なんだって？」

「前なら、精神が不安定になって入れ替わってしまったのだろうが、やはり魂がそれぞれの肉体に定着し始めている兆候じゃ。もう、儀式の期限日前に入れ替わることはないのかもしれぬな」

それは嬉しいことだが、今はぜんぜんよくない。アリスは今まさに魂が入れ替わってしまいそうなほど精神が不安定な緊急事態なのだ。

「おいっ！　今すぐ俺とアリスの魂を入れ替えろ！」

「ひっ！　そ、それはわしがどうにかできる問題ではない！　ぎゃあっ、揺さぶるな！」

がくがくと揺さぶっていたシロを放りだし、目的地に着いた電車から俺は駆け降りた。

また目の前がブレて、広瀬が見える。さっきより映像が鮮明ではないせいか、背景に駅のホームが透けて見える。俺は視界が悪いのもかまわずに、改札に走った。

広瀬を映す映像は、不鮮明ながらタクシーの中だとわかった。アリスが視線を動かすと、俺の映像も動く。

「くそっ……どこだ？」

改札を飛びだすと、広瀬の肩越しにクリスマスツリーのイルミネーションが見えた。この駅前の風景だ。俺は周囲を見回しながら、駅のロータリーにあるクリスマスツリーに駆け寄るが、広瀬とアリスの乗ったタクシーの位置がわからない。

「おいっ！　待つのである！」

追いかけてきたシロが、ハッとしたように一台のタクシーに視線をやる。ちょうど、こちらに向かってくるところだった。

「あれなんだな！　おい、シロ！　俺が死なないようにどうにかしろ！」

「はぁ？　な、なんなのじゃ……って、うわあああああ！」

シロの叫び声を背中に受けながら、俺は一か八かで二人の乗っているタクシーの前に飛びだした。


警察の事情聴取を終え、私は病院に向かった。病院は警察署の隣で、冬馬くんはそこで精密検査を受けているらしい。額からの出血は多かったけれど、幸いかすり傷程度で、車にはねられた後もすごく元気だった。大丈夫そうだけど心配だ。

駅前のロータリーで、タクシーが冬馬くんをはねた後の騒動はとにかくすごかった。車にかなりの衝撃があって、これははねられた人は死んだかもしれないと思ったし、急ブレーキをかけた車の中で、私も体を強く打ちつけた。運転手はエアバッグに埋もれて失神している。広瀬さんなんて、転がり落ちて床に頭を強く打って動けなくなっていた。だが、彼の災難はここで終わらなかった。

突然、タクシーのドアが開いて、頭から血を流した冬馬くんが入ってきたのだ。私はびっくりして目を丸くした。まさかはねられたのが彼だとは思わなかった。

冬馬くんは、後部座席の隅っこで泣きながら丸くなっている私を見つけ、結束バンドで拘束されている手首を見てブチ切れた。たちまち鬼のような形相になり、まだふらふらしている広瀬さんをタクシーから引きずりだし、罵倒しながらボコボコに殴りだした。あっという間に人が集まってきて取り押さえられても、冬馬くんの怒りは収まらず、警察や救急車もやってきた。

　そこで、タクシーの中で結束バンドで囚われている私がでてきたものだから、すわ誘拐事件、婦女暴行だと大騒ぎになり、広瀬さんとタクシー運転手は今も厳しい取り調べにあっているらしい。

　そんな騒ぎのさなか、静かに私に歩み寄ってきたシロちゃんが、「あやつ、神使をなんだと思っておるのじゃ。無茶振りも大概にしてほしいものである。イブなのに戻ったら始末書じゃ」とくたびれたようにこぼした。それでだいたいのことは理解できた。シロちゃんのおかげで、冬馬くんはかすり傷だけですんだのだ。

　夜の病院に着くと、もう診察は終わったのか受付前のソファに冬馬くんがいた。隣を見下ろして、なにか話している。相手は、冬馬くんについていったシロちゃんだ。

「……いいか、それアリスには言うなよ」

　小声でそう言っているのが聞こえた。私は首を傾げながら二人に駆け寄り、声をかけた。

「なに話してるの？」

「アリスか。なんでもねえよ」

　こちらを見て、一瞬、冬馬くんの目が動揺に揺れた。けど、問いつめようとした時、病院の壁にかかった大きな仕掛け時計が鐘を打った。可愛いオルゴール調のメロディが鳴り響き、小さな扉から人形がでてきて回転を始める。

十二時を告げる鐘の音だった。

あ、入れ替わっちゃうと思ったのに、なんの変化も起きなかった。私は呆然としながら「時計、間違ってるの？」と言って、自分の腕時計も確認した。やっぱり十二時だ。

「どうやら、魂が肉体に固定され、入れ替わりが完成したようじゃな」

鐘が鳴りやむと、シロちゃんがかしこまって言った。

「どういうこと？」

「俺たち、お互いが運命の人になれたんだよ」

冬馬くんが説明してくれた。私たちがお互いを想い合って何度もエッチをしていたことで、本当なら運命の人になれないはずなのに魂がそれぞれの体に定着していったという。

シロちゃんも天界での会議のことなど教えてくれて、よくわからない部分もあったけど、私たちはもう入れ替わらないらしい。

「そっか、私と冬馬くん……いつからかわからないけど、両想いになってたんだ」

溜《た》め息のようにそうこぼすと、冬馬くんが嬉しそうに笑って頷《うなず》いた。

「ああ、好きだよアリス。本当は広瀬に抱かせたくなかった。直前になってやっぱ無理だってなって、中山さん振ってお前のもとに駆けつけてよかった」

胸がじんっと熱くなってきて、じわじわと幸せなくすぐったさが体中に広がっていく。

嬉しいのと、ほっとして緊張がほどけたのとで涙があふれた。運命の人を探さなきゃって、いつもプレッシャーだった。冬馬くん以外の人を好きにならなきゃって思うのがずっとつらかったんだ。

嗚咽《おえつ》が漏れ、私はいつの間にか泣きじゃくっていた。そんな私を冬馬くんはそっと抱きしめて言った。

「アリスとずっと一緒にいたい。消えてなくなっても……お前を放したくない」


冬馬くんのマンションに着いた私たちは、折り重なるようにベッドに倒れこんで、服を脱がし合いながら性急に繋がった。いつも以上にお互いを求め合い、興奮していた。

「あああぁ、もうっ……もう、いやぁッ」

上になった私は、腰を揺らして乱れた。私に跨《また》がられた冬馬くんが、下からがんがんと突き上げてくる。自分の重みで彼の熱を深くくわえこんでいるせいで、最奥ばかりを何度もえぐられ頭がおかしくなりそうだった。

「そんなに自分で腰振って、なにがダメなんだよ？」

「やぁ、だってぇ……」

止めたくても止まらない。次から次に襲ってくる快感に、もう体は言うことを聞いてくれなかった。淫らな生き物になってしまったように、私は冬馬くんの上で快楽を追いかけて何度目になるかわからない絶頂を迎えた。同時に、中で冬馬くんのものも果てた。

背筋を大きくそらした後、がくんっと脱力する。腹筋で起き上がった冬馬くんが私を抱きしめ、繋がったまま汚れたシーツの上に押し倒す。

「はっ……あ、あぁ……ッ！」

「すげぇ、あふれてる」

蜜口から楔《くさび》が引き抜かれると、蜜と混じった精液がとろとろとこぼれてくるのがわかった。さっきからぜんぶ、中でだされたせいだ。

「ダメ、見ないで……ぇ」

羞恥に足を閉じようとすると、膝を押さえられ強引に開かれる。

「じゃあ、ふさいでやるよ」

冬馬くんの欲情した声がして、緩んだ蜜口に硬い切っ先が当たる。もう、力を取り戻していたそれに、一気に中を貫かれる。

「ひゃあぁ、あぁぁ――……!!」

脳天まで快感が突き抜ける。入れられただけで、またいってしまったのかもしれない。気持ちよすぎて、わけがわからなかった。繋がった蜜口の感覚なんて、とっくになくなって甘く痺《しび》れているだけ。敏感になった中をかき回されると、天にも昇るような心地になる。

「アリス……アリス、愛してる」

「はぁ、はぁ……私も。私も好きだよ、冬馬くん」

覆いかぶさってきた冬馬くんの背中に腕を回し、好きと愛してるを繰り返す。それ以外

の言葉なんてわからなかった。

けれど、こうやって愛し合える喜びにむせび泣く私とは違って、冬馬くんの言葉はどこか悲しげで必死だった。まるですがるように私をかき抱き、隙間なく肌を密着させて溶け合おうとしているようにも感じた。

「……このまま離れたくない。ずっとこうしていたい」

「うん、私も」

「お前は俺の運命だ。生まれ変わっても、絶対に」

なぜそんなふうに言い募るのか。どこか不安そうな彼の頭をそっと撫《な》でると、貪るように唇をふさがれた。腰の動きが激しくなり、たちまち私の意識は快感に溺れ押し流される。冬馬くんに覚えた違和感も飲みこまれていった。


「よし、これからすぐに入籍するぞ」

クリスマスの朝、冬馬くんがそう言い放ってから大変だった。書類が揃《そろ》ってなかったので、さすがにその日に入籍はできなかったけれど、朝から吾郎さんに結婚の許しをもらいにいったのだ。

すでに昨夜の騒動を護衛の人から聞いていた吾郎さんは、驚きつつも「二人とも大人だしな。君になら娘を任せられる」と賛成してくれた。その足で私の——今は冬馬くんの実家にもいき、結婚の報告をした。こちらは婚約していると嘘《うそ》をついていたので、手放しで喜んでくれた。

翌週のお正月休みに入る前には、冬馬くんの勢いに押されて入籍してしまった。まさに電撃結婚で、会社では大きな話題になり、示談で決着し会社を去った広瀬さんの騒動はあっという間にかすんでいった。

中山先輩には土下座する勢いで謝った。横恋慕するつもりはなかったけど、結果的にそうなってしまったから。なのに、中山先輩は「堂島さんがライバルだったのかー。そりゃ、かなわないわ」と笑ってくれた。

そして、お正月休みを利用して南の島に旅行にきていた。ちゃんとした結婚式はまた別にするから、二人だけで挙式をしたいと冬馬くんが強く望んだからだ。

ここまで電撃入籍話が会社に広がってしまった以上、会社関係者を集めた結婚披露宴をしなくてはならない。吾郎さんの仕事関係者も多く呼ぶことになるだろう。そうなると結婚式を楽しむどころか、準備も大変だし、結婚式当日は修羅場になる。だから、ゆっくりできるうちに二人きりで満足いく挙式をしたいんだと冬馬くんは言った。私もそのとおりだと思ったので、諸手を挙げて賛成した。

それに何回もウエディングドレスを着られるなんて楽しい。時間がそんなになかったので、ドレスは現地でレンタルしたし、当日使用する婚約指輪も結婚指輪もサイズのあった既製品を東京で買って持ってきただけで、オーダーメイドもできなかった。それでも、どんなハイジュエリーブランドの指輪よりも嬉しかった。

もちろん、後日ちゃんとした指輪も作ろうと冬馬くんは言ってくれた。そんなのなくてもいいよって私が言うと、なぜかちょっと寂しそうな顔をされたけど、本当にこの指輪だけでいいんだって私は思えた。

海辺の教会で挙式をして、日が沈んでくる砂浜で何枚も写真を撮ってもらった。ロマンチックで夢のような瞬間の連続。ずっとこの日が続けばいいのにって思った。その夜は、挙式で興奮して疲れたのか、冬馬くんと一度繋がっただけで私は意識をなくしてしまった。

「……んっ、なに？」

唇に触れるなにか。口中に甘い味が染みてきて、私は目が覚めた。

「ああ、起きちゃったか」

ちょっと残念そうな、でも嬉しそうな冬馬くんの声。目を開いて起き上がると、冬馬くんが赤い飴《あめ》を持っていた。もしかして、さっき感じた甘い味ってそれだったんだろうか。だけど、どうしてその飴がここにあるんだろう。

「それって、前にシロちゃんがくれた飴じゃない？」

「そうだよ。青い飴もあるんだぜ」

「え？　青のって広瀬さんに食べさせたやつだよね。またシロちゃんからカツアゲしたの？」

冬馬くんは笑い声を上げ、違うと言った。

「広瀬になんて食わせてねーよ。これはあの時の飴。俺がずっと保管しといたんだ」

「なにそれ！　どういうこと？」

「あの時から、俺はお前を好きだったんだ。だから、入れ替わりのためとはいえ、アイツに飴を食べされるのは乗り気じゃなかったんだよ」

それなのに、広瀬さんと私の仲が進展していくのを見てやきもきしたという。それを聞いて、嬉しいやら恥ずかしいやらで、私は耳の先まで真っ赤になった。

「で、なんでその飴を今さら私に食べさせようとしたの？」

もうこんなの必要ないでしょうと言いかけて、冬馬くんの体が白く発光しているのに気づいた。

「え……どうしたの冬馬くん？　あれ、私も……？」

冬馬くんに手を伸ばしかけて、自分の体も同じように発光しているのに気づいて動揺した。よくわからないけど、これはよくないことだと感じて、冬馬くんにすがりついた。

「これ、なに？　どうしてこんな……」

「ごめんな、アリス。お前が寝ている間にって思ったんだけど……ちゃんと話さないとダメみたいだな」

それから冬馬くんは、私たちの入れ替わりがまだ本当の意味で完成していないんだと言った。運命の人を見つけて入れ替わりを完成させると、代償として私たちを含む周囲の人間の記憶が改ざんされるそうだ。そして、お互いが運命の人になってしまった私たちが支払うことになった代償は、過去からの改ざん。要は、生まれる前の過去にまで戻って、本来入るべきだった体に魂を入れられ生まれ直す。その代償を支払う期限が今夜だと冬馬くんは言った。

「俺たちは、もう一度生まれて人生をやり直す。今度は本来の性別で人生を歩んでいくことになるんだ」

「待ってよ……そんなのないよっ。だって、それって今まであったことも、冬馬くんとの思い出も、結婚したことも、ぜんぶなかったことになるじゃん！　そんなの嫌だよ!!」

話を聞いているうちにこみ上げてきた涙が、大きな粒になってボロボロとこぼれ落ちていく。

冬馬くんが、入籍や挙式を急いでいた意味がやっとわかった。でも、こんな理由だったなんて。

「やだぁ……やだ、やだっ！　そんなのおかしい！」

「アリス、これは俺たちにも神にもどうすることもできないんだって。そういう仕組みになってるらしい。しかたないんだ」

「納得できないよ！　どうしてそんな大事なこと今まで黙ってたの！」

冬馬くんは今日までずっと一人で、その秘密を抱えてた。私が結婚に浮かれてる間にもずっと。つらくなかったわけがない。なのに、なのに私はなにも気づけなかった。それが悔しくて悲しくて、止まらない涙に体を震わせ何度もしゃくり上げた。

「アリスが泣く顔を見たくなかったんだ。これでお別れだなんて言いたくなかった」

私を強く抱きしめた冬馬くんの声も震えていた。

「だけど、また会える。絶対にお前を見つけるから……だってほら、俺たち相性よすぎて魂が入れ替わったんだぜ。生まれる前からずっと運命で結ばれてたんだ」

そうかもしれないけど。だけど、やっぱりここでお別れなんて嫌だ。また運命で結ばれるかなんてわからないのに。

「もうそろそろ時間じゃ。準備はすんだか？」

いつ現れたのか、声のするほうを見るとシロちゃんが神妙な面持ちでベッドの上に座っていた。私はすがるような気持ちでシロちゃんを見たけど、無言で頭を振られた。

「さあ、もう時間がないぞ」

冬馬くんはその言葉に、私の唇に赤い飴を押し当てた。

「食べろよ。これでまた会える。シロ、この飴の効果は絶対なんだよな？」

「ああ……」

シロちゃんはこくりと頷いたけれど、自信がなさそうに見えた。生まれ変わってまで効果があるのか、わからないのかもしれない。

それでも、気休めでも……私はこの飴の効果を信じるしかなかった。

私が口を開いて飴を食べるのと同時に、冬馬くんも青い飴を口に放りこんだ。舌の上に甘い味がふわっと広がって、飴はすぐに溶けてなくなった。

体の発光が強くなり、手足の先が薄っすらと透けてきた。本当に私たちはここでお別れするんだ。冬馬くんの背中に腕を回し強くしがみつくと、唇が重なった。舌が絡まり合い、飴の甘い味が濃くなる。二人の飴の味が混じり合い、そして体の境目もわからなくなり、私の意識も飴のようにふわっと溶けて消えていった。

act.15

けたたましいアラーム音で目を覚ました私の顔は、涙でぐちゃぐちゃに濡《ぬ》れていた。すごく幸せだったのに、突然、悲しみのどん底に突き落とされる夢。たまに見る夢で、毎回、泣きじゃくって目を覚ますんだけど、夢の内容はぜんぜん覚えていない。とにかく幸せだったのに悲しい夢という記憶しかなかった。この夢を見ると、朝からつらくて気分が沈む上に、しばらく寂寥《せきりょう》感にさいなまれる。

なんでこんな夢見るんだろう。変なストレスとかコンプレックスとかあるのかな？

私は重い溜《た》め息をついてベッドから起きると、顔を洗いに洗面所に向かった。今日は入社式。悲しいからって遅刻するわけにはいかない。就職先は父が専務を務める会社の受付で、可愛い制服に憧れての第一志望。ちゃんと就活して受かったんだけど、きっとコネだと思われるんだろう。

またちょっと気分が滅入ったけど、顔を洗って気持ちを切り替える。スーツに着替えてダイニングにいくと、母が朝食を用意しているところだった。

「あら、早いわね」

「遅刻したくないし。ちょっと寄りたいとこあるんだ」

しばらくして父もやってくると、母はとたんに父にかかりきりになる。娘の私なんて眼中にない勢いで、父をかまう。寡黙《かもく》な父も父で、そんな母にかまわれるのが嬉しいらしく、親しい人間にはわかるぐらいの態度でデレデレしている。

気分が落ちこんでいる朝には見たくないイチャラブぶりに、私は乾いた笑いをもらしてしまう。でも、両親が仲がいいのは幸せだし、嬉しい。

私は飲みこむように朝食を平らげ家をでた。向かうのはうちの氏神様の白梅稲荷神社。就活の時、合格祈願したのでそのお礼参りだ。

白梅稲荷神社は、最近は運命の人に出会えるパワスポなんて言われてるらしいけど、ずっと氏子で子供の頃から「王子様に会いたい！」って祈ってる私に、運命の人が現れる気配はいっこうにない。うちはお布施も弾んでるはずなのにひどい話だ。

それに、幼稚舎から大学までエスカレーター式の女子校育ちでずっと出会いもなかった。女子大生になってからは親友の綾乃ちゃんに何度か合コンに連れていってもらったんだけど、いい雰囲気になった男性とデートにいけたことすらない。約束をしても、あらゆる妨害が入り、デートの待ち合わせ場所にたどり着けなかったり、直前に振られてしまったり。そんなことが何度も続き、とうとう「容姿も性格も問題ないのに、呪われているのかしら？」と綾乃ちゃんに言われた。

「おはようございまーす」

神社の鳥居をくぐると、私が幼い頃からいる神主さんが、箒《ほうき》で境内を掃いていた。

「おお、おはよう。今日も元気そうであるな、アリス嬢」

特徴的なしゃべり方をする神主さんは、昔から若白髪が多くて、まだ三十前後のはずなのに頭が真っ白だ。だけど、釣り目の整った顔立ちのせいなのか老けては見えない。

「今日は朝からお参りであるか。で、運命の人には出会えたかかな？」

私はふくれっ面で、「この神社、ご利益ないですよ」と憎まれ口を叩《たた》いた。神主さんは、かかかっと笑い着物の袂《たもと》からなにかを取りだした。

「では、就職祝いにこれを授けようぞ」

「飴《あめ》……ですか？」

手の平に載せられたのは、透明のセロファンに包まれた赤と青の丸い飴。

「赤い飴を食べると運命の人に出会い。青い飴を意中の相手に食べさせると結ばれるのじゃ」

「へー、神社の新商品ですか？　可愛くパッケージしたら売れそうですね」

素直な感想を言うと、神主さんは目を細めて心底おかしそうに笑う。狐《きつね》みたいな笑い顔だ。

私はお参りをすませると、せっかくなので赤い飴を食べてみた。これで運命の人に出会えるなんて思ってないけど、乙女心というか、こういうのは試してみたくなる。

飴は、口の中に入れるとしゅわしゅわと泡のようになって、すぐに溶けてなくなってしまった。味はほんのり甘くて美味しい。

「では、失礼します」

神主さんに頭を下げ、歩きだすと「ちと、アリス嬢」と呼び止められた。

「運命の人というのはたくさんいるものなのじゃが、いまだに出会えないないのであれば、お主には運命の人は一人しかいないのかもしれぬな」

振り返った私は、嬉しくない話に顔をしかめた。

「そんな顔をするでない。一人しかいないぶん、出会えば迷うことなく運命だとわかるのである。だから大丈夫じゃ」

そんなふうに言われても、大丈夫なんて思えなかった。もう一度頭を下げて神主さんに背を向けると、その一人に出会ってもわからなかったどうしようって悶々《もんもん》としながら神社の階段を下りた。

最後の石段に足をかけた時だった。キキッー！　という耳障りなブレーキ音がして顔を上げると、車が蛇行しながら猛スピードでこちらに向かってくる。このままじゃはねられるってわかるのに、驚きと恐怖で足が動かない。

「危ないっ！」

ぎゅっと目を閉じた瞬間、そう声が聞こえて私の体が浮いた。正確には誰かに抱き上げられたみたいで、気づくと広くて逞《たくま》しい胸と腕に包まれていた。

「なんだよ、あの車……逃げやがった」

見上げた先にあったのは、去っていった車をにらみつける端整だけどちょっとワイルドな男性の顔で、心臓がドキッとした。

なんだろう、この胸の高鳴り。鼓動がどんどん大きくなってくる。男性を見て、こんなふうになったのって初めて。さっき運命の人に出会える飴なんて食べたから、プラシーボ効果で意識しちゃってるんだろうか。あと吊《つ》り橋効果もあるのかな？

「おい、大丈夫だったか？」

頬を染め、ぼうっと見つめていたら目が合って、私は飛び上がるほどびっくりした。相手もなぜか驚いたみたいで、目を見開いている。そしてくしゃりと今にも泣きだしそうに笑って言った。

「やっと会えた……俺の運命」

それってどういうことってぼけっとしている間に、私のファーストキスは奪われてしまった。

あとがき

はじめまして、こんにちは。青砥あかです。

男女の体が入れ替わる、ちょっと変わったタイプのＴＬでしたが、楽しんでいただけたでしょうか？

このお話はウェブ連載用に執筆しました。中身が入れ替わる話なんて初めてだし、連載も初めてで、ちゃんと書ききれるか心配でした。でも、書きだしてみたら楽しくて、予定していたよりたくさん書いていて、本も分厚くなりました。削らないですんだのは幸いです。

ここからはネタバレになるので、まだ読んでいない人は読まないでください。


結末ですが、３つほどパターンを考えていました。

本当の性別に生まれ直して最初から人生をおくるという結末でなく、お互いに記憶を持ったまま入れ替わりが完成し、アリスと冬馬が結ばれるラスト。生まれ直したけれど、アリスが母の梓はやはり事故死してしまい、そこに家政婦として冬馬の母がやってきて、アリスが幼い頃に冬馬と出会うというラストです。

いろいろ悩んだんですが、最終的に全員が幸せになれる結末を選びました。正直、全パターンのラストを書いてみたかったな～と思います。

あと、それぞれの結末後の話も楽しそう。特に、冬馬母が家政婦としてやってきて、幼いアリスと冬馬が出会ってからのお話は好きなタイプの展開です。エロは書けないけど。

本編の結末後は、やっぱりアリスは広瀬に恋して、冬馬は応援する振りしていつ奪おうかやきもきするでしょう。綾乃が冬馬にちょっかいだして、なぜか嫉妬してしまうアリスなど……想像すると楽しいです。

そして書き終わってからも想像がふくらむ、書いていて楽しいお話でした。

青砥あか

俺のものになれ
私たち出会ったばかりなんですが…

最新刊

イケメンでセレブな彼が、アラサーＯＬに電撃プロポーズ!?

拾った地味メガネ男子はハイスペック王子！　いきなり結婚ってマジですか？

Haduki Chlor Presents

葉月クロル〔著〕／田中琳〔イラスト〕

「俺たち婚約しよう」。会社の飲み会で彼氏がいないことをバカにされた28歳のＯＬカンナ。酔った勢いも手伝い、近くにいた地味な眼鏡男子を自分の婚約者だと紹介し、お持ち帰りしてしまう。翌朝、カンナの部屋にいたのは超イケメン！　カンナから事情を聞いた彼は、いきなりカンナに結婚を申し込む。イケメン（＝政人）のペースに巻き込まれたカンナは、彼に甘く口説かれて……。

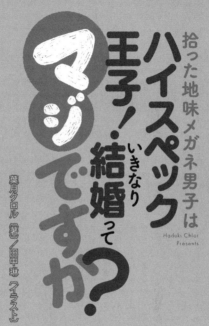

青砥あか・著作 好評発売中！

死ぬなら私の子を産んでからにしてくれ 課長って本当は優しいのかも

結婚が破談になったら、課長と子作りすることになりました!?

家族、財産、婚約者。すべてを失い、自殺しようとした菫《すみれ》を偶然助けたのは、同じ部署のいつもクールな課長・白瀬光一だった。菫を自宅に連れ帰った白瀬は、「どうせいらない命なら、私の子どもを産んでから死なないか？」と菫の身体を奪う。（死なないように）白瀬に監視され、オフィスでホテルで露天風呂で激しく求められるうちに、菫は強引なくせに優しい彼に惹かれていくが――。

青砥あか〔著〕／逆月酒乱〔イラスト〕
定価：本体660円＋税

極道と夜の乙女
初めては淫らな契り

青砥 あか〔著〕／炎かりよ〔イラスト〕

〈あらすじ〉この男にいいようにされるのは嫌なのに、体は蕩けて服従してしまいそうだった――。お嬢様育ちでありながら、罪を犯して夜の世界に流れ着き、ナンバーワンにのし上がってきた美月。周囲の誰にも心を許さず、処女を守ってきた彼女だったが、やむを得ない事情から暴力団のフロント企業の社長をしている桐生に抱かれることになって…。「いいんだな？」。欲に濡れた美月の目をのぞきこむ男の冷たい双眸は、獲物を玩具にして嬲り殺す獰猛な野獣の目つきだった！

青砥あか・著作 好評発売中！

王子様は助けに来ない
幼馴染み×監禁愛

青砥 あか〔著〕／もなか知弘〔イラスト〕

〈あらすじ〉私生児であるために虐待されて育ったしずく。すべてを諦めた彼女はストレス性の皮膚炎を患う陰気な女子高校生に成長した。だが、母の急死で行き場を無くしたしずくに、旧家の長男で幼い頃に絶交したいとこ・智之が救いの手を差し伸べる。「今日からコイツのこと、俺の性奴隷にするから」。祖母や伯母に反対されながらも、智之の部屋で暮らすことになったしずくは、ずっと好きだった彼と身体を重ねる。しかし、亡き母の知り合いだという謎めいた男が現れ——。

本書は、電子書籍レーベル「らぶドロップス」より発売された電子書籍を元に、加筆・修正したものです。

入れ替わったら、オレ様彼氏とエッチする運命でした！

２０１７年７月２９日　初版第一刷発行

著……………………………………………………… 青砥あか
画……………………………………………………… 涼河マコト
編集………………………… 株式会社パブリッシングリンク
ブックデザイン……………………………… しおざわりな
（ムシカゴグラフィクス）
本文ＤＴＰ……………………………………………… ＩＤＲ

発行人…………………………………………………… 後藤明信
発行………………………………………………… 株式会社竹書房
〒102-0072　東京都千代田区飯田橋２－７－３
電話　03-3264-1576（代表）
03-3234-6208（編集）
http://www.takeshobo.co.jp
印刷・製本……………………………… 中央精版印刷株式会社

■本書掲載の写真、イラスト、記事の無断転載を禁じます。
■落丁・乱丁があった場合は、当社までお問い合わせください
■本書は品質保持のため、予告なく変更や訂正を加える場合があります。
■定価はカバーに表示してあります。
© Aka Aoto 2017
ISBN978-4-8019-1148-2　C0193
Printed in JAPAN